Vierer mit und ohne Steuermann

Mike Albus

Vierer mit und ohne Steuermann

Eine Geschichte
über Rudern, Liebe, Musik
und einen Kriminalfall
in Marbach

fischer krimis

1. Kapitel

Marbach, Neckar, Phil und Marion

Philipp Mälzer geht, von der Gartenstraße in Marbach kommend, geradeaus weiter und dann sinnierend durch den Friedhof, mit dem Ziel, einen Spaziergang durch die Weinberge zu unternehmen. Er blickt hinunter auf die Alexanderkirche, und es geht ihm durch den Kopf, was dieses imposante Gebäude seit der spätgotischen Bauepoche alles erlebt hat: Es war aus einer Wehrkirche entstanden entlang einer ehemaligen Römerstraße, die das Kastell Benningen mit dem Limes verbunden hat und dann zu einer Salzstraße geworden war entlang der alemannisch-fränkischen Grenze beziehungsweise später entlang der Nordgrenze der Grafschaft Württemberg. Es hat Kriege und Reformation durchgemacht, war nach der Errichtung der Kirche im Stadtzentrum zwischendurch auch Heerlager, Arsenal und Lazarett gewesen. In seiner Jugendzeit hatte Phil – so wird er allgemein genannt – dort gelegentlich mit einem Instrumentalkreis musiziert. Das war vor über vierzig Jahren, und in seiner Abwesenheit wurde die Kirche durch Bürgerinitiativen sehr sehenswert restauriert und mit einer exzellenten und teuer restaurierten Silbermannorgel versehen.

Ja, Studium und Beruf hatten ihn weggeführt in mehrere Bundesländer, und jetzt war er als Pensionär und Witwer wieder zurückgekehrt, nach Hochschultätigkeit in Forschung und Lehre in der Humanbiologie. Der Blick auf die wuchtige Kirche mit den sehr unterschiedlichen

Steinmetzarbeiten der sehenswerten gotischen Fenster im Einklang mit der friedvollen Atmosphäre des Friedhofs unter altem Baumbestand versetzte ihn in eine ausgeglichene Stimmung, die geeignet war, sich auch seine eigene Geschichte durch den Kopf gehen zu lassen. So eine Verbindung von historischem Ambiente und Stimmung war ihm auch schon einmal geschehen, als er verliebt mit der Kriminalhauptkommissarin Marion Elfrich nach der Aufklärung des spektakulären Raubs des berühmten, von Stradivari gebauten Duport-Cello durch Ludwigsburg geschlendert war und im Schlossinnenhof resümierte, wohin denn die Liebe eines ergrauten, fast kahlköpfigen, dafür bärtigen Mannes zu einer agilen jungen Kriminalpolizistin führen könnte und umgekehrt.

Er verlässt den Friedhof auf der Westseite und geht am Krankenhaus vorbei, das als solches keines mehr ist, sondern Streitobjekt einer ungewissen Zukunft. Schade, denkt er, wenn dieses Gebäude aus der Wendezeit 19.–20. Jahrhundert, das der Bevölkerung so viel gedient hat und das Stadtbild und Landschaftsbild geprägt hat, bald verschwinden wird.

Sein Ziel ist der Panorama-Ausblick, von dem aus man das Neckartal überblickt und sieht, wie der Neckar in einer großen Schleife den gegenüberliegenden Ort Benningen umfließt. Und man blickt auf die Altstadt von Marbach, sieht hoch über dem Neckar das Schillernationalmuseum und das deutsche Literaturarchiv, unten die Neckarschleuse und er kann auch hinter das Eisenbahnviadukt, das kühn und hoch das Tal überspannt, dahinter den Fußgängersteg sehen, der sich an Seilen hängend hinüberschwingt auf die Benninger Seite. Weiter hinten auf der Marbacher Seite, durch Bäume halb versteckt, befinden sich das Bootshaus des Kanu-Clubs sowie zwei Bootshallen und das Vereinshaus des Ruderclubs. Wie das Oboe-Spielen hat er auch das Rudern nach der langen berufsbedingten Pause wieder gelernt.

Ja, dieser Verein, dessen 100-Jahres-Jubiläumsfeier der Corona-Pandemie zum Opfer gefallen ist, ist nicht nur erfolgreich im Leistungssport Jugendlicher, sondern hat auch Gruppen für Breiten- und Gesundheitssport. In der Breitensportgruppe hatte Phillipp Mälzer als ehemaliger Marbacher Jugend-Ruderer wieder (nicht Fuß, sondern) Skulls gefasst und saß jetzt mit seiner geliebten Kriminalkommissarin regelmäßig im Boot. Auch aus dem Kreis von pensionierten und noch aktiven Berufsmusikern, in den Phillipp als Hobby-Oboist dank seiner engagierten Oboen-Lehrerin aufgenommen worden war, stiegen einige zusammen ins Ruderboot. Die Trainerin Helga Berger hatte sie zu einigermaßen passablen Ruderern gemacht, die regelmäßig zusammen zuerst unterhalb der Neckarschleuse im alten Neckararm aufwärts rudern bis in die Nähe des Wehres und des ehemaligen Dampfkraftwerks, um warm zu werden und rudertechnisch zusammenzufinden und dann den Neckar hinab die große Schleife um Benningen herum bis zum nächsten Wehr bei Freiberg-Beihingen zu befahren, an der Mündung des Flusses Murr vorbei und unterhalb der steilen Weinberge.

Am Panorama-Eck, dem Ort mit dem besten Überblick über die Neckarschleife, verharrt er in Erinnerung, wie er mit Marion im Rahmen der Aufklärung des Falles »Cello« als Liebespaar getarnt hier entlangging und wie sie am Rande des Murrer Wäldchen das Versteck gefunden haben, in dem sich die Räuber aufgehalten hatten, bis der Transport des Cello in Richtung Minsk beziehungsweise Moskau erfolgen sollte. Und das ist schon fast ein Jahr her, aber sie sind immer noch ein verliebtes Paar. Sie wohnen nicht zusammen, spannend ist aber das immer neue Zusammentreffen, zum Beispiel zusammen im Boot.

Philipp Mälzer geht dann den damals beschritten Weg weiter. Der zerbeulte Polo steht immer noch an einer Kurve, wo der Weg ziemlich steil hinunterführt in den Taleinschnitt vor der Anhöhe mit dem Murrer Wäldchen. Dort biegt er rechts ab und geht einen Wiesenweg zum Milzen-Brunnen mit der Hans-Besch-Eiche (wäre interessant, wie viele Marbacher das kennen?). Von dort kann man über das kleine Tal hinüberschauen auf die nördliche Höhe, wo das Murrer Wäldchen anfängt und wo das Versteck gewesen war. Am Brunnen, er liegt knapp oberhalb eines Gehöftes und ist eher eine kleine eingefasste Quelle, hält er kurz inne und schaut auf die Uhr, weil er mit Marion zum Abendessen verabredet ist. Dabei stellt er fest, dass er sich völlig in der Zeit vertan hat und sagt zu sich: Phil, jetzt aber hurtig, nimm den kürzesten Weg, nicht bis hinauf zum Galgen, sondern das Sträßchen weiter vorn direkt hinauf und dann geradeaus wieder hinunter zum Friedhof.

Als er an seinem Haus im Kirchenweinberg die Tür aufschließt, fährt ein kleiner Peugeot auf seinen Abstellplatz (er hat sein Auto schon lange abgeschafft und ist überzeugter Fußgänger und Bahnfahrer geworden, was er immer mit der Bemerkung versieht: »Ich bin schließlich ein moderner Mensch«). Es steigt eine blonde, zierliche und lebhafte junge Frau mit Kraushaarfrisur und elektrisierenden blauen Augen aus und stürmt auf ihn zu mit der Bemerkung »Phil, mein alter Liebling! Noch in Wanderschuhen und noch nicht in der Küchenschürze!.« Und sie fällt ihm um den Hals, und es gibt erst einen herzhaften Kuss, bevor er erwidert: »Kleiner Wirbelwind. Ich bin die Strecke abgegangen, auf der wir das Versteck des Checkow mit seinen Kumpels und dem Cello gefunden haben. Und da habe ich so viel an dich gedacht, dass ich die Zeit vergessen habe.« Antwort: »Ach bist du süß wie immer«, und es gibt noch einen Kuss. Die Nachbarn kennen das Geturtel wie jung Verliebter des ungleichen Paares schon und sagen dann: »Ja der Professor und die schöne Kriminalkommissarin.«

Beim Hineingehen erklärt Phil: »Heute gibt es nur Saitenwürstchen und Brezeln von gestern und alkoholfreies Bier, das ich vergessen habe, kaltzustellen.« Als er ihren fragenden Blick sieht, grinst er, und als sie das sieht, kommt ihr elektrisierender blauäugiger Blick mit den Worten: »Du Schuft! Immer falle ich darauf herein! Warum machst du das?« Antwort mit hochgezogenen Schultern und dem sanften liebevollen Blick, dessentwegen sie auf ihn aufmerksam geworden ist: »Weil ich es so sehr liebe, wie du dann elektrisierende Blicke verteilst. Natürlich habe ich was anderes vorbereitet. Komm und lass dich drücken.«Diese Entschuldigung wird akzeptiert, wie immer. Und Phil sagt beim Aufschließen der Tür: »Ich habe heute Morgen Rindsrouladen vorbereitet, ausgestrichen mit Meerrettich und gefüllt mit wenig Gurken, feinem Schwarzwälder Schinken und fein gewürzten angebräunten Zwiebeln. Die liegen im Kühlschrank. Dort sind auch Schweinsfüßchen zum Mitbraten für die Soße. Salat ist gewaschen, Sauce Vinaigrette ist fertig. Knödel gibt es aber nur aus der Packung.« Und als sie drinnen ihre Jacken aufhängen, bittet er sie, schon mal die Rouladen anzubraten, bis er geduscht hat, weil: »Wenn wir zusammen duschen, gibt es kein Abendessen.«

Es gab dieses Abendessen mit Trollinger Steillage der Marbacher Weingärtner und auf der Couch beim angelehnten Gespräche über gestern, heute und morgen noch den Tobias Meyer Cuvée, bis sie beschlossen: »Lass uns früh schlafen gehen. Morgen geht es so früh auf das Wasser, zum Rudern, damit du trotzdem noch zeitig genug dein Dezernat düpieren kannst mit ungeliebter Arbeit. Und Sebastian und Elvira haben Proben bei ihren Orchestern. So ist das mit Musik-Rentnern halt. Sie können es nicht lassen. Sebastian springt als Posaunist ein bei der Süddeutschen Kammersinfonie Bietigheim-Bissingen und Elvira wieder mal bei ARCATA Stuttgart. Und das Glück, dass Helga Berger gleichzeitig ihre Junioren so früh aufs Wasser schickt und sich nebenbei um uns kümmert.«

»Ach Phil-Mann. Du kannst es auch nicht lassen, etwas zu organisieren. Ist ja okay. Bettschwere haben wir, und mehr wäre nicht gut.«

Kapitel 2

Der Ruderverein und die Trainerin Helga

Hoch über dem Neckar schaut der Eckturm der Stadtmauer, der Haspelturm, hinunter auf das Tal, wo sich früher ein Mühlenkanal befand und die Mündung des Strenzelbaches in den Neckar am Zusammenfluss des ehemaligen Kanales mit dem eigentlichen Fluss. Der Mühlenkanal ist aufgefüllt, heute verläuft dort die Straße Richtung Murrtal und Bottwartal. Und der Strenzelbach ist eingedolt und zugedeckt von der Bottwartalstraße, die leicht ansteigend unterhalb der Stadtmauer nach Osten führt. Wenn man ihr folgt, kann man nach etwa vierhundert Metern an einem kleinen Platz mit einer großen hundertzwanzig Jahre alten Silberlinde und einem Brünnchen abbiegen nach Norden zur imposanten spätgotischen Alexanderkirche oder nach Südwesten in die Altstadt, wo man schon nach wenigen Metern das Gasthaus zum Löwen erreicht, das Geburtshaus von Schillers Mutter und steilaufwärts wenig später Schillers Geburtshaus.

Ein Schütze aus dem Mittelalter hinter den kleinen Schießscharten des Haspelturmes würde heute die als Öhlerkreuzung bezeichnete Einmündung der Bottwartalstraße in die parallel zum Neckar verlaufenden Umgehungsstraße sehen und dahinter einen Damm, der Straße und Neckar trennt.

Wenige Meter versetzt von der Kreuzung führt eine Treppe mit dem Hinweisschild »Schiffsanlegestelle« über den Damm, der bis vor sechzig Jahren ein Bahndamm war, um Kohlen zum Kraftwerk fahren zu können und die Arbeiter von dieser Stelle mitzunehmen. Denn hier war ein Bahnhalt mit Wartehäuschen gewesen. Jetzt fahren statt Kohlenzügen Radfahrer hier entlang. Auf dem Uferstreifen hinter dem Radwegdamm stehen die Bootshallen und Clubhäuser des Kanuclubs und des Ruderclubs. Dem Bootshaus des Ruderclubs schließt sich das Clubhaus an, in dem sich auch eine Gastronomie befindet, und es ist gesäumt von einem Biergarten. Von den Bootshallen, einem Werkraum, einem Kraftraum und den Umkleiden gibt es einen Durchgang zum Clubbüro und zum Club- und Gastraum. Dort ist das Revier des Pächters und Wirtes Dimotheus Anathopulos, einem Griechen, der eigentlich für die Ruderer schon eine feste Einrichtung ist. Er wird von allen nur Dimo genannt, die meisten kennen nicht einmal seinen vollen Namen.

Am heutigen Spätsommertag würde der mittelalterliche Schütze im milder gewordenen Sonnenschein am frühen Nachmittag hinter der Treppe auf dem Bootsplatz zwischen den zwei Bootshallen des Rudervereins ein munteres Treiben von Kindern und Jugendlichen entdecken, die Boote zu einem Bootssteg am Neckar tragen oder gerade am Steg aus den Booten steigen und ihre Boote dann Richtung Bootsplatz tragen, um sie auf Böcken zu lagern, abzuspritzen und zurück in die Hallen zu befördern. Es ist der Wechsel vom Kindertraining zum Jugendtraining. Wenn der Beobachter bis zum Abend warten würde, könnte er auch Erwachsene jeden Alters entdecken, die Boote hin und her tragen und sich mit den Jugendlichen abwechseln.

Mitten im wohl organisierten Getümmel steht in Trainingskleidung des Vereins eine eher zierliche mittelgroße Frau, von der man nicht auf Anhieb annehmen würde, dass es sich um eine ehemalige Rennruderin handelt, die vor zwanzig Jahren noch auf den Regattastrecken vorwiegend im Süden aktiv war. Es ist Helga Berger, die Trainerin des Vereins. Nach der Zeit als Rennruderin hat sie sich zunehmend mehr um das Training der Kinder gekümmert, als ihre Söhne selbst in die Boote gestiegen sind, und nach und nach hat sie sämtliche Trainerscheine erworben und neben dem Kindertraining auch das Leistungstraining der Junioren und Aktiven übernommen. Sie profitierte beim Rekrutieren der seit Jahren sehr erfolgreichen Juniorinnen und Junioren sehr von der engen Zusammenarbeit mit der Ruder-AG des Friedrich-Schiller-Gymnasiums. Die Schulrudergruppe hat ihre Boote in der Halle gegenüber dem Bootshaus und nutzt die Infrastruktur des Vereins. Und Helga hat sich aus diesem unerschöpflichen Nachwuchs auch junge Trainerinnen und Trainer herangezogen, die das Kinder- und Anfängertraining übernommen haben und sich jetzt gerade um die Kinder kümmern, die ihre Boote aus dem Wasser holen, während sie das Training der Rennmannschaften vorbereitet. Es gibt heute für sie einen langen Tag, denn das Training der Rennruderer beginnt schon wieder. Nach der eigentlich schon beendeten Regattasaison und einer kurzen Regeneration in den Sommerferien starten sie noch auf einigen Kurzstreckenregatten – mehr oder weniger zum Spaß –, aber es beginnt das Aufbautraining im Kraftraum und mit langen Strecken auf dem Wasser. Wenn Helga jetzt das Programm vorgegeben hat, kann sie sich um die Freizeitruderer und um die Gesundheitssportgruppe kümmern. Dazu hat sie sich noch zusätzlich weitergebildet und eigene Einweisungskurse für Gesundheitsrudern durchgeführt. Für weitere Breitensportler hat der Verein ältere Ruderer zu Steg-Ausbildungskursen geschickt, die mit diesen Kenntnissen Interessenten anlernen, die noch als Erwachsene das Rudern als Freizeitsport betreiben wollen. Das wartet noch auf sie, während die Jungs und Mädchen aus dem Leistungsbereich ihre langen Strecken mit vorgegebenen Pulswerten und zwischengeschobenen Koordinations- und Technikübungen selbstständig absolvieren. So wird also bis zum Einbruch der Dämmerung noch einiges für sie zu tun sein.

Viel Freude macht ihr das sehr bunt gemischte Völkchen, das sich wie eine Mischung aus Freizeit- und Gesundheitssportlern zusammengefunden hat: Männer und Frauen im Altersbereich von dritter bis siebter Lebensdekade mit Berufen von Handwerk und Polizei bis zu pensionierten Akademikern steigen zusammen in die Boote, wollen dabei Abwechslung vom Alltag finden und gleichzeitig etwas für Gesundheit und Leistungsfähigkeit tun. Zum Beispiel hat ein pensionierter Wissenschaftler nach seiner Rückkehr hierher wieder angefangen zu rudern und auch den Stegausbilderkurs gemacht. Und der und seine junge Freundin und Geliebte – eine Kriminalhauptkommissarin – haben eine Gruppe von pensionierten und noch aktiven Musikerinnen und Musikern dazugewonnen, und sie fahren oft zusammen Vierer oder Zweier mit und ohne Steuermann: Phil und die Kommissarin Marion, der Posaunist und Dirigent der Berufsmusiker-Gruppe Philharmoniker für Marbach, Sebastian Kohlhammer, mit seiner Frau, der Cellistin Elvira und der Fagottist Thomas Immer. Die treffen sich oft auch unabhängig von den anderen, weil Phil eben auch Stegausbilder ist, mit der Ingenieurin Alma Waters und dem Archäologen Beato Bertoldi.

Helga überlegt, warum diese Gruppe sich zusammengefunden hat, obwohl sie doch so fast schon diametral unterschiedlich sind: Alma ist gebürtige Schottin und Ingenieurin, Mitte vierzig, und fährt einen Austin Healey original. Beato, Anfang fünfzig, ist Archäologe am Landesamt für Denkmalschutz und auf Marbach und Rudern im Marbacher Ruderverein aufmerksam geworden, weil er bei den Ausgrabungen am Marbacher »Pfundhaus« im Rahmen der Altstadtsanierung eingeschaltet worden war. Als er das seinem Vater erzählte, wurde der schon altersschwache, aber geistig rege Italiener sehr wach und erzählte, dass man ihn, einen ausgebildeten Maurer, als »Capo« für einen Wochenendjob angeworben habe, als er 1960 als Gastarbeiter nach Marbach gekommen war. Ein Ruderverein wollte dort in weitgehender Eigenarbeit ein Bootshaus bauen auf einem Gelände, auf dem einmal ein kleines Schwimmbad war. Da fällt Helga ein: Phil hat mir doch erzählt, wie er als Schüler am Progymnasium am Bau des Bootshaus mitgeholfen hat und wie damals italienische Maurer fix die Mauern hochgezogen haben. Aber es gibt auch gemeinsame Interessen, zum Beispiel eigenartigerweise bei Parallelitäten von Musik und alten Autos: Der Fagottbläser Thomas fährt einen 2CV aus den 50er-Jahren und Alma den alten Austin Healey, und ihre Tochter ist Geigerin und studiert an der Musikhochschule gerade bei Christine Busch, mit der Thomas schon CD-Einspielungen alter Musik gemacht hat. Und als Beato im Clubraum die Vitrinen des Pächters Dimo gesehen hat, wollte er davon gar nicht weg.

Dann sind da noch beispielsweise in der Freizeitgruppe Sieghard, ein Ingenieur, der in einer Bank die industriellen Kunden betreut, oder Frank, ein Mathe-Lehrer am FSG (Friedrich-Schiller-Gymnasium) oder Wolfram, ein Grafik-Künstler, oder Fridolin, ein Filosof (er betont immer wieder: Das schreibt man heute mit F, weil es keine abgehobene Wissenschaft mehr ist, aber umso wichtiger und sehr alltagsrelevant, weil das Denkvermögen heutzutage immer mehr nachlassen würde, vor allem in der Politik).

Helga war so in Gedanken abgeschweift und schreckte auf, weil noch vier Jungs um sie herum auf Anweisungen warteten, alle einen Kopf größer als sie und offensichtlich durchtrainiert. Also musste sie schnell die Konzentration zurück auf das aktuelle Geschehen lenken. Das generelle Tagesprogramm war für die Jungs und Mädchen schon ausgegeben und die Verteilung auf die Boote erfolgt und diese Jungs und Mädchen waren auf dem Weg zum Steg mit Boot und Gerät. Die jetzt noch um sie herum versammelten Jungs Kalle, Palle, Pille und Kille bildeten den erfolgreichsten Vierer des Vereins der letzten Jahre. Für sie standen eigene Trainingsprogramme an, weil sie zu Sichtungslehrgängen und Leistungsdiagnostiken des Württembergischen und des Deutschen Ruderverbandes eingeladen waren. Kalle (eigentlich heißt er Karl-Leon Fleischer) hatte schon Berufungen in den Achter des Württembergischen Ruderverbandes und war in der weiteren Auswahl für den Deutschen Junioren-Achter; Palle (eigentlich heißt er Paul Lebeknecht) war im Finale in Berlin mit dem FSG-Achter bei »Jugend trainiert für Olympia« und in der Württembergischen Juniorenauswahl; Pille (eigentlich heißt er Pius

Ludwig Meyer) war im Zweier Süddeutscher Meister zusammen mit Palle (daher der Spruch nach dem Sieg: »Das war nicht Pille-Palle sondern Palle und Pille«); Kille (eigentlich heißt er Kurt Iwan Lebedowicz) hat im Achter von den Junioren-Weltmeisterschaften eine Medaille mitgebracht und den Spitznamen nicht nur wegen der Anfangsbuchstaben seiner Vornamen sondern auch wegen seines Umgangs mit den Gegnern auf den letzten Metern bei den Regatten.

Kille, der Schlagmann des Vierers, schaute seiner Trainerin ins Gesicht und sagte etwas geistesabwesend: »Hi Helga, bist du noch da? Was gibt es für uns?«

Helga: »Sorry, ich war wirklich wandern mit Gedanken. Ihr macht regenerativ mit kurzen Belastungsspitzen, Einrudern von EVS bis WB, dann ruhige Steigerungen bis Motorbootclub Benningen, zurück zum WB Rhythmus rollen, langsam Einsatz schnell und schnelles Rollen, sanftes Einsetzen im Wechsel, nicht Kraft, sondern Gefühl. Probiert so viel wie möglich aus, also nicht Kilometer, sondern Hirn. Kille am Schlag, weißt du, was ich meine?«

»Klar, Chefin! Wir werden viel Spaß haben, und die vorn werden mich verfluchen und dann lachend aus dem Boot fallen.«

»Macht nix. Ich bin mit den Freizeitruderern unterwegs. Wir holen euch dann raus. Aber ihr wisst schon, wie viel Runden ihr dann bei Dimo ausgeben müsst. Aber Spaß beiseite! Morgen früh will ich mit euch Techniktraining machen. Das kann ich parallel zur Betreuung der Gesundheits- und Freizeitruderer machen, die auch ein Frühtraining haben wollen. Es wäre nicht lang. 7 Uhr wird es hell. Ist 7:30 bis 9 Uhr bei allen mit Schule und Uni möglich?«

Nach kurzer Umfrage wird festgemacht, sich morgen schon sehr früh zu einem ziemlich kurzen Training zu treffen.

Kapitel 3

Dimo, Antikes und Ruderbetrieb

Die Gastronomie am Bootshaus des MRV und den Biergarten, der sich zwischen Bootshaus und Neckar und in unmittelbarer Nähe des Anlegers Marbach der Neckar-Personenschifffahrt befindet, betreibt wie gesagt Dimotheus Anathopoulos. Der Biergarten und sein Wirt sind kreisweit bekannt und geschätzt. Unter schattenspendenden Bäumen und durch den ausgleichenden Klimaeffekt des vorbeiziehenden Flusses hat man auch an heißen Sommertagen Kühle und im Frühjahr und Herbst keine extremen Temperaturen. So bildet die Lokalität »Bei Dimo am Bootshaus« einen Anziehungspunkt für Einheimische, Radwanderer (der Neckarradweg führt am Ufer gegenüber vorbei, und von dort kann man über den Neckarsteg das Bootshaus schnell erreichen, und der neue Radweg auf dem ehemaligen Bahndamm, führen in der warmen Zeit viele Radwanderer hierher, zusätzlich zu den Fahrgästen des »Neckarkäptens«) und anderweitige Touristen. Würde man Mitglieder des Rudervereins oder Bürger aus dem Kreis Ludwigsburg fragen, seit wann Herr Anathopoulos hier wirkt, würde man von kaum jemandem eine genaue Antwort bekommen, oder vielleicht »schon immer.« Er ist zur festen Institution geworden, und die Ruderer reden nur von Dimo, so als habe er schon immer dazugehört. Er ist Grieche, Gastwirt und mit seinen Eltern als Jugendlicher nach Deutschland gekommen. Die Verbindung seiner Heimat ist aber in den Ferien aufrechterhalten geblieben und hat zu seinem Hobby beigetragen, das er immer weiter ausgebaut hat: Antiquitäten und archäologische Funde aus der hellenistischen oder altgriechischen Zeit zu sammeln. Schon als Schüler, noch in Griechenland, hat er die Ferien als Grabungshelfer auf verschiedenen historischen Stätten verbracht. Und das hat er als schon »integrierter Deutscher« fortgesetzt und mit seinem späteren zweiten Hobby »Tauchen« verbunden. Als Grabungshelfer, später als Hobby-Gräber und Taucher, hat er weiter gesucht und gesammelt, und das an allen bekannten Grabungsstätten Griechenlands, in denen nationale und internationale archäologische Projekte durchgeführt wurden, von Olympia bis Thouria und der Ebene von Elis. So ist eine stattliche Sammlung enstanden von Waffen, Münzen, Scarabäen, kleinen Skulpturen, verschiedenen Amphoren und anderen Töpferwaren aus der Ur- und Vorzeit und der hohen Zeit des »klassischen« Hellenismus und aus den so unterschiedlichen historischen Regionen des heutigen Griechenland, das er immer noch als seine Heimat empfand, obwohl er sich auch in Marbach zuhause fühlte. Und er hatte beim Vorstand des Ruderclubs nachgefragt, ob er nicht Erlaubnis bekommen täte (so als Grieche sein schwäbischer Konjunktiv), in Vitrinen im Eingangsbereich und im Gastbereich seine Sammlung aufzustellen, zusätzlich zu der stolzen Pokalsammlung von den sportlichen Erfolgen des Vereins. Der Vorstand war der Meinung, das sei eine Aufwertung der Attraktivität der Örtlichkeit, ein Zeichen der Zusammengehörigkeit von Sport und Kultur und Symbol des Zusammenwachsens in Europa.

Zum Zeitpunkt kurz vor Ende der Sommerferien waren jetzt in der Breitensportgruppe an jedem Mittwochabend und Samstagnachmittags etliche neue Mitglieder unterwegs, die im Frühjahr das Angebot angenommen hatten, das Rudern zu lernen, und die jetzt unter Anleitung von Stegausbildern wie u.a. Phil diesen Sport weiter betreiben wollten, um sich fit zu halten, gesund zu bleiben oder auch nur ein wenig sportlich unterwegs zu sein.

Phil hatte »Fortgeschrittene Anfänger« übernommen, die er in einen Vierer und einen Zweier aufteilen konnte, immer dazu besetzt mit wechselnden Ruderern aus dem Breitensport. So folgten ein- bis zweimal, je nachdem wie sie Zeit hatten, Alma Waters, Beato Bertoldi, Thomas Immer, Sebastian und Elvira Kohlhammer und seine Marion seinen Übungsanweisungen in wechselnder Besetzung in einem Vierer und/oder einem Zweier. Und Phil fand es wunderbar, wie so bunt gemischt unterschiedliche Menschen sich zusammen im Ruderboot einer höchst (oder wenigstens möglich fast) synchronen und gut koordinierten (mehr oder weniger je nach Tagesform) Aktivität widmen, zwischen Weinbergen und Wiesen und auf dem Wasser mit Enten, Schwänen, Reihern, einem Eisvogel und sogar im alten Neckararm mit einer Schildkröte.

Da war Alma Waters, eine rotblonde Schottin, drahtig, geschieden, etwas verschroben-charmant und lustig, nicht auf den ersten Blick attraktiv, Ingenieurin bei Bosch im oberen Management. Sie hat vor kurzem in der Gartenstraße, fast gegenüber von Phil, eine Eigentumswohnung bezogen. Sie fährt wie gesagt einen Austin Healey, original Jahrgang 1960, und sammelt Kunst, ist regelmäßig Gast in der Galerie Wendelinskapelle und will dort auch

Konzerte mit Studentinnen und Studenten der Musikhochschule Stuttgart einführen, wo ihre Tochter Geige studiert (»Streichmusik in der Wendelinskapelle«). Sie war aufmerksam geworden auf den schlanken Mann mittleren Alters mit schon etwas schütteren, aber langen und zum Pferdeschwanz gebündelten Haaren, der immer mit einem 2CV vorfuhr. Und Dank ihrer kommunikativen Art hatte sie schnell herausgefunden, dass er Berufsmusiker ist, Fagottist, und ledig. Das Musikerehepaar Kohlhammer kannte sie schon vom Konzert in der Stadthalle mit dem Cellisten Nema Raduloff und seinem Stradivari-Cello. Und der am Landesamt für Denkmalschutz tätige Archäologe Beato Bertoldi, auch geschieden, hatte ihr erzählt, dass sein Großvater als Gastarbeiter, Maurer, nach Deutschland gekommen war und am Bootshaus mitgebaut hat. Er sei zum Rudern gekommen, weil seine Kinder über die FSG-Ruder-AG zum Rudern gekommen sind. Bald hatte sich da ein Trio gebildet, das sich nach dem Rudern regelmäßig noch zu alkoholfreier »Weiße«, Apfelschorle oder auch mal Weinschorle traf und über dieses und jenes sprach.

Eines Tages, es war Regen aufgezogen, dessentwegen sie nicht im Biergarten, sondern im Gastraum saßen, als Alma und Thomas wieder einmal bei ihren Themen Oldtimer und Musik waren, stand Beato auf und studierte die Auslagen in den Vitrinen. Alma betrachtete ihn dabei aus der Ferne und überlegte: Im Ruderboot sehe ich nur seinen Rücken, wenn er vor mir sitzt, und sonst ist man mehr damit beschäftigt, das Boot ins Wasser zu bringen oder nach dem Rudern zu versorgen und wieder in die Halle zu tragen, und man kann dabei die Mitruderer gar nicht so genau anschauen. Früher in meiner Jugend und als junge Frau habe ich mir doch auch die Männer genauer angeschaut. Und beim Betrachten dieses für einen Italiener eher großen und kräftigen Mannes mit klassischem Profil, dunklem Teint, schwarzem Lockenhaar und tiefbraunen Augen, die lebhaft über die Ausstellungsstücke huschten und dann immer wieder an einzelnen Details hängenblieben, war sie so überrascht, dass sie zusammenzuckte. Da meinte sie zu Thomas:

»Ich muss doch mal fragen, was den Beato da so interessiert. Komm mal mit.«

Als sie ihn fragten, was ihn denn da so interessiert, erfuhren sie, das sei sein Beruf und Hobby zugleich. Er sei Archäologe und eigentlich auf Marbach erst aufmerksam geworden, als ihn das Landesdenkmalamt zu den Ausgrabungen am Pfundhaus beordert hat.

»Ihr wisst schon, das ist das alte Haus gegenüber dem Rathaus, das eigentlich nicht mehr erhalten werden kann, aber denkmalgeschützt ist und jetzt zu einem Gebäude der Stadtverwaltung umgewidmet wird. Die um es herum angebauten Gebäude wurden aber abgerissen. Als man in die Tiefe baggerte für die Fundamente des Neubaus, hat man dann ungeahnte Kellergewölbe gefunden, mit Inhalten, die viel Erkenntnisse zur mittelalterlichen Stadtgeschichte geliefert haben, zum Beispiel mehrere tiefere Ascheschichten. Man weiß jetzt, dass es vor dem verheerenden Stadtbrand von 1693 im pfälzischen Erbfolgekrieg noch mehrere Feuersbrünste gegeben haben muss. Und das hier ist noch viel älter: griechische Hochkultur, mein zweites Hobby.«

Als Alma fragte, ob denn hier jetzt in den Glasvitrinen Besonderes dabei sei, erklärt Beato, er habe schon seltene Stücke entdeckt, zwar nicht große Exponate, aber doch herausstechende seltene Figuren und Keramiken, die nicht alle aus den großen Grabungsstätten stammten und aus verschiedenen Zeitepochen und die er deshalb als geschichtlich wichtig einordne. Worauf sie prompt zum Ausdruck brachte, das fange an, sie auch zu interessieren (unausgesprochen blieb: nicht nur die Dinge, sondern auch der Mann), obwohl eigentlich zeitgenössische Malerei eher ihr Hobby sei. Und sie schlug vor, Dimo mal zu fragen, ob er mal seine Ausstellung vorstellen würde.

Diese Einführung hat schon einige Tage später stattgefunden und endete damit, dass alle meinten, das sei doch eine Reportage in der Zeitung wert. Als Dimo einverstanden war (weil das, wie er fand, sein Image über das des einfachen Biergartenwirtes hob und auch noch gut fürs Geschäft sei), kamen wenige Tage später ein Redakteur und ein Fotograf der MARBACHER ZEITUNG, und in der folgenden Woche erschien die umfangreich bebilderte Freitags-Reportage in der MZ:

SCHÄTZE AUS DEM ALTEN GRIECHENLAND
IN MARBACH BEI »DIMO IM BOOTSHAUS«
(VON ARNOLD BRÜCKER, FOTOS: KARL SCHMID)

Unsere Zeitung hat erfahren, dass der Wirt der Gastronomie im Bootshaus des Marbacher Rudervereins (»Bei Dimo im Bootshaus«), der gebürtige Grieche Dimo Anathopoulos, schon seit seiner Kindheit ein ganz ausgefallenes Hobby hat: Archäologie des alten Griechenland. Schon als Schüler, noch in Griechenland, hat er sich in den Ferien als Grabungshelfer auf verschiedenen historischen Stätten verdungen. So war er in der Gegend des makedonischen

Grabes, wo man lange das Grab des Alexander des Großen vermutet hat, in Nordgriechenland bei Amphipolis, auf der Peloponnes, unter anderem Olympia, im Archäologischen Park in Dion, an den Ausgrabungsstätten des Antiken Eleus und verschiedenen anderen Orten. Noch als seine Eltern mit ihm nach Deutschland ausgewandert waren, ist er in der Ferien zu den Fundorten gefahren, dann als anerkannter Kenner. Und sein neues Hobby Tauchen hat es ihm ermöglicht, an den Orten von Seeschlachten den Meeresgrund abzusuchen. Da die internationalen Institute mehr an den großen Skulpturen und Kunstgegenständen interessiert gewesen seien, so sagt er, hätten die Helfer immer wieder kleinere Fundstücke behalten dürfen, nachdem deren historischer Wert eingeschätzt und dokumentiert war. Und mit einem gewissen Schalk in den Augen sagt er, man hätte auch öfter mal etwas Größeres beiseitegelegt, es sei halt in Griechenland doch manches ein wenig anders. So sei eben doch eine ziemliche Sammlung entstanden und der Ruderverein habe ihm ermöglicht, die ihm wichtigsten Stücke auszustellen.

Der Fotograf und der Berichterstatter waren erstaunt über den Umfang und die Vielfalt: Aus der Ausbeute seiner Tauchgänge hat er vor allem Waffen und größere Amphoren ausgestellt, auch ägyptische Skarabäen und ein vermutlich ägyptisches Speckstein-Krokodil hat er gefunden. Ansonsten sieht man in den Vitrinen Kleinbronzen, zypriotische Terrakotta-Vasen, griechisch-römische Töpferwaren und tönerne Öllampen. Auch Bronze-Waffen, eine Dolchklinge, ein Horus-Auge sind ausgestellt. Neben einigen Büsten sind zwei kleine Statuetten des Gottes Herakles von zwei verschiedenen Fundorten die wertvollsten Funde.

Der Archäologe Beato Bertoldi, der im Auftrag des Landesamtes für Denkmalschutz die Ausgrabungen am Pfundhaus im Marbach verfolgt hat, bestätigte uns die historische und kunstgeschichtliche Bedeutung einzelner Fundstücke. Es ist also im Bootshaus zwar kein weiteres Museum wie über Schiller, Mayer und Genkinger oder das Literaturarchiv hinaus entstanden, aber doch eine neue kunsthistorische Sehenswürdigkeit.

Damit nicht genug, sogar das Fernsehen meldete sich an und berichtete in der Abendschau mit ebenfalls umfangreicher Darstellung der Fundstücke, sodass sogar die überregionale Presse aufmerksam wurde und kurze Berichte brachte, etwa die SÜDDEUTSCHE ZEITUNG unter dem Titel »Seltene Fundstücke aus griechisch-hellenistischer Zeit in Marbach.«

Samstags in der Woche nachdem der Artikel in der SZ erschienen war, wollten Alma und Beato mal zusammen Zweier fahren. Phil meinte, den etwas schmaleren Übungszweier ohne traue er ihnen noch nicht zu, Gig-Zweier mit Steuermann, also das Boot Wellenbrecher, sei für sie okay. »Aber heute habt ihr keinen Steuermann, ich muss noch überlegen.«

Da erschien, fast wie bestellt, der nach seinem Schnupperkurs nicht mehr aufgetauchte Carlo Veneziano, ein flüchtiger Bekannter von Beato und wie er Italiener. Er war beim Schnupperkurs dadurch aufgefallen, dass er den Aufenthalt auf dem Wasser sehr genoss, und, nachdem er die Kommandos und die Verkehrsregeln auf Wasserstraßen gelernt hatte, aber lieber an den Steuerseilen als an den

Skulls. So richtig war er in die Gruppe nicht hineingewachsen, obwohl er eigentlich recht lustig war. Auch hat man nie viel Näheres über ihn erfahren. Er erzählte mal von seiner Gelateria, man wusste aber, dass die hauptsächlich von seiner Frau betrieben wurde. Jedenfalls kam er rechtzeitig, um so den Zweier zu vervollständigen, und Phil schlug vor, sie sollten im Neckar-Alt-Arm auf und ab rudern und jedesmal am Steg anlegen, um die Plätze zu tauschen. Und in der ersten Runde steuerte Phil den Vierer Trümpfle und Carlo den Zweier Wellenbrecher. Bis zur Hälfte der Strecke ließ Phil sie, wie auch sein Team im Trümpfle, einfach *ad libitum* warmrudern mit der Auflage »ruhig und wenig Kraft«, und dann kamen seine Übungen: Rhythmus Zählen und Ausatmen beim Durchzug 1 und 2 und, Ausheben, Zählen und Hände strecken 1 und – Rollen halbe Bahn – 2 und Rollen zweite halbe Bahn 2, dabei langsam Einatmen und Blätter schon aufdrehen. Als er merkte, das funktioniert nicht, ließ er halten, stellte sich auf und erklärte: »Lasst den Atem halt einfach mal fließen, wie er will, aber nie Luft anhalten oder gar pressen. Es geht darum, langsam vorzurollen und dabei zu genießen, wie das Boot so unter dem Rollsitz durchgleitet. Dabei hilft das Zählen, und das macht jetzt der Schlagmann laut und kräftig.«

Auf dem Rückweg zum Steg übten sie noch, das Boot nur mit den Beinen anzuschieben und den Armzug ganz ohne Kraft zu Ende zu bringen.

Am Steg hielten sie an, der Zweier sollte weiter auf- und abrudern im Alt-Arm mit durchgewechseltem Schlagmann (auch die Frau ist, wenn sie am Schlag sitzt ein Schlagmann, hatte er erklärt, da seien Mann und Frau gleichgestellt, diese Spitze zu Genderneutralität sei notwendig).

Er fuhr dann mit dem »Musik- und Kommissarin-Vierer« (das Ehepaar Kohlhammer, Fagott-Thomas und Marion heute am Schlag) neckarabwärts, an der Murrmündung vorbei bis zu der danach folgenden roten Boje, wo er halten ließ und erzählte, er habe mal vor lauter Erklären einer bestimmten Rudertechnik das Boot fast in die Tonne hineintreiben lassen und sie hätten dann unfreiwillig das Stoppen und Ruder-Lang machen müssen.

Dann fuhren sie locker und entspannt unter der Benninger Brücke durch und an dem Kies-Schiff-Anlieger vorbei bis zum Wehr Beihingen und zurück. Sie genossen dabei die Abschnitte, an denen das Ufer fast naturbelassen ist und wo teilweise Geäst und Buschwerk weit ins Wasser reicht (da sei schon gelegentlich mal ein Boot im Gebüsch gelandet) und hier wie oben im Bereich zwischen Murr und Brücke von Anglern Lücken in das Ufergebüsche geschlagen worden. Der Rückweg wurde dann zur reinen Vergnügungsfahrt mit Blicken auf Ufergrün und hinauf in die Steillagen-Weinberge bis zu den Anlegern des Motorsportclubs. Hier gab es noch eine kurze Erholungspause mit der Anmerkung von Phil: »Genug von Gemütlichkeit, jetzt strengt euch richtig an: Über fünf Schläge ohne Erhöhen der Schlagzahl mehr Druck durch die Beine, Arme noch locker, dann fünf Schläge dazu noch steigende Armzugkraft, aber immer noch ruhig vorrollen, dann über fünf Schläge immer schneller Rollen, dann zwei Minuten ganz entspannt. Das machen wie dreimal, dann sind wir fast am Eisenbahnviadukt und rudern aus.«

Derweil wurde der Zweier mit Alma, Beato und Carlo von den Betreuern der Breitensportgruppe beobachtet und gesichert, wie sie zwischen Steg und Boje vor dem

Stau-Wehr am ehemaligen Dampfkraftwerk den Alt-Arm des Neckars auf und ab fuhren mit ihren Übungen. Immer wieder kamen Hilfen und Hinweise auch aus den anderen Booten, die dort wie immer samstags zahlreich unterwegs waren. Und durch das Durchwechseln saßen sich Alma und Beato zweimal an den Plätzen Schlag und Steuer gegenüber. Alma befand, als sie am Steuerplatz saß, sie habe schon richtig taxiert, als er vor den Vitrinen stand und Dimos hellenische Ausgrabungsgegenstände so mit aufmerksamen Blicken aus seinen fast schwarzen Augen musterte, das sei ein interessanter Mann. Als Beato bemerkte, dass er gemustert wird, schaute er ihr in die Augen, und er spürte, dass das ihr gar nicht unangenehm war. Er musste sich aber wieder auf das Zählen zum Einhalten des Rudertaktes konzentrieren und schaute dann auch auf das korrekte Eintauchen und Ausheben des Skullblattes, weil das Boot ziemlich ins Schaukeln geraten war. Ich muss mir diese Frau nachher genauer anschauen, wenn ich am Steuerplatz sitze, dachte er. Und dann stellte er fest, sie blicke lebendig aus den wasserblauen Augen, die so wunderbar zum flammenden Rot der Haare passen und die wieder zu ihrem lebhaften Wesen. Das Gesicht sei ebenmäßig und figürlich sei auch nichts auszusetzen: schlank, aber nicht dünn, feminin eben. Und er dachte: Beato, beherrsche dein italienisches Temperament, aber mal ansprechen muss ich sie doch nachher, ob man sich nicht auch außerhalb des Ruderns treffen könnte.

Alma bemerkte seine Blicke und lächelte ihn vergnügt an, und sie schauten sich gegenseitig in die Augen. Beato sagte innerlich: Mensch, die rudert gut und flirtet auch noch gleichzeitig mit dir, und lächelte zurück.

Beim Abspritzen und Abtrocknen des Bootes kamen sie sich nahe, und Alma sagte ihm, noch näher ihm zugewandt, leise: »Deine Blicke zu mir, das war schön. War das ein Flirt?« Beato flüsterte zurück: »Unbeabsichtigt, aber schon, ja. Ich bin eben Italiener. Wir sollten uns mal verabreden!« Anwort: »Wäre nicht abgeneigt. Machen wir nachher mal.«

Kapitel 4

Alma und Beato

Alma und Beato hatten sich dann tatsächlich verabredet: zum kroatischen Abendessen in der Gaststätte des Turnvereins auf der Schillerhöhe. Das sei für sie beide nationalitätenneutral, weil Alma ihm erklärte: »Ich bin schottischer Herkunft, kenne aber kein Restaurant, in dem es schottisches Essen gibt zu dem ich dich einladen könnte«, und Beato entgegnete: »Ich bin italienischer Abstammung, aber ich überrede dich auch nicht zu einem Italiener.«

So saßen also die Schottin und der Italiener bei kroatischen Wirtsleuten und Speisen und schwäbischem Wein zusammen und klärten, wie es sein konnte, dass sie sich in Marbach im Ruderboot nähergekommen sind.

Beato erzählte die Geschichte, dass sein Vater als Gastarbeiter die Mauern des Bootshauses hochgezogen und mit seinem Fleiß ihm das Studium der Archäologie ermöglicht hat. Als er den Auftrag bekommen habe, sich um die Ausgrabungen um das Pfundhaus herum zu kümmern, sei er gerade im Scheidungsprozess gewesen und habe sich sowieso nach neuer Wohnung und Umgebung umsehen müssen. Und da fand er Marbach gegenüber der Innenstadt in Stuttgart ideal und habe sogar Glück gehabt in einen Neubau direkt neben der katholischen Kirche einzuziehen, zwei Minuten zur S-Bahn, die ihn zum Landesamt in Stuttgart in einer halben Stunde bringt. Die beiden Söhne seien zunächst aus sozialen und schulischen Gründen in

Stuttgart bei der Mutter geblieben, wollten aber dann doch zu ihm nach Marbach, wegen der Vielfalt der Möglichkeiten am Friedrich-Schiller-Gymnasium, das ja das größte Gymnasium in BW sei. Und da sind die in die Ruder-AG gegangen und haben ihn auch zum Rudern gelenkt.

Alma war fasziniert von der Ähnlichkeit mit ihrer Vita. Ihr schottischer Vater war britischer Soldat mit großer Liebe zur Dudelsackmusik und abkommandiert zum Truppenübungsplatz Sennelager als Verbindungsoffizier zu deutschen Truppen und zur Bevölkerung. Er konnte seine Familie nachholen, und sie sei dann in Paderborn zur Schule gegangen, habe dort auch Elektrotechnik studiert und ihren Mann kennengelernt, auch Schotte und Dudelsackspieler. Beide haben dann bei Bosch in Zuffenhausen eine Anstellung gefunden. Die Tochter habe die musikalische Begabung von Opa und Vater bekommen, aber sich für Geige statt Dudelsack entschieden. Jetzt sei sie mit der Tochter nach Marbach gezogen in die Gartenstraße, das sei so nahe am Bahnhof, dass der Weg zur S-Bahn für sie nach Zuffenhausen und für die Tochter zu Musikhochschule gar nicht näher sein könnte.

Sie schauten sich dabei immer tiefer in die Augen, die hellblauen in die tiefdunklen, fast schwarzen Augen, und die schienen magisch vom Gegenpol der Wasserhelle angezogen zu sein, bis auch die Gesichter über den abgegessenen Tellern sich so annäherten, das es zu einem Kuss kam.

Die Wirtin kam mit vielsagendem Blick an den Tisch. – »Ich möchte gerne kassieren, aber nicht stören.«

»Nein«, sagte Alma, »wir sind satt und müde.« Sie bezahlten getrennt, fuhren gemeinsam in einem Auto und gingen am nächsten Morgen Händchen haltend zum

Bahnhof. Bei der Einfahrt zum Bahnhof Zuffenhausen gab es einen herzhaften Kuss, und Alma stieg aus, Beato blieb mit Seufzen stehen.

Kapitel 5

Der Raubüberfall

Es ist ein spätsommerlicher, fast schon herbstlicher Frühmorgen. In der Dämmerung lichtet sich der sanfte Nebelschleier über dem Neckar, und zartes Morgenrot deutet oben über der Stadtmauer und hinter dem Schiller-Nationalmuseum den baldigen Sonnenaufgang an. Der Nussbaum zwischen den Bootshallen des Rudervereins wirft seine Blätter nach und nach ab, und der Bootsplatz ist übersät von Nüssen. Für die Wettkampfruderer hat es nach dem Ende der Regatta-Saison nur eine kurze Pause gegeben, und sie sind schon tief in der Vorbereitungsphase für die schon bald anstehenden Langstreckenregatten. Deshalb ist oft schon morgens früh viel Aktivität im Bootshaus und auf dem Neckar. Wenn die Trainerin Helga mit ihren Mannschaften unterwegs ist, können auch Breitensportlerboote auf das Wasser, unabhängig von den offiziellen Übungs- und Trainingsstunden. Sie nimmt sich dann auch dieser an, damit sie unter Beaufsichtigung sind. Und gegebenenfalls kommen auch für diese Anweisungen aus dem Trainerboot, einem Katamaran, der mit vielen Spendengeldern von Vereinsmitgliedern und Sponsoren angeschafft werden konnte.

Wie am Vortag verabredet, wird sich Helga mit ihren in der vergangenen Saison sehr erfolgreichen Jungs zu einer extra Trainingseinheit treffen, ultralang mit Technikübungen im ermüdeten Zustand. Die Wettervorhersagen hatten Frühnebel angekündigt, der sich bald heben wird, und dann sollen milde Temperaturen und Sonnenschein kommen. Phil hat sich angeschlossen und will mit dem »Musik- und Polizei-Vierer« (Musikerpaar Kohlhammer, Fagottist Thomas und Marion) aufs Wasser. Die Musiker und Marion sollen rudern, und er will als Steuermann mit ihnen ein paar Übungen machen, die er bei dem Kurs als Stegausbilder kennengelernt hat.

Weil dieses Unternehmen so früh starten sollte, hat Marion bei ihm übernachtet und ausnahmsweise mal das Frühstück gerichtet, weil der Pensionär und Langschläfer Phil mal wieder nicht in die Gänge kam. Sie kommt mit einer Tasse duftenden Kaffees ans Bett, hält sie ihm unter die Nase mit den Worten: »Mein süßer Zottelbär, raus jetzt aus dem Lotterbett! Wir haben was vor.« Seine etwas langsame Reaktion: »Wenn es nicht deine Stimme wäre und nicht Duft von Kaffee, wer weiß, was jetzt passiert wäre. Aber du weißt schon, was ich jetzt brauche!« – »Ja, aber nein! Sonst wird nichts draus mit Rudern! Wir werden erwartet!« Er schälte sich mit Seufzen und Strecken der Glieder aus den Federn und kommentierte: »Ich liebe dich trotz dieses Terrors«, worauf er doch den Kuss bekommt, den er haben will. Und nach einem kleinen Frühstück gehen sie mit Blick auf das Morgenrot aus dem Haus im Kirchenweinberg.

Kille, der schon mit Medaillen von internationalen Regatten dekorierte Schlagmann des Junior-Vierers, will vor dem Trainingsbeginn noch etwas im Kraftraum ausprobieren und ist deshalb schon vor der verabredeten Zeit, noch im Dunkeln, zum Bootshaus aufgebrochen. Auch

Helga ist schon unterwegs. Sie will am Boot noch etwas neu einstellen und kommt ebenfalls früher als geplant in der emporsteigenden Dämmerung auf dem Parkplatz vor dem ehemaligen Eisenbahndamm an, der jetzt ein Radweg ist. Sie geht hinüber, und als sie die Treppe hinabsteigt, fällt ihr auf: Warum ist das Tor zur Bootshalle offen? Es schießt ihr durch den Kopf: »Mein Gott! Nicht schon wieder Vandalismus oder sinnloser Einbruch wie vergangenes Jahr von einem Geistesgestörten?« Sie geht langsam und vorsichtig zum Tor und spikelt mit vorgeschobenem Kopf um die Ecke. Sie sieht, dass das Pult, auf dem der PC für das Fahrtenbuch steht, gewaltsam aufgebrochen ist, Trümmer liegen herum, einige Riemen sind aus der Halterung genommen worden und liegen zerstreut herum. Offenbar sind sie als Werkzeuge missbraucht worden, um Schränke zu öffnen. Sie kann sonst nichts weiteres entdecken, nimmt einen abgebrochenen Riemeninnenhebel als Waffe und geht leise nach hinten zur Tür in den Gang, der zu den Umkleiden, zum Kraftraum und Richtung Gastronomie führt, öffnet sie vorsichtig einen Spalt und lugt durch. Da sieht sie Kille benommen auf dem Boden sitzen. Er blutet aus der Nase und hat blutverschmierte Haare.

Als er sieht, dass sich die Tür öffnet und sich zaghaft Helgas Kopf durch den Türspalt schiebt, ruft er mit verkniffener Stimme: »Helga, Hallo, ich bin's, Kille. Geh schnell nach hinten, der Dimo! Ruf den Notarzt.«

»Mann, Kille! Was ist los, bist du okay?«

»Ja, ich war kurz weg, jetzt bin ich aber klar. Kümmere dich um Dimo!«

»Ja, du bleibst aber sitzen, ich rufe dann gleich Hilfe.«

Und sie rennt den Gang nach hinten Richtung Restauration und Clubräume, sieht, dass die Zwischentüre, die eigentlich immer geschlossen und durch einen Code gesichert ist, offenbar gewaltsam aufgebrochen wurde. Nach einem kurzen Blick links Richtung Toiletten biegt sie rechts ab. Die Vitrinen im Gang und auf der Mauer, die den Gastraum vom Flur trennt, sind zerschlagen und leer. Mit vorsichtigem Blick sondiert sie die Situation im Gastraum. Dimo liegt regungslos bäuchlings auf dem Boden, leicht verkrümmt, den Kopf zur Seite gedreht. Unter seinem Kopf ist eine Blutlache. Da lässt sie einen Schrei los: »Wenn einer da ist, hau ab«, vergisst alle Vorsicht, springt die drei Stufen hinunter zu Dimo. Es schießt ihr durch den Kopf: Das haben wir in der Ersten Hilfe bei der Trainerausbildung gelernt: Atmung und Kreislauf prüfen, Atemwege frei, Seitenlage, und als sie feststellt, dass er atmet und sie einen Puls fühlt, dreht sie ihn so vom Bauch auf die Seite, dass der Kopf und der Hals stabil bleiben. Dann ruft sie laut nach hinten zu Kille: »Bleib sitzen, Dimo ist k.o., aber okay, ich rufe Notarzt und Polizei.«

Sie zieht das Handy aus der Tasche und wählt die 110. Am Telefon meldet sich das Lagezentrum Ludwigsburg: »Hier Notrufzentrale der Polizei Ludwigsburg. Sie sprechen mit Polizeihauptmeister Wagner. Sagen Sie bitte Ihren Namen und den Grund Ihres Anrufs!«

Helga hektisch: »Ja. Hier Helga Berger. Ich rufe aus dem Bootshaus des Rudervereins Marbach an. Ein Einbruch, Überfall, Raub. Vitrinen sind zerschlagen und ausgeraubt, Bootsmaterial zerstört. Zwei Schwerverletzte. Ich bin hier alleine und weiß nicht, ob die Einbrecher noch in der Nähe sind und uns bedrohen.«

»Langsam, also Sie sind in Marbach und Zeuge eines

gerade stattgehabten Überfalls. Ich schalte jetzt eine direkte Leitung an das Revier Marbach, dass man von dort aus uns zuhört, und ich schalte eine zweite Leitung zum Kriminaldauerdienst. Moment bitte. Bis die Leitung steht meine Frage: Haben sie die Verletzten als Ersthelfer versorgen können? Wie groß ist die Lebensgefahr?«

»Ja, ein Verletzter hat ein Kopfwunde und ist benommen, aber wach, der andere atmet und hat Kreislaufprobleme, eine stark blutende Kopfwunde und ist tief bewusstlos. Er ist in stabiler Seitenlage, und ich habe ihn im Blickfeld.«

»Danke, gut gemacht. Die Leitungen stehen jetzt. Marbach und der Kriminaldauerdienst hören mit. Also, Sie sind in Marbach im Bootshaus am Neckar. Dort gab es einen Einbruch-Überfall, und es gibt Verletzte. Wie schwer sind die Verletzungen?«

»Ein Bewusstloser mit blutender Kopfwunde, ein Verletzter mit Kopfwunde.«

»Brauchen Sie einen Notarzt?«

»Nein, der Bewusstlose reagiert schwach. Nach meiner Kenntnis aus der Ersthelferausbildung liegen nicht die Kriterien dafür vor.«

»Zeitpunkt des Überfalls?«

»Gerade eben, oder vor ganz kurzer Zeit!«

»Also circa zwischen 7 und 7 Uhr 10. Versuchen Sie, Ruhe zu bewahren. Wir schicken zwei Krankenwagen mit Sondersignal, und vom Revier Marbach kommen Streifenwagen. Bleiben Sie ruhig. Rettungswagen haben die Kollegen neben mir schon losgeschickt, während wir uns unterhalten haben. Ich habe das Gespräch laut gestellt, und die haben mir zugenickt. Und vom Revier Marbach, wo mitgehört wurde, wird auch schon signalisiert, dass man verstanden hat. Ich erkläre

Ihnen, was eingeleitet wird: Hier wird der Kriminaldauerdienst informiert. Die schicken dann auch noch Beamte, um den Tatort zu sichern und erste Fahndungsmaßnahmen einzuleiten. Es handelt sich also um Raub?«

»Ja! Schrecklich!«

»Können Sie schon was zum Wert des Raubgutes sagen?«

»Ja! Nein! Es sind Antiquitäten und Kunstgegenstände. Sicher mehrere Zehntausender.«

»Holla! Vielleicht schließt sich der Kriminaldauerdienst gleich mit dem Raubdezernat zusammen, wenn dort schon Beamte erreichbar sind.«

»Ja! Okay! Aber ich glaube, gleich kommt eine Kriminalkommissarin, die bei uns rudert und sich für heute Morgen angemeldet hat.«

»Umso besser. Ich bekomme aus der Leitung nach Marbach gerade die Nachricht, dass schon Streifenwagen unterwegs sind. Können Sie uns genau beschreiben, wo man sie am besten hinschickten soll?«

»Ja. Vielleicht kann ein Wagen am Parkplatz der Oehlerkreuzung zum Übergang über den Radweg hinfahren, und die anderen sollen Richtung Wasser fahren, gegenüber der Schleuse und von dort zum Bootshaus.«

»Gut. Wir haben Ihre Handynummer. Es meldet sich vielleicht später der Kriminaldauerdienst, der jetzt auch weiß, wohin seine Mannschaft fahren muss, unterhalb des Schillermuseums über den Radweg an den Neckar, und wenn ich richtig verstanden habe, gegenüber der Schleuse nach rechts. Und bitte wegen der Spurensicherung nichts verändern. Ich verabschiede mich jetzt und wünsche einen guten Ausgang.«

»Ich danke Ihnen und bleibe bei dem Bewusstlosen, den

anderen schicke ich nach draußen, damit er die Polizisten und Sanitäter einweist.«

Im Rundbau des Polizeireviers Marbach, gegenüber der Stadtmauer und dem ehemaligen Stadtgraben und dem vorgelagerten Rundturm, hat man mitgehört und schickt zwei Streifenwagen los, einen die Grabenstraße aufwärts, so dass er östlich die Altstadt umfährt und an der katholischen Kirche abbiegt Richtung Neckar, um von der Oehlerkreuzung her vor dem ehemaligen Bahndamm den Tatort zu sichern, und einen, der die Grabenstraße abwärts fährt und über die Ludwigsburger Straße unten rechts auf die Umgehung fährt, um vor dem alten Elektrizitätswerk aus dem Jahr 1902/03 auf die Neckarwiese abzubiegen und von der Neckarseite aus an das Bootshaus zu gelangen. In diesem Wagen sind die Polizeiobermeister Paul Ehrlich und Peter Marquardt unterwegs.

Peter Marquardt zu seinem Kollegen Paul am Steuer: »Hen' die g'sagt Raub und alt's Zeig? Ha! Do kriegets mir wider mit der Kommissarin Marion zom dohn!«

Sein Partner Paul Ehrlich, aus Westfalen eingewandert: »Was meinst du mit ›alten zeigen‹, welchen alten Leuten sollen wir was zeigen?«

Peter: »Ha noi. Jetzt bisch' du schon zeh Johr, also zehn Jahre, do ond verstosch emmer no koi schwäbisch Gschwätz. ›Altes Zeug‹, also Antiquitäten, so wie meine Oldtimer, bloss bissle älter. Jetzt pass uff, glei muscht vor em E-Werk über dr Radweg zom Neckr nonder.«

Phil und Marion haben nur kurz gefrühstückt. Phil hat gedrängelt: »Wir sollten vor den anderen da sein, damit ich mich mit Helga abstimmen kann, welches Boot und wie wir uns heute organisieren können. Lass uns gleich die Ruderklamotten anziehen.«

Nun sind sie auf dem Weg zum Bootshaus. Als sie den Kirchenweinberg hinunterfahren, hören sie von weitem Sirenengeheul, und als sie die S-Bahnlinie Ludwigsburg-Backnang unterqueren, sehen sie Blaulicht von oben herab sich der katholischen Kirche nähern. Und als sie auf die versetzte Kreuzung zufahren, sehen sie, wie der Streifenwagen mit dem Blaulicht Richtung Neckar abbiegt. Marions Polizistinnen-Instinkt sagt ihr: »Hinterher.« Zu Phil sagt sie: »Ich will wissen, was da los ist!«

Sie schließt, verbotswidrig, weil sie durch eine 30er-Zone fahren, zum Streifenwagen auf und fährt an der Öhlerkreuzung dem Streifenwagen direkt hinterher auf den Parkplatz gegenüber. Von rechts hören sie ein Martinshorn, und als sie vor der Treppe über dem ehemaligen Bahndamm halten, fährt ein Krankenwagen auf der Umgehungsstraße vorbei und ein anderer biegt hinter ihnen ein.

»Phil, da ist was am Bootshaus los. Komm schnell!«

Sie rennen den Streifenbeamten hinterher und sehen aus den Augenwinkeln, wie die Sanitäter aussteigen und ihre Taschen packen. Vom Damm aus sehen sie den Ruderer Kille winken und hören, wie er ruft: »Hierher, ich führe Sie«, und er verschwindet mit den beiden Streifenpolizisten in der Bootshalle.

Kille führt sie in den Gastraum zu Helga und dem bewusstlosen Dimo und wird dann wieder nach draußen geschickt. Da kommt auch schon der zweite Streifenwagen den Uferweg entlang und biegt auf den Bootsplatz ein, und hinter ihm der zweite Rettungswagen. Phil und Marion warten, bis die Beamten aussteigen. Und sie schauen die beiden überrascht an, und Phil ruft: »Marion, das sind ja Peter und Paul.« Und Peter zu Paul: »Han' i's doch g'sagt: Wir kriegen es mit Marion zu tun und Phil ischt au drbei!« Sie kennen sich vom Fall Cello sehr gut und haben sich auch nachher noch getroffen. Marion fragt: »Warum seid ihr alarmiert worden, was ist da los?« Paul antwortet: »Raubüberfall. Antiquitäten und Kunst von hohem Wert sind geraubt worden. Der Wirt hier hat sie anscheinend überrascht. Aber wie kommt das, dass das Raubdezernat aus Ludwigsburg so schnell da ist? Und was macht Phil hier?« Antwort: »Das erklär ich euch später, jetzt kümmern wir uns erst.«

Inzwischen sind auch die Sanitäter aus dem zweiten Krankenwagen ausgestiegen, und Kille kommt zurück mit den Worten: »Ich soll euch zum Schwerverletzten hinführen, dort sind schon zwei Sanis und Polizisten.« Er geht dann voraus. Auf dem Flur vor dem Umkleiden bleibt er stehen und zeigt: »Dort hinten nach rechts, ich muss mich setzen, mir ist schlecht.«

Einer der Sanitäter stützt ihn, als er sieht, wie er schwankt, fragt er: »Wo kannst du dich hinlegen?« Da sie genau vor der Herrenumkleide stehen, zeigt Kille auf diese, während die anderen nach hinten eilen. Dort erfasst Marion mit einem Blick die Lage, und als sie sieht, wie die Sanitäter die Vitalprüfungen vornehmen, ruft sie energisch: »Stopp. Erst mal nichts verändern. Kann jemand erst schnell ein Foto machen von der Tatsituation?« Helga erwidert sofort: »Das habe ich schon gemacht.« Helga hat immer ihr Fotohandy parat und verfolgt immer alles fotografisch.

Marion: »Das ist super, dann kann der Mann so schnell wie möglich ins Krankenhaus. Her mit der Liege aus dem Wagen, der vor der Tür steht, und die aus dem Sanka draußen an der Straße kümmern sich um den Jungen, dem grad schlecht geworden ist. Und ich ruf im Präsidium an. Wir brauchen eine Ringfahndung. Und hier am Tatort stehen mir zu viele Leute herum. Die machen Spurenprobleme. Die Streifenbeamten aus dem Wagen an der Straße sichern dort und beobachten, ob sich Auffälligkeiten zeigen, die auf Abtransport von Raubgut hindeuten, und du, Phil, kennst dich hier gut aus, du sondierst mit Peter und Paul das Gelände, ob sich noch Täter hier versteckt halten, aber vorsichtig. Waffen dürfen scharf gemacht werden.«

Einer der Beamten aus dem Streifenwagen, der von der Oehlerkreuzung angefahren war, steht weiter hinten und fragt flüsternd seinen Kollegen Peter: »Wer ist das denn, die so hier herumkommandiert?« Peter flüstert ihm ins Ohr: »Des ischt KHK Elfrich vom Raubdezernat in Ludwigsburg. Wo die so schnell herkommt, woiß ich net, der Ältere, der wo nebe iehre steht, isch Phil, ihr Freund, des ischt a längere G'schicht.«

Die Sanitäter haben ihre Trage durch die Bootshalle geschoben und Dimo aufgelagert. Marion fragt kurz: »Ludwigsburg, Neurochirurgie?«, und erhält zur Antwort ein kurzes »Ja«. Sie bringen ihn zum Wagen, fahren mit Blaulicht und Sondersignal los, um im üblichen morgendlichen Berufsverkehr schnell durch die Staus zu kommen. Kille wird von den beiden anderen Sanitätern versorgt und vorsorglich auch ins Krankenhaus zur Untersuchung gebracht. Jetzt hat Marion Zeit, im Präsidium anzurufen. Sie wählt die Nummer des Kriminaldauerdienstes.

Es meldet sich der diensthabende KD-Leiter Quirin Thalmüller, ein waschechter Bayer und eigentlich nicht aus der Ruhe zu bringen und auch immer bedacht, alles rechtzeitig zu delegieren: »Kriminaldauerdienst KHK Thalmüller, wer ruft und warum?« Und Marion antwortet: »Hallo Quirin, hier ist Marion. Ich rufe aus Marbach an von einem Raubüberfall. Ich denke, man hat dich schon eingeschaltet?« Er: »Jo mei, was machst du schon da? Ischt doch g'rad erscht passiert. Die Marbacher haben Streifen hingeschickt, um abzusichern, und von mir ist eine kleine Gruppe unterwegs samt Kriminaltechnik. Und i' han' di' grad aus'm Bett klingle wolle, bin aber net durchkomme.«

»Klar, weil ich mir den Vormittag freigenommen habe, um mit ein paar Leuten zu rudern. Und da sind wir gerade dazugekommen, als die Streifen aus Marbach angerückt sind.« – »Aha, so so, bestimmt mit dei'm Dingsda.« (Im Präsidium ist die Liaison der beiden bestens bekannt, war Tagesgespräch im Fall »Cello«.) – «Ja, mit Phil und mit drei Musikern. Aber vielleicht haben wir Glück, dass wir so früh da waren, und noch die Chance die Täter direkt zu erwischen. Es ist viel Verkehr, und es sind bestimmt überall Staus Richtung Ludwigsburg und Autobahn, also ist Ringfahndung angesagt.« – »Kluges Mädle! Die Reviere Ludwigsburg, Marbach, Backnang und Heilbronn hab ich aktiviert, in alle Richtung abzuriegeln und alle Autos zu kontrollieren. Aber wenn du scho da bischt, no geb i' des gleich ab, dann kann der Raub dös glei von Ofang o mache. Wär' des was? No könn't i' gleich hoim, mei Dienschtzeit isch nämlich grad rum?«– »Ja, du musst aber bei der Frühbesprechung des Präsidiums darüber informieren. Für dich gute Zeit! Vor Ort übernehme ich und kontaktiere die umliegenden Reviere, um die Aktion zu koordinieren. Der Revierleiter Marbach wird mich sicher unterstützen, wenn er schon da ist. Jetzt muss ich hier weitermachen, also Servus – oder wie man bei euch in Bayern sagt.«

Sie lässt gleich ihr Handy die Durchwahlnummer zum 1. Polizeihauptkommissar Frieder Batholom aufrufen. Die war vom Fall »Cello« noch eingespeichert. Und er meldete sich prompt: »Hier Batholom. Wer will was von mir wissen?« – »Hier Marion Elfrich, Hallo Fritz! Ich bin in Marbach im Bootshaus des Rudervereins. Hier hat es gerade einen Überfall, Raubdiebstahl, gegeben. Du kannst mir helfen, die Ringfahndung zu koordinieren, die der KD eingeleitet hat.« – »Mensch, Marion, du bist schon da, wie das denn? Ja, ich bin informiert. Meine leitenden Köpfe sitzen gerade um mich rum wegen der Übergabe. Ja, mache ich gerne. Wir haben durch den Posten Steinheim die Richtungen Bottwartal und Backnang abgeriegelt, vom Posten Freiberg stehen die Sperren Richtung Autobahn, wir Marbacher haben nach Murr und Benningen an der Murrkreuzung gesperrt. Die Straßen nach Erdmannhausen, Affalterbach und Poppenweiler sind auch zu. Fast alles, was wir zur Verfügung haben, ist unterwegs. Falls du Hubschrauber willst, bräuchten wir aber den Staatsanwalt und den Polizeipräsidenten, das müsstest du machen!« – »Da habt ihr aber schnell reagiert. Aber bitte deine Leute, dass sie sich mit Ludwigsburg und Backnang abstimmen, natürlich auch Heilbronn. Dann hätten wir einen zweiten Ring!« – »Marion, ich hatte das Telefon laut gestellt, man hat mitgehört und wird sofort aktiv. Und bei dir unten sind

Peter und Paul und ein zweites Team. Reicht das?« – »Das ist super. Zur Unterstützung sind noch Leute vom Kriminaldauerdienst unterwegs, und die Spurensicherung. Damit kann die Situation vor Ort schon justiziabel dokumentiert werden. Sicherheitshalber hole ich noch meine Leute her.« – »Gut, Marion. Ich komme runter, wenn hier die Übergabe fertig und das Tagesgeschäft eingeleitet ist.«– »Gut, bis später, haben uns schon lange nicht mehr gesehen.«

Und dann braucht Marion noch ihren Assistenten, den Informatiker und Kriminaloberkommissar Wilfried Müller. Sie ruft in ihrem Dezernat an. Es meldet sich ihre Innendienstleiterin Kriminalkommissarin Vera Altmann: »Hallo Marion, was gibt es? Du hast doch den Vormittag freigenommen. Fitnessprogramm auf dem Wasser!« – »Ja. Hallo Vera, ich bin auch am Wasser, aber nicht drauf. Hat der Dauerdienst euch schon informiert?« – »Nein, wieso sollte er von was informieren?« – »Typisch Quirin. Hat er nicht. Also hier hat es einen Raubüberfall gegeben. Was alles geraubt wurde, wissen wir noch nicht. Streifenbeamte aus Marbach sind hier, und Quirin hat eine Prozession auf die Reise mit zwei Beamten und Kriminaltechnik geschickt. Und ich bräuchte noch den Wil.« – Vera: »Der ist noch nicht da. Stopp, grad streckt er seine Nase rein. Hi Wil, es gibt Arbeit! Marion ist dran. Ich übergebe gleich. Ciao, Marion.«

Marion erklärt kurz die Lage und bittet ihn, mit allen Utensilien – das ist hauptsächlich sein Hochleistungs-Laptop – herzukommen, und schildert ihm den Weg. Er antwortet: »Vorher brauch ich aber was zum Frühstück, meine Frau hat Frühdienst im Krankenhaus und mir nichts gerichtet. Geht es, dass ich noch am Kiosk beim Forum vorbeifahre?« – »Aber schnell, und nur, wenn du außer für dich noch für uns Brezeln und Kaffee mitbringst. Warte, ich zähle – 1, 2, 3, 4, 5, 6, 7, – Siebenmal.« – Antwort: »Marion! Wir haben einen Fall, keine Frühstücksfeier!« – Marion: »Nur glückliche Menschen leisten gute Arbeit. Sorge dafür, dass wir hier mit deiner Hilfe gute Arbeit machen. Der Präsident und unsere Aufklärungsquote danken dir jetzt schon!« – Wil: »Ich liebe dich dafür, wie du uns immer wieder anspornst. Bin schon unterwegs.«

Helga hat sich inzwischen mit einem der abgebrochenen Innenhebel eines Riemens bewaffnet und vorsichtig in die anderen Räume hineingeschaut, Toiletten, Küche, Clubraum, Umkleiden, Bootshalle, und erklärt, dass sie sicher sei, dass sich hier niemand versteckt hält, aber man müsse jetzt nach draußen schauen, schließlich werden ja Ruderer erwartet. Sie geht mit Marion hinaus, und sie sehen, dass die Sonne schon über die Stadtmauer lugt und sich im Neckar rotgolden spiegelt. Die Streifenbeamten haben inzwischen rund um das Gelände Trassierband gezogen, und auch vor der Treppe über den ehemaligen Bahndamm, der jetzt ein Radweg ist. Deshalb stehen die zwischenzeitlich Angekommenen auf dem Parkplatz unterhalb der Stadtmauer mit dem an der Ecke über der Lederfabrik Oehler aufragenden Haspelturm. Das Licht, das ihn nachts anstrahlt, damit die mit der Bahn Ankommenden ihn von weitem sehen, wenn der Zug auf dem hohen Viadukt den Neckar überquert, ist längst ausgeschaltet. Sie gehen die wenigen Stufen hinunter, der Beamte hebt das Trassierband, damit sie drunter durchgehen können. Helga erklärt die Situation und bittet Marion zu erläutern, wie es jetzt weitergeht. Und sie bittet um Verständnis dafür, dass jetzt erst einmal Polizeiarbeit einsetzt, die notwendig für die Aufklärung ist, nämlich Dokumentation und Spurensuche. »Deshalb kann niemand momentan auf das Gelände. Ich muss euch also leider wieder heimschicken.« Und Marion ergänzt für die Musiker: »Ja, ist schade, ihr wäret richtig wach und aufgewärmt zu euren Proben gekommen. Aber wir holen das bestimmt nach und finden sicher einen solch schönen Morgen wie heute wieder.«

Phil hat Peter und Paul rund um das Gebäude geführt, zuerst neckaraufwärts am Ufer entlang und rund um das alte E-Werk herum und dann hinter die Hallen des Kanuclubs. Auf dem Rückweg am Ufer entlang stutzt Phil. »Ich vermisse hier was, lasst mich mal nachdenken!« Er schaut sich um und beim Blick hinunter ans Wasser fällt ihm ein und auf: »Das ist der Anlegeplatz für den Katamaran, und der ist weg!«

Peter sofort: »Die sind mit einem Boot abgehauen. Schnell zu Marion!« Als sie ihr diese Fluchtmöglichkeit eröffnet haben, ruft sie Helga her, sie soll schnell überlegen, wo man mit dem Katamaran anlanden könnte.

Helga: »Über die Schleuse kommen sie nicht drüber, höchstens sie legen dort an, wo man Boote mit Karren umsetzen kann. Da kann man über die Brücke an den unteren Schleusentoren rüber. Oder auf unterer Seite, am östlichen Ufer vom alten Neckararm, direkt gegenüber der Schleuse an der kleinen künstlich angelegten Bucht. Dort ist ein kleiner Steg. Aber dann wären sie den von dort einfahrenden Einsatzfahrzeugen begegnet. Überhaupt müsste man dann den Katamaran schon von hier aus sehen. Nach meinem Ermessen muss man sie neckarabwärts suchen.«

Marion reagiert sofort und ruft den Revierleiter Marbach an: »Fritz, neuer Aspekt für die Fahndung: Es scheint, die Täter sind mit einem Boot geflohen. Nach Meinung der Trainerin des Rudervereins ist es am wahrscheinlichsten, sie sind den Neckar runtergefahren. Das bedeutet, man kann die Sperren Richtung Osten auflösen. Kannst du die dort eingesetzten Wagen umlenken, das Neckarufer abwärts ab der Murr zu überwachen? Ich frage schnell Helga, wo da angelegt werden kann. Moment, bleib dran. Helga, was meinst du? Ich schalte laut, sprich mit dem 1. Hauptkommissar.«

»Hallo, ich bin Helga, die Trainerin. Ich fahre mal im Geiste mit dem Boot den Neckar hinunter: Also bis zu Murr-Mündung sehe ich keine Chance, oder höchstens für sehr gute Bootsführer. Dahinter bis zur Benninger Neckarbrücke ist rechts das Ufer flach, aber mit Buschwerk bewachsen, an manchen Stellen sitzen aber Angler. Unsere Ruderer sind da schon öfter mal mit den Booten in ihre Angelschnüre reingefahren und haben sich Ärger eingehandelt. Dann kommt die Benninger Brücke und dahinter rechts die hohe Kaimauer für die Kiesschiffe, da geht nichts, aber gegenüber natürlich, am Bootssportclub neben dem Benninger Sportplatz ist ein idealer Anlegeplatz. Da sollte man auf jeden Fall suchen. Weiter abwärts ist rechts das Ufer flach, und immer wieder gibt es auch Lücken im Ufergebüsch. Den Weg unter den Steillagen-Weinbergen sollte man glaube ich genauer überprüfen. Und dann kommen bald das Wehr Beihingen und der Kanal. Da ist

Schluss mit Anlegemöglichkeit bis zur Schleuse Pleidelsheim. Können Sie damit was anfangen?«

Der Revierleiter mit dem Spitznamen Fritz: »Sehr gut. Vielen Dank. Ihr könnt mithören, was ich gerade weitergebe – wir sind immer noch in der Besprechung der Leitenden –: Die Streifen am Murrer Abzweig fahren gleich los die Uferstraße rechts des Neckars langsam entlang, die aus den Richtungen Rielingshausen und Erdmannhausen hinterher, von denen, die an der Autobahnauffahrt Pleidelsheim stehen, kommt einer ihnen entgegen von der Kanalbrücke aus und zwei fahren rüber nach Freiberg und sichern vor Benningen den Bootsclub, der Posten Freiberg fährt durch Benningen und unter dem Viadukt durch bis zur Schleuse, und einer leuchtet von der Benninger Neckarbrücke mit LED-Scheinwerfern den Neckar ab. Die Ludwigsburger sollen in Neckarweihingen und Hoheneck stehen bleiben und weiter Fahrzeuge kontrollieren. Die am Ende der Affalterbacher Straße und der Poppenweiler Straße nehmen sicherheitshalber das Ost-Ufer des Altneckararmes unter die Lupe. Ihr fahrt beim Ege-Trans-Gebäude rein. Da kommt man ans Ufer. Gut so, Marion?«

»Sehr sogar. Wir kümmern uns hier weiter um Situationsaufnahme und Spurensicherung. Die Kriminaltechnik muss jeden Moment da sein, und mein Assistent Wil auch.«

Kaum hat sie es ausgesprochen, kommen in einem Zivilauto zwei Beamte des Kriminaldauerdienst mit Blaulicht den Uferweg entlang, dahinter der Kleintransporter und ein Kombi der Spurensicherung und in einigem Abstand noch der alte Golf von Will. Der Bootsplatz und das Neckarufer vor dem Biergarten sind jetzt voll mit Polizei-

Fahrzeugen. Marion erläutert den neu Dazugekommenen kurz die Situation und begleitet sie zum Tatort, damit der KD für ihre Protokolle Situationsbeschreibungen aufnehmen und die Techniker Spuren sichern können, mit den Worten: »Nehmt erst mal alles auf, ich resümiere mit denen, die zuerst am Tatort waren, das, was wir bisher wissen, und wir, die zuerst vor Ort waren, versuchen uns ein Bild von dem möglichen Ablauf zu machen.«

Sie geht mit den Marbacher Streifenbeamten, Phil, Helga und Wil nach draußen. Vor den Hallentoren stellen sie Bänke und Biertische auf und Will wird gefragt: »Hast du alles dabei?« – Er: »Natürlich erledige ich immer, was meine Chefin mir auferlegt!«

Er erntet den Blick aus den blitzend blauen Augen, den er sich erhofft hat, und holt Kaffee und Brezeln aus dem Auto.

Marion: »Es war jetzt fast eine Stunde Hektik, und wir brauchen Denknahrung. Danke, Will.«

Während sie so zusammensitzen, um sich bei Kaffee und Brezeln noch einmal durch den Kopf gehen lassen, was da alles passiert ist und wie sie den möglichen Ablauf durchdenken, ist rund um den Neckar zwischen Marbach und Beihingen, dem schönen Ruderrevier des Marbacher Ruderclubs, eine ungewöhnliche Hektik: Überall Martinshorn und Blaulicht. Der Berufsverkehr ist praktisch zum Stillstand gekommen, weil zu den üblichen Staustellen auch noch die Kontrollpunkte der Ringfahndung dazukommen. Und in den Bootshallen und den Clubräumen, Gasträumen, in Küche, Vorratsräumen und Büros suchen die Kriminaltechniker Spuren, und die Beamten des Kriminaldauerdienstes nehmen ein Protokoll auf für ihren Chef.

Während Phil die Kaffeebecher wegräumt, fasst Marion die gemeinsamen Überlegungen zusammen: »Also, es sieht so aus, als ob die Täter, mindestens zwei, wenn nicht drei, über das Tor zur Bootshalle eingedrungen sind. Die Verwüstungen dort sind wahrscheinlich auf Wut und vandalistische Anwandlungen bei der Suche nach dem Schlüssel für den Katamaran zurückzuführen. Dann haben sie den Durchgang zu den Clubräumen aufgebrochen, die Vitrinen leergeräumt und die Bilder aus den Rahmen geschnitten. Dabei muss Dimo sie überrascht haben. Aus irgendeinem Grund ist Dimo noch früher als üblich zum Bootshaus geeilt. Gibt es einen Bewegungsmelder, der ihn zu Hause alarmiert hat? Er muss die Täter überrascht haben, da haben sie ihn niedergeschlagen. Und als sie aufgebrochen sind, hat der Juniorruderer sie entdeckt, und sie haben den auch ›ausgeschaltet.‹ Der Fluchtweg über den Neckar weist auf Profis hin, die vorausdenken, dass man bei früher Entdeckung auf dem Landweg in eine Ringfahndung geraten und an den Ausfallstraßen erwischt werden kann. Man versteckt sich also irgendwo in der Nähe, bis Ruhe einkehrt. Ich denke, da waren keine Junkies oder Gelegenheitsdiebe am Werk. Aber es sieht auch danach aus, dass außer den Profis jemand dabei gewesen sein muss, der sehr genaue Kenntnisse über die Örtlichkeiten und die Gewohnheiten hatte, also ein Insider. Es wird eine Ermittlergruppe aufgestellt werden müssen. Und in der wird man Wissen zur Ruderei brauchen, also Kontaktpersonen zwischen Verein und Polizei. Phil kennt das ja, aber ich werde vorschlagen, dass man Helga auch in die hineinnimmt, wenn der Staatsanwalt mitmacht. Helga, wärst du bereit?« Und die zögert nicht: »Das, was hier passiert ist,

ist für mich und den Verein so ungeheuerlich, dass ich alles tun werde, bei der Aufklärung zu helfen.«

Kapitel 6

Die Fahndung beginnt

Im Revier Marbach hat sich der Leiter, 1. PHK »Fritz« Batholom, regelmäßig von den Streifen Lageberichte geben lassen. Marion erfährt von ihm, dass die Kontrollen nirgendwo Auffälliges geliefert haben. Aber man hat den Katamaran gefunden. Er hängt am Wehr in Beihingen fest. Personen in der Umgebung seien aber nicht gesichtet worden. Helga prompt: »Ein Boot, das am Wehr hängt, ist dort hingetrieben. Aussteigen kann man so nicht, die sind vorher irgendwo raus!« Marion: »Fritz, hast du mitgehört? Das heißt, wir können die Fahndung einschränken auf den Neckarabschnitt zwischen Murrmündung und Freiberg-Beihingen. Ich meine, die größere Ringfahndung kann aufgelöst werden.« Fritz: »Das meine ich auch. Das wird hilfreich für den Verkehr sein. Es sind nämlich jetzt nicht nur die üblichen Staus, sondern es ist Chaos und Stillstand. Ich werde mich mit dem Präsidium abstimmen. Und den Staatsanwalt müssen wir auch informieren. Soll ich das machen?« Marion: »Nichts lieber als das. Frage ihn gleich, ob er eine Ermittlergruppe oder eine Sonderkommission einrichten möchte? Für mich wäre das eine Erleichterung. Aber du brauchst nicht zu uns an den Neckar runterkommen. Wir kommen zu dir rauf.« Er: »Wir? Wer sind ›Wir‹? Meine Streifenpolizisten und …?« Marion: »Frage überflüssig. Du weißt schon, wer. Du warst ja der Erste, der gemerkt hat, wo es funkt!«

Wil hat bei Kaffee und Brezel nebenbei Notizen auf dem Laptop gemacht, und Marion fragt ihn, ob er den Weg des Katamaran simulieren kann. Er antwortet: »Grob berechnen kann man das schon. Ich brauche ein mögliches Geschwindigkeitsprofil für das aktive Fahren, also das mit Motor und die ungefähre Fließgeschwindigkeit des Neckars in diesem Abschnitt. Dann kann ich verschiedene Szenarien durchspielen. Kann mir die Trainerin diese Angaben machen? Aber Marion, wir haben noch nicht überlegt, ob man die Burschen und Mädchen der Sippe ›Klauen und Hauen‹ hat herkommen sehen, wahrscheinlich doch mit einem Auto.«

Sie schauen Helga fragend an. Die überlegt und sagt: »Geben Sie mir ein paar Minuten. Ich muss beim Schifffahrtsamt anrufen. Und als ich ankam, standen zwei Autos draußen, und ansonsten war viel Verkehr. Aber frage nicht, was das für Autos waren.«

Marion wirft ein: »Will, du hast recht. Wir schicken die Spusi auch nochmal dorthin, Reifenspuren zu suchen. Und unsere Streifen sollen in den Häusern gegenüber und bei der Lederfabrik Öhler nachfragen, ob irgendetwas Auffälliges beobachtet wurde und ob man an- und abfahrende Autos auf dem Parkplatz gesehen hat. Helga, du musst sagen, wo Autos standen, als du ankamst, und welches unsere Autos sind, auch welche Autos der Ruderer. Die Spusi wird nicht glücklich sein.« Sie schickt die eine Streife los zur Befragung, und Paul schickt die Spurensicherung auf den Parkplatz.

Derweil sind zwei Männer die Treppe vom Fahrradwegdamm heruntergekommen, einer davon mit Kamera. Sie gehen auf die Gruppe zu und stellen sich mit Presseausweisen der MARBACHER ZEITUNG vor mit der Frage, wer ihnen Auskunft über den großen Polizeieinsatz geben kann. Bei der Redaktion seien Anrufe eingegangen und das Polizeirevier habe sie hierhergeschickt, eine Frau Kommissarin Elfrich sei vor Ort.

Marion meldet sich und sagt: »Das bin ich. Sie wissen aber schon, dass wir so kurz nach der Tat noch nichts sagen können. Da wird die Pressestelle des Präsidiums in Ludwigsburg rechtzeitig ein Kommuniqué herausgeben.«

Der Reporter erkennt sie: »Ach, ich erinnere mich an Sie vom letzten Jahr mit dem Celloraub. Aber ein paar grobe Informationen für unsere Leser, vor allem für die schnelle Info im E-paper und ein oder zwei Bilder?«

»Ja, also gut. Antiquitäten und Kunst aus der Sammlung des Gastronomie-Pächters sind geraubt worden. Der Wirt und einer unserer Ruderer sind verletzt. Eine Ringfahndung wurde eingeleitet. Mehr darf ich nicht sagen. Bilder ohne Personen gestatte ich.«

»Danke, Frau Elfrich. Zu den Sammlungen des Herrn Dimo haben wir in unserer Freitagsreportage der MARBACHER ZEITUNG unlängst was gebracht. Und Bilder von Ihnen und einigen der Herren hier haben wir im Archiv, und von der Trainerin sowieso.« Und der Fotograf macht Bilder vom abgesperrten Bootshaus mit den vielen Polizeiwagen davor auf dem Bootsplatz.

Wil hat inzwischen in seiner Computer-Simulation das Zeitfenster, die Strömungsgeschwindigkeit des Neckars eingegeben, die man vom Schifffahrtsamt erfahren hat und an diesen Morgen auffallend hoch ist, weil anscheinend die

Wehre mehr geöffnet sind als sonst, und herausgefunden, dass der Katamaran nur kurz motorgetrieben gefahren sein kann, vielleicht einen halben Kilometer, und dann von der Strömung mitgenommen worden ist. Helga hat auch vom Schifffahrtsamt erfahren, dass keine Schiffe in dieser Zeit unterwegs waren, und meint, dass er dann zwischen Murrmündung und Benninger Brücke angelegt haben könnte, eher am rechten als am linken Ufer.

Marion: »Wil, wie sicher bist du dir damit? Davon hängt jetzt ab, ob wir die Ringfahndung ganz auflösen, auf einen engeren Bezirk beziehen und auch Spurensuche einschränken!«

Wil: »Ich habe ausgeschlossen, dass am rechten Ufer Anländemöglichkeit zwischen der alten Benninger Brücke und der neuen Umgehungsbrücke nicht möglich ist, und links erst ab dem Motorsportclub. Der Suchrahmen schränkt sich nach der Computersimulation klar ein auf den Bereich rechtes Neckarufer zwischen Murr und alte Brücke und links um den Motorsportclub herum.«

Phil sieht in das Gesicht von Marion und stellt fest, wie sie die Augen kurz zukneift, die Stirn runzelt, die Lippen zusammenkneift, ihn dann fragend anschaut und energisch ruft: »Bitte alle zusammenkommen. Die Sachlage klärt sich für mich allmählich.«

Phil beantwortet diese Frage ohne Worte mit einem für ihn so typischen gütigen Blick und zustimmenden, kaum erkennbaren, aber für Marion ahnbarer Körperhinwendung (solche war auch der Ursprung, warum sie überhaupt auf ihn aufmerksam geworden war). Diese für andere nicht wahrnehmende Bejahung gab ihr die Sicherheit, nicht verlassen zu sein, wenn sie hier und jetzt eine richtungsbestimmende Anordnung geben musste. Sofort reagiert sie auf Phils unausgesprochene Einfühlung in ihre momentane Situation, und ihre Gesichtszüge entspannen sich, eine Andeutung eines Zulächelns und eines Kopfnickens huscht über ihr Gesicht, nur für Phil erkennbar, und als alle da sind, fragt sie zunächst die Kriminaltechniker: »Seit ihr hier soweit fertig?«

Als alle nicken, erklärt sie: »Dann heben wir die Aktion hier auf. Die Täter sind nicht in die Ringfahndung geraten. Es kann sein, sie sind durchgewitscht, es kann aber auch sein, sie sind noch in der Nähe. Deshalb suchen wir nach ihren Spuren. Helga, du hast jetzt kein Training, könntest du vom Wasser aus suchen, mit einem Beamten der Spurensicherung und einem Streifenbeamten zusammen mit Phil in einem Ruderboot?«

Helga: »Unser altes Trainerboot ist noch da, dann braucht niemand zu rudern.«

»Also: einer der Spusis und ein Streifi zu Helga ins Boot. Die anderen Spusis verteilen sich auf die beiden Marbacher Streifenwagen, und eine der beiden Gruppen sucht die Uferstreifen zwischen Murrmündung und alte Benninger Brücke ab, die andere das Gelände beim Motorsportclub. Phil bleibt dann bei mir, und wir fahren ins Marbacher Revier und organisieren dort eine Lagebesprechung am Nachmittag. Die Marbacher Streifenbeamten können dann die Ergebnisse dieser Suchaktionen vortragen, die Kriminaltechniker fahren in Präsidium und machen in den Labors ihre Auswertungen. Vorläufiger Bericht bei der Präsidiums-Abendübergabe. Wil, bitte mach aus deinen Notizen ein erstes Tatortprotokoll und hol dir von Helga die Fotos. Wir sehen uns dann heute Nachmittag wieder im Revier Marbach. Also los! Halt! Noch ein Wort! Ich finde, alle haben hier einen guten Job gemacht. Hoffentlich gibt es beim Wirt und beim Ruderer keine Probleme. Wir fragen nach und sagen euch Bescheid. Macht's gut, wir sehen und hören voneinander.«

Die Gruppe strebt also auseinander, und der Beamte aus dem zweiten Streifenwagen, der gefragt hatte, wer die denn sei, die da so herumkommandiert, sagt zu Paul: »Die ist aber sehr bestimmt! Sapperlot! Aber nett isch'se trotzdem. Mit dera kam'r gut schaffe!«

Und Phil nimmt Marion an der Hand mit den Worten: »Komm, du hast jetzt Hochspannung gehabt, ich habe das bemerkt, und jetzt koche ich dir einen Entspannungstee, und wir ziehen uns um, raus aus den Ruderklamotten. Du hast dich, nee, uns, ja bei Fritz angemeldet.

Als sie im Kirchenweinberg ankommen, setzt er Teewasser auf, drückt Marion eine Lavendel-Entspannungsdusche in die Hand, und nach Dusche und Melissen-Lavendel-Tee fahren sie los ins Polizeirevier. Marion biegt von der Bangertstraße aus auf die Dienstparkplätze. Sie stellt das Auto dort ab, und auf dem Weg zum Diensteingang bemerkt sie: »Da sind ja Brandspuren an der Türe.« Der Beamte, der die Türe öffnet, hat das gehört und sagt (er erkennt sie wieder vom Cello-Fall): »Ja, Frau Hauptkommissarin. Die wurden absichtlich belassen, sozusagen als historisches Zeugnis auf den Brandanschlag im letzten Jahr, als ein Gestörter zuerst seine Wohnung mit Benzin angezündet hat, in der Niklastorstraße, und dann versucht hat, mit Molotow-Cocktails die Stadtkirche und unser Revier in Brand zu setzen. Fast wäre das Haus abgebrannt, und ums Haar hätten auch mehrere Menschen ums Leben kommen können. Jedenfalls sind mehrere Familien obdachlos geworden. Hoffentlich kommt niemand auf die Idee, hier Maler herzuholen.« Marion: »Ach ja, das ging durch die Presse. Aber bringen Sie uns bitte zu 1. PHK Batholom, ich glaube, er erwartet uns.«

In der Tat, Fritz ist schon gespannt, was sie ihm zu berichten haben, nachdem er mit der Ringfahndung auf der Straße Chaos und bei der Presse Hektik ausgelöst hatte. Marion fällt gleich mit der (sprichwörtlichen, und nicht der brandgeschädigten Eingangstür zum Revier) Tür ins Haus: »Fritz, ich will dem Präsidenten und dem Staatsanwalt in Heilbronn vorschlagen, hier in Marbach, also vor Ort, wieder eine Ermittlergruppe vulgo eine SoKo einzurichten. Wärst du damit einverstanden? Und nimm es mir bitte nicht übel, ich habe schon für heute Nachmittag eine Lagebesprechung hier einberufen. Geht das?«

Fritz, der Revierleiter und Menschenkenner, lächelt sie gütig an und meint dazu: »Marion, ich bin nicht manipulierbar, sondern vorausschauend. Nach dem zweiten Anruf war mir klar, wohin der Elfrich-Hase samt Phil im Gepäck läuft. Staatsanwalt und Präsident sind angefragt und haben ihr vorläufiges Einverständnis erteilt. Beim Staatsanwalt hat ein schwacher Hinweis auf Tell-Lemberger aus dem Eichenfass und den neuen Ludwigsburger Neckarheld Lemberger natürlich nicht den Ausschlag gegeben, aber einer Ablehnung vorgebeugt. Ich mache eine Rundmeldung: ›Treffen 14 Uhr im Revier Marbach.‹ Einverstanden?«

»Sehr gut! Einverstanden. Dann machen wir jetzt eine Pause.«

Phil und Marion stehen nun vor der Frage: »Nochmal nach Hause, Schlaf nachholen oder Schlaf nicht nachholen?«

Der Autor weiß keine Antwort darauf, weil er nicht spekuliert. Jedenfalls waren sie um Halber Eine (für Nicht-Schwaben: 12:30 Uhr) zum Rostbraten-Essen hungrig im Turnerheim erschienen und pünktlich zum Lagebericht im Besprechungsraum des Reviers Marbach, wo der Revierleiter neben zwei seiner Streifenpolizisten, POM Peter und Paul, den Leiter der Kriminaltechnik des Präsidiums Ludwigsburg, Marions Assistent Will samt Hochleistungs-LapTop, einen Beamten der Kriminaltechnik sowie Marion und Phil begrüßt und gleich vorweg erklärt: »Wir kennen uns alle, und wir bleiben beim Du.« Auch der Staatsanwalt aus Heilbronn trifft ein mit den Worten: »Grüß euch Gott. Geht's wieder rund im Revier Marbach? Ich glaube, ich kenne auch alle. Dann mal los. Ich muss bald wieder nach Heilbronn.« Fritz begrüßt auch den Staatsanwalt und erklärt, der Polizeipräsident sei verhindert. Und er bittet Marion als leitende Ermittlerin reihum abzufragen, was bisher für Erkenntnisse vorliegen.

Also fasst Marion kurz zusammen, was sie am Tatort vorgefunden haben und welche Vorstellungen sie sich bisher vom Tatablauf gemacht hat: »Mindestens zwei Täter haben die Bootshalle noch in der Dunkelheit aufgebrochen und sind von dort in den Clubraum vorgedrungen, haben dort Vitrinen zerschlagen und Bilder aus den Rahmen geschnitten. Möglicherweise ist über eine noch nicht genauer untersuchte Alarmanlage der Pächter alarmiert worden, der die Täter dann überrascht hat. Sie haben ihn niedergeschlagen und sind beim Zusammenräumen von einem Ruderer entdeckt worden, den sie auch k.o. geschlagen haben. Beide sind im Krankenhaus. Deren Aussagen fehlen noch. Die Täter sind anschließend mit dem Trainerboot neckarabwärts geflohen, um nicht in die Straßensperren der Ringfahndung zu geraten. Das spricht für Profis, die von der Außergewöhnlichkeit der Sammlung des Pächters gewusst haben oder von irgendwoher gedungen worden sind. Ich will noch nicht zu viel spekulieren, aber man sollte nicht ausschließen, dass eine kriminelle Organisation dahintersteht, die sich lokaler Kleinkrimineller bedient hat, von denen sie sich Insiderwissen und Ortskenntnis erworben haben. Mit einer Computersimulation hat Wil die möglichen Ausstiegsstellen aus dem Fluchtboot eingegrenzt. Jetzt sollten die Gruppen, die zu Land und zu Wasser gesucht haben, berichten, und dann sollten wir auch noch von der Ringfahndung und der Befragung der Anwohner der Häuser an der Öhlerkreuzung gegenüber dem Parkplatz hören und mehr von der Spurensicherung erfahren.«

Die Spurensicherung sagt, Reifenspurenauswertungen auf dem Parkplatz seien abgebrochen worden. »Es sind zu viele und zu schlechte.«

Von der Befragung der Anwohner ergibt sich wenig Fassbares, weil nämlich im morgendlichen Berufsverkehr auf dem Parkplatz immer wieder Umsteiger sich bringen lassen und dann mitgenommen werden von Kollegen etc. Einem der Anwohner sei aber aufgefallen, dass »so gegen halb Sieben« ein Fahrzeug »sozusagen aus dem Schema gefallen« ist, indem es nur kurz direkt vor der Treppe gehalten hat, zwei Personen seien ausgestiegen, dann habe es gewendet und sei zurückgefahren, und die beiden seien dann über die Treppe Richtung Neckar gegangen. Leider sei es zu dunkel gewesen, um das Fahrzeug und die Personen genauer beschreiben zu können. Aber beim Beschleunigen habe der Motor mächtig gedröhnt. Der Staatsanwalt wirft dazu ein: »Müssen wir uns merken!«, und Fritz: »Da habe ich eine Idee: Der oder die sind an einen Ort gefahren, wo er oder sie auf die anderen warteten, bis die aus dem Boot steigen werden!« Und Phil: »Das wäre schon schlau geplant. Diese These gefällt mir.«

Marion fragt nun den Kriminaltechniker, was am Tatort und ob was im Uferbereich gesichert werden konnte. Der, ein noch recht junger Wissenschaftler, Physikochemiker, der sich vom Umweltbundesamt in Dessau der Liebe und der Kultur wegen hat nach Ludwigsburg versetzen lassen, ist präzise: »Am Tatort haben wir keine verwertbaren Spuren gefunden außer Fasern von Schutzanzügen und Gummichemie von Handschuhen. Ergiebiger war das Absuchen der Uferbereiche: Beim Motorsportclub Benningen hat offenbar in den letzten zwei Tagen kein Boot an- oder abgelegt, also keine frischen Spuren an den Stegen, auch keine frischen Spuren an den Wegen oder Wiesen dahinter. Vom Wasser aus kann allerhöchstens zwischen Murrmündung und Brücke rechts ein Boot angelegt haben. Dort sind an mehreren Stellen die Uferböschungen freigerodet worden, wohl von Anglern. Die hat man genauer in Augenschein genommen. Der Beamte im Boot hat sich auf der Suche dort mit den Streifen und unserem Techniker auf den Wiesen systematisch verständigt. Und es hat sich eine Stelle herausgestellt, mit Spuren am Gebüsch wasserseitig und Fußspuren auf der Wiese. Auf Höhe der roten Tonne hinter der Murrmündung ist unter einem großen Ahorn eine Lücke ins Gebüsch geschlagen, und zwischen großen Steinen ist ein ausnahmsweise flacher Uferabschnitt offenbar von Anglern hergerichtet. Dort war Anlandemöglichkeit, aber wasserseitig wegen der ständigen Umspülung keine verwertbaren Spuren. Die im Boot haben die Kollegen von der Landseite dorthin gelotst, wo ein kleines Türmchens an der Straße steht, wohl ein Pumpwerk. Von dem aus gab es frische Fußspuren, und gegenüber dem Türmchen gibt es an der Straße eine Parklücke vor einem Gartengelände. Reifenspuren an dieser Stelle sind unter Untersuchung.«

Kommentar des Staatsanwaltes: »Da habt ihr aber gute Schlüsse gezogen, Computer eingesetzt und mit Physik was gefunden. Dort bitte macht weiter Herr – äh – Wil –, waren nach dem Computer, waren zu dieser Zeit die Straßensperre noch zu?« Als Will bestätigt, fährt er fort: »Dann sind die in diesem Gelände vorerst geblieben und vielleicht sind sie noch drin. Dort suchen, bevor die Raubvögel abfliegen, aber verdeckt, so dass sie uns nicht abhauen. Aber weiß man denn was über den Wert von den Gütern des Altertums?«

Als er erfährt, was die Zeitung darüber berichtet hat und dass auch SWR3 Fernsehen mal da war und man dort geäußert hat: »unschätzbar«, meint er: »Holla, ich habe vorhin das Wort ›organisiert‹ aus dem Mund von der Frau KHK gehört und jetzt der Wert des Raubgutes! Ich telefoniere nachher doch mal mit dem BKA in Wiesbaden. Keine Sorge, es bleibt euer Fall, wir haben da schon gute Erfahrungen.«

Fritz dazu: »Wenn es Verdachtsmomente zu osteuropäischen Kriminellen gibt, kommt wieder der Kriminalrat Vladi Dingsbums« – Will: »Perschow« – »genau, Vladimir Perschow her, und der verlegt tatsächlich sein Ressort nach Marbach. Und es gibt wieder Arbeitsteilung: Die suchen die organisierte Kriminalität durch, und wir schauen uns um, ob wir die Zuträger der Ortskenntnisse und Infrastruktur in dem uns bekannten Milieu finden. Peter und Paul, das wird euer Job, was Marbach betrifft: Bei den Kleinkriminellen umhorchen und beobachten, bis sie plaudern, weil die Schnüffelei sie stört. Die einschlägige Szenerie überregional muss das Dezernat in Ludwigsburg übernehmen.«

Jetzt ergreift Marion wieder das Wort: »Das alles entspricht meinen Vorstellungen. Wir müssen von der Kooperation einer größeren Organisation vulgo Bande mit der lokalen Kleinkriminalität ausgehen. Also ergibt sich: 1. Überregionale Fahndung – BKA Wiesbaden einschalten; 2. Regionale Fahndung – macht Dezernat Ludwigsburg, also ich; 3. Lokale Fahndung – macht Revier Marbach, obwohl eigentlich nicht für Kriminalfälle zuständig, aber darin in der Vergangenheit schon sehr bewährt. Herr Staatsanwalt: Machen wir in dieser Zusammensetzung eine Sonderkommission?«

Der Staatsanwalt dazu: »Guter Vorschlag, bewährtes Verfahren! Kann ich für Wiesbaden-Anforderung was haben? Der Herr, äh, mit dem Laptop, der dauernd tippt« – Wil meldet sich mit »KHK Wil Müller« –, »ja, also der Herr Wil hat mir letztes Jahr so einen tollen Bericht geliefert. Kann er das bis morgen früh wieder machen, dass ich aus Wiesbaden nicht gleich wieder so viele Rückfragen kriege? Das war letztes Jahr sehr hilfreich!«

Als Wil versichert hat: »Ist morgen früh druckreif in Ihrem Postfach«, hakt Marion noch nach wegen der Frage Infrastruktur-Kenntnisse: »Herr Staatsanwalt, noch was zur Sonderkommission, nennen wir sie mal ›Rudern.‹ Es ist sicher, dass interne Kenntnisse der Örtlichkeiten und

Gepflogenheiten eingeflossen sind. Deshalb wäre mir wichtig, bei den Ermittlungen eng mit Ruderern zusammenzuarbeiten, also in einer Ermittlergruppe die Trainerin Helga Berger und wieder Phil Mälzer dabeizuhaben. Würden Sie das rechtlich absichern und unterstützen?«

Der Gesichtsausdruck des Staatsanwaltes war zuerst fragend und wandelte sich dann in lächelnd. »Frau Marion braucht ihren Professor, keine Frage. Kleiner Scherz, bitte nicht übelnehmen. Das mit der Trainerin leuchtet mir aber ein. Die war bisher schon hilfreich. Ich regle das mit dem Präsidenten und mach es justiziabel. Aber jetzt muss ich weg, gehe aber mit gutem Gefühl, trotz allem Übel in Marbach – Sorry, noch ein Scherz.«

Als er weg war, meint der Revierleiter Fritz dazu: »Na ja, eigentlich sind wir von ihm bessere Scherze gewohnt. Aber machen wir uns gleich an das Konzept der Leitenden Ermittlerin samt der vorgeschlagenen Ermittlergruppe. Marion, was bedeuten die Spuren vom Anlanden im Bereich der roten Tonne und die Reifenspuren an diesem Pumphäuschen? Da gibt es doch sicher ein lokales Versteck, in dem man warten kann, bis die Suchaktionen der Polizei abflauen. Wir haben schon einmal mit einer Undercover-Aktion Erfolg gehabt. Du und dein Phil, ihr seid doch heute Morgen um ein gemeinsames Training gekommen, und Stress-Abbau durch Bewegung wird ja allgemein propagiert! Du ahnst, was ich meine?«

»Mein lieber Fritz, du bekommst jetzt, bitte, es ist lieb gemeint, einen neuen Sonderkommissionsnamen: ›Knitz-Fritz‹. Ja, ich bin dafür. Phil, gehen wir gleich heute noch, bevor es dunkel wird! Es weiß ja schon halb Ludwigsburg und ganz Marbach, wie das mit Phil und mir ist. Natürlich gehen wir als Verliebte den Spuren nach. Irgendwo dort in den Weinbergen könnte ein Versteck sein, und wir beide gehen da jetzt hin. Phil kennt sich da bestimmt einigermaßen aus. Und du, Wil, gibst außer der Sachstandsdarstellung für den Staatsanwalt beziehungsweise das BKA nur sehr wenig dem Dezernat Öffentlichkeitsarbeit für Presse und soziale Medien weiter, während Phil und ich eine dienstliche Wanderung unternehmen. Bevor wir mehr wissen aber noch keine Aufruhr in Presse und sozialen Medien machen. Gib dem Referat Öffentlichkeitsarbeit nur rudimentäre Infos, halt den üblichen Text, aber nichts über versteckte Aktionen.«

Damit schließt die erste Besprechung der Ermittlergruppe. Will fährt ins Präsidium, um einen Text für die Presse zu schreiben und um den Sachstandsbericht für den Staatsanwalt zusammenzustellen, zu dem er bereits viel im Notebook stehen hat. Fritz organisiert mit Peter und Paul die Beobachtung und Befragung der lokalen »guten Bekannten.« Marion und Phil wollen zu ihrem Ermittlungsspaziergang, fahren aber zuerst ins Bootshaus, um Helga zu treffen und erste Nachrichten zu übermitteln. Helga ist überrascht von der Einbindung in die Fahndung und will zunächst die zusätzliche Belastung als Mitglied in der Sonderkommission ablehnen, aus Zeitgründen und überhaupt, sagt dann aber doch zu. Aus dem Krankenhaus hat sie gehört, dass Kille nach einer Kontrolluntersuchung morgen entlassen wird, es sei eine mittelschwere Gehirnerschütterung und eine genähte Platzwunde, und dass Dimo im künstlichen Koma liegt wegen Schädel-Hirn-Trauma, aber alles »stabil« sei, EEG und MRT gut, was immer auch das bedeutet. Dann fahren sie bis zu dem Pumpenhäuschen zwischen der Murrmündung und der alten Benninger Neckarbrücke. Auf der Parkbucht gegenüber dem Pumpentürmchen steigen sie aus. Sie sehen hier keine Fuß- oder Reifenspuren, auch nicht auf dem Randstreifen unterhalb des dahinterliegenden Stückles. Sie sehen aber deutlich die Spuren in der vor kurzem gemähten Wiese, über die man zum Wasser gelangt beziehungsweise umgedreht, und inspizieren auch Fußabdrücke nahe am Wasser und auf den Felsbrocken der Uferbefestigung, wie sie Angler wahrscheinlich nicht machen. Dann blicken sie prüfend über den gesamten Hang. Phil zeigt Richtung Benningen und führt seinen Arm im Kreis in die Höhe Richtung Weinberge. »Dort vorn biegt ein Weg ab, der schräg den Hang hoch durch den Weinberg führt und an der Kante über der Murr umbiegt und dann zurück ganz in die Höhe führt. Ich bin da schon mit dem Rad gefahren. Oben kann man parallel zum Neckar bis auf die Höhe Wehr Benningen fahren und dann hinunter zur Neckarbrücke von Beihingen, also man kommt auf die Straße Freiberg-Pleidelsheim. Wenn man oben weiterfährt, kommt man am Waldkindergarten von Pleidelsheim vorbei und kann Richtung Autobahnauffahrt abbiegen. Und es gibt noch andere Verbindungen. Siehst du oben über dem felsigen Abschnitt den Sendemast, zu dem eine Stromleitung hochzieht? Kurz davor gibt es einen Abzweig, der in das Murrer Gewerbegebiet führt, und kurz dahinter kann man ebenfalls nach Norden abzweigen zur Waldfestbühne und zum russischen Friedhof. Von da aus führt ebenfalls eine gut befahrbare und versteckte Straße Richtung Autobahnzubringer Murr-Pleidelsheim. Das ist ein taktisch gut geeignetes Gelände mit vielen Fluchtmöglichkeiten, also schwer zu überwachen. Und ich habe etliche Weinberghäuschen gesehen, in denen manche Familien gerne einige Wochenenden oder Kurzurlaube verbringen. Lass uns da mal hochfahren und oben abwandern. Ich denke, wenn hier die Beute vom Katamaran abgeladen wurde, ist man von hier aus hochgefahren, denn mit Raubgut beladen kann man schwerlich die steilen Weinbergtreppchen hoch. Die sind manchmal sehr unwegsam und an dieser Stelle nicht überall durchgängig. Lass uns deshalb bis etwa halbe Höhe fahren.«

Marion: »Phil. Ich wusste, dass deine Ortskenntnis hilfreich ist, aber dass du das Gelände nicht nur vom Wasser aus kennst, sondern sogar sozusagen intim bis hoch oben, das beeindruckt mich. Also los!«

Sie fahren also Richtung Brücke, dann rechts ab am kurz vor Beginn des Aufstiegs befindlichen landwirtschaftlichen Hofgut vorbei und dann sehr langsam mit rechts und links abschweifenden Blicken bergauf, bis sie genau oberhalb der roten Tonne im Neckar und dem Türmchen an der Straße sind. Dort gibt es Park-Buchten neben dem Weg im Bereich zweier Weinberghüttchen. Als Phil die sieht, sagt er: »Lass uns dort halten und von dort zu Fuß weitergehen.« Als Marion eingeparkt hat und aussteigen will, ruft er: »Halt! Wir müssen unsere Undercover-Rolle auch richtig spielen!« Sie antwortet mit einem unwiderstehlichen Augenaufschlag und es dauert einige Zeit, bis sie endlich aussteigen. Sie blicken hinunter auf den Neckar. Sie stehen fast genau auf Höhe der roten Boje und des Ahorns am Ufer und des Pumpenhäuschens an der Straße. Und gegenüber fesselt ihren Blick das ansteigende Stadtbild des alten Örtchens, das sich so enorm ausgebreitet hat. Sie befinden sich etwa auf der Höhe des Bahnhofs, aus dem gerade eine

S-Bahn wie eine rote Gliederschlange ausfährt und sich auf dem Viadukt hoch über dem Neckar vor die Stadtmauer und den Haspelturm schiebt.

Marion fasst Phils Hand, schaut ihm tief in die Augen und seufzt: »Das ist so schön. Eigentlich sollten wir uns hier auf ein Weinbergmäuerchen setzen und das einfach genießen. Aber wir haben anderes zu tun. Lass uns gehen!«

Die beiden Hütten an dieser Stelle scheinen ihnen als Versteck zu exponiert. Also gehen sie engumschlungen, aber hoch auf die Umgebung konzentriert weiter. Weiter oben wird es bewaldet, und der Weg macht eine fast 180°-Biegung. Dort oberhalb der Murr prüfen sie aus der Ferne unauffällig ein Gartengelände mit Obstbäumen und idyllischem Blick auf die Murrmündung und die Weinberge gegenüber am Marbacher Panoramaeck. Es gibt dort eine Zufahrt durch eine Art kurzen Hohlweg zu einer Hütte. Sie genießen wieder die Aussicht und kommen zur Ansicht, dass hier angesichts des schon ziemlich hohen Grases auf der Zufahrt schon längere Zeit kein Auto gefahren sein kann. An der Kehre zweigt ein Fußweg zum Panoramaweg in Murr ab, der aber offensichtlich nicht befahrbar ist, also folgen sie dem Fahrweg nach der Kehre weiter aufwärts. Der führt noch eine kurze Strecke durch einen Hohlweg und ist bewaldet. Dort, wo er wieder in die Weinberge führt und man wieder frei auf den Neckar und auf Benningen sehen kann, bleiben sie stehen, schauen hinunter.

Phil legt seinen Arm um ihre Schulter und flüstert ihr ins Ohr, mit einem Gehabe, als mache er eine Liebeserklärung: »Hinter uns ist eine kleine Parkbucht und eine kleine Treppe zu einem höher gelegenen Häuschen, das sogar Schornstein und SAT-Schüssel hat. Das kann ein tolles Liebesnest für ein paar Tage sein, aber genauso gut auch ein gutes Versteck für ein paar Tage. Jetzt nicht umdrehen, schauen wir uns auf dem Rückweg genauer an.«

Sie gehen dann weiter, sehen in einer der vielen Trockenmauern etliche Eidechsen die letzten warmen Sonnenstrahlen genießen und in anderen Mäuerchen Steingartengewächse in vielen verschiedenen Farben unter dem gedämpften Schein der schon tief stehenden Abendsonne aufleuchten. Immer wieder bleiben sie stehen und schauen hinunter über die Weinberge und Felsstürze hinweg auf den Neckar, und sie begutachten immer wieder Weinberghäuschen, die teilweise auch mit kleinen Gärtchen zu Wochenenddlauben ausgebaut sind. Dort, wo der Wald anfängt, kurz hinter dem Abzweig, der hinunterführt zum Neckarradweg, Abschnitt Benningen – Pleidelsheim, gegenüber dem Schiffsanleger vom Kieswerk oberhalb des Wehrs Beihingen, meint Phil, dass weiter hinten nach dem, was er bei seinen Radtouren gesehen habe, nichts als geeignetes Versteck mehr komme, der Waldkindergarten zwar schon, aber den schließt er aus, weil der zu hohe Aufmerksamkeit für Vorbei-Gehende oder -Fahrende auf sich lenke. Auf dem Rückweg gibt er zudem zu bedenken, dass jetzt nach der abgeschlossenen Weinernte schon die ersten Arbeiten anstehen und dementsprechend an den Hütten, die direkt am oder im Weinberg liegen, tagsüber Betrieb herrsche. Trotzdem nehmen sie alle unter die Lupe, ohne auffällig zu werden oder daraufzuzugehen, vornehmlich aber diejenigen, die abgewandt vom Abhang links in Wiesen und Obstbaumanlagen stehen. Sie bleiben vor drei weiteren eventuell verdächtigen Hütten stehen, um sich zu küssen mit zu den Objekten hingewendeten Blicken. Übereinstimmend halten sie als Ergebnis fest: Wir haben zwar keine Hinweise entdeckt, dass sich in einer der Hütten Personen aufgehalten haben, aber ausschließen wollen sie das nicht, immerhin wollten sie nicht zu offensichtlich nahe hingehen und durch die Fenster oder Fensterläden lugen.

Im Hohlwegabschnitt angekommen, beschleunigen sie dann die Schritte, weil es schon dämmert, und als sie das Auto erreicht haben, beraten sie, was zu tun sei. Phil kommt zu dem Schluss, jetzt dort aktiv werden, »mit Razzien oder so«, sei übereilt, aber beobachten müsse man das Gelände schon. Marion schaut ihn mit blau blitzendem Augenaufschlag an. »Phil, mein Lieber, du ahnst, was ich schon die ganze Zeit überlegt und gedacht habe. Ich wollte jetzt den Fritz anfragen, ob er Beobachtungsposten in Zivil einrichten kann. Aber mein lieber Gedankenleser, das machen wir von zu Hause aus. Ich habe Hunger und keine Lust mehr, nach Ludwigsburg zu fahren. Hast du was für uns?«

»Ja, meine geliebte Räuberjägerin, ich kenne dich schon sehr genau und kann deine Gedanken lesen und bin immer darauf vorbereitet, unsere Liebe auch durch den Magen gehen zu lassen. Wie wäre es mit Schinken, Rührei, Salat mit meiner Spezial-Vinaigrette und einem deftigen Bottwartäler Trollinger Kabinett?« Und vor dem Einsteigen bekommt er für dieses Angebot einen Kuss.

Im Kirchenweinberg angekommen, ruft Marion, während Phil das Essen vorbereitet, im Revier an und erreicht tatsächlich noch den Revierleiter. Sie erklärt Fritz, dass die Spurenlage ausreichende Hinweise gibt, dass am vermuteten Ort eine Übergabe der Ware stattgefunden haben kann und dass man nach eingehenden Überlegungen eingrenzen kann, wo Möglichkeiten bestehen, sich zu verstecken und ruhigere Zeiten abzuwarten, nämlich oberhalb der Weinberge im Abschnitt zwischen der Kehre des nach oben führenden Weges oberhalb der Murrmündung bis dort, wo sich dieser Weg kurz vor dem Waldabschnitt gabelt. Diese Region solle man unter Beobachtung stellen, und Fritz sagt zu, zivil gekleidete Posten dorthin zu beordern. Phil – »Du bist doch bestimmt jetzt bei ihm?« – solle auf einer Internetkarte markieren, wo die besten Beobachtungspunkte und die am ehesten infrage kommenden Verstecke seien. Marion: »Macht er, wenn er mit den Vorbereitungen des Abendessens fertig ist.«

»Gut, soll er an die Nachtschicht schicken. Wir haben gleich Übergabe, und ich erkläre das. Guten Abend dann und guten Appetit und Gruß an den ›Hilfssheriff‹.« – »Dir auch, ›Knitz-Fritz‹. Es ist schön, mit dir zu arbeiten und zu frotzeln. Gott sei Dank verlieren wir bei aller Arbeit und Stress mit Überstunden nicht den Humor.« – Fritz: »Halt, den ›Knitz-Fritz‹ nehme ich mit Humor an, weil er von dir kommt, aber noch was: Ich berufe für 11 Uhr ein Treffen ein, jetzt noch per Rund-Mail, damit wir von den anderen Gruppen auf das Laufende gebracht werden und weiter planen. Okay so?« – Marion entgegnet sofort: »Herr Erster Hauptkommissar, jetzt haben Sie mich rechts und links überholt. Das wollte ich auch noch machen. Ich danke dir und kann jetzt in Ruhe zu Abend essen und einen Wein trinken.«

Kapitel 7

Tag 1 der Fahndung

Der Vormittag

Wegen Herbstzeit und herbstlichem Schmuddelwetter ist es noch dunkel, als Marion und Phil aufstehen. Erst beim Frühstück sehen sie es allmählich dämmern, und Marion hält sich nicht lange auf mit Tee, dann Kaffee und Marmeladenbroten, weil sie früh im Dezernat sein will, um die Fahndung voranzutreiben. Deshalb gibt es heute keine Abschiedszeremonie an der Haustür. Als sie in ihren kleinen Peugeot mit viel PS einsteigt, winkt sie nochmal und ruft: »Jetzt kannst du in Ruhe den ganzen Vormittag auf deiner Oboe blasen, aber sei pünktlich um 11 da, wir haben viel zu planen und Aufgaben zu verteilen.« Und Phil wirft ihr noch eine Kusshand zu, als sie die Tür schließt.

Sie kommt fast zeitgleich mit Vera und Phil an. Sie begrüßen sich mit einem »Hallo«, und Marion setzt nach: »Wenn ihr euch eingerichtet habt, gleich am Besprechungstisch.« Dort stöpselt jeder sein Laptop ein, und Marion eröffnet:

»Wir haben gestern ja schon grob die Aufgaben im Gesamtrahmen verteilt und sind ziemlich schnell zu der Überlegung gekommen, dass eine Organisation dahinterstecken könnte, also ein Auftragsdelikt. Dazu soll ein vorläufiger Situationsbericht ans BKA. Wil wollte sich darum kümmern.« Sie schaut zu ihm hin, und er antwortet: »Ist fast fertig, geht nachher gleich weiterleitungsfähig zur Staatsanwaltschaft in Heilbronn.«

Marion: »Gut. Wir dürfen aber Beschaffungskriminalität nicht aus den Augen lassen. Deswegen setze ich mich noch mit den Leuten von »Klau und Bruch« zusammen, und die Marbacher observieren verstärkt im lokalen Kleinkriminellen-Milieu. Und dann steht noch eine weitere Umgebungsbefragung an. Das zu organisieren wäre dein Job Vera, wie immer am besten mit der Wil-Software, also mit seinem digitalen Fragebogen als geführtem Interview mit Spracheingabe. Die Fragen arbeiten wir nach der Besprechung in Marbach mit Hilfe der Trainerin aus. Dann können wir auch die Zielpersonen festlegen. Aber versuche jetzt mit ihr Kontakt aufzunehmen. Sie heißt Helga Berger, Nummer kriegst du von mir. Sie könnte auch gleich eine Art Krisengespräch mit dem Vereinsvorstand organisieren, an dem wir drei, sie und Phil teilnehmen. Die Befragung der Opfer hängt davon ab, wie es denen geht. Der Junge soll heute einer Nachuntersuchung unterzogen werden, und wegen des Zustands des Pächters gehe ich gleich selbst runter ins Klinikum. Soviel von mir. Habt ihr noch Informationen oder Vorschläge?«

Vera meldet sich: »Wir haben noch nicht an Versicherungsbetrug gedacht, oder daran, dass man der Versicherung den Rückkauf anbietet. Also könnte Beschaffungskriminalität auf diese Weise ein Motiv sein.«

Marion dazu: »Ich habe das für mich schon ausgeschlossen wegen der Schwere der Verletzung, aber du hast recht, das müssen wir ausschließen. Spätestens vor Gericht wird uns ein Rechtsverdreher sonst Versäumnisse vorwerfen und damit einem Angeklagten besser Karten verschaffen. Sobald der Dimo, so wird er von allen genannt, wieder ansprechbar ist, werde ich ihn nach der Versicherung fragen und, falls er mir die nennen kann, dann Kontakt aufnehmen.

Wil erkundigt sich nach dem Ergebnis der Erkundung gestern im Bereich das Ufers nahe der roten Boje und im darüberliegenden Gelände, mit der Idee, dort eine Unterschlupfmöglichkeit einzugrenzen, in der die Beute versteckt werden kann, bis die Luft rein sei. – Marion: »Ja klar! Wir haben ein Gebiet oberhalb der Weinberge gegenüber von Benningen eingegrenzt und die Marbacher gebeten, dieses Gebiet bei den möglichen Schlupflöchern zu observieren.« – Wil: »Da überlegen ich mir, ob es eine technische Möglichkeit gibt, dieses Gebiet zu überwachen. Kann ich das Gebiet genauer erfahren?« – »Ja, Phil hat auf einer Google-maps-Karte das eingegrenzt und an Fritz durchgegeben. Ich sage ihm, er soll dir das auch schicken.«

Auf dem Weg ins Krankenhaus ruft sie Phil an: »Hey Phil. Ich bin gerade auf dem Weg ins Klinikum, da kann ich dich was fragen. Wenn du dein Quietschrohr genug aufgeblasen hast, habe ich noch eine Aufgabe für dich.« – »Hey aber!! Das ist ein glatter Scheidungsgrund, wie du mein Instrument benennst und meinen Umgang damit bezeichnest!« – »Ach, Phil, du bist heute Morgen aber humorlos. Ich wollte dich doch nur ein bischen hänseln.« – »Ist ja schon gut, meine geliebte Hänselkatze. Ich kann dir doch sowieso nicht böse sein. Was gibt es denn?« – »Wir machen wieder für die Umgebungsbefragung einen Interviewbogen. Du sollst auflisten, wonach deiner Meinung nach bei den Ruderinnen und Ruderern gefragt werden sollte, und vor allem Personen nennen, die einen guten Überblick über das Rund-um-den-Ruderverein haben. Wir können ja nicht alle befragen, etwa dreihundert wären es ja dann wohl. Klappt das bis 11 Uhr, weil Vera das sofort nach der Besprechung ausarbeiten soll, damit morgen schon damit angefangen werden kann? Und dann läuft noch eine Aktion an, eine Art Krisengipfel mit dem Vereinsvorstand und sonst noch Funktionären, die das Vereinsgeschehen gut kennen. Vera kümmert sich mit Helga zusammen drum. Du solltest auch dabei sein und überlegen, wer noch wichtig wäre.« – »Ja, meine Kommissarin. Ich mach das. Bis später.« – »Halt, noch was: Schicke doch Wil die map, auf der eingezeichnet ist, wo wir am ehesten das Wenn-dann-Versteck vermutet haben. Du weißt, das, was du auch an Fritz weitergeleitet hast.« – »Ach Frau, jetzt kann ich die Oboe wegpacken und werde immer weiter schlecht spielen. Aber weil du es bist!«

Im Klinikum findet sie zuerst Kille auf der unfallchirurgischen Normalstation. Vom Stationsarzt erfährt sie, dass die Nachuntersuchungen gut ausgefallen sind und er am Nachmittag entlassen wird. Sie geht dann zu ihm in sein Krankenzimmer, wo sie ihn fragt, ob er schon soweit sei, dass man sich mit ihm unterhalten kann. Er meint: »Prima. Jetzt weiß ich endlich, wie es ist, im Krankenhaus zu sein, aber mehr davon brauche ich nicht. Ich habe noch eine Woche Sportpause verordnet bekommen und muss mich dann wieder untersuchen lassen, um die Sporttauglichkeit ausgestellt zu bekommen. Da haben wir Ruderer es besser. Boxer bekommen nach einem k.o. sechs Wochen Sportverbot.«

Auf der neurochirurgischen Abteilung erfährt sie vom zuständigen Oberarzt, dass der bei dem Raubüberfall Verletzte noch im künstlichen Koma liegt, um dem Gehirn

Ruhe zu gönnen damit es sich erholen kann, eine Operation sei aber nicht nötig gewesen, weil es im MRT keine Hinweise auf Blutungen gegeben habe und auch sonst keine Zeichen eine Hirndruckerhöhung. Lebensgefahr bestehe zur Zeit keine, man müsse aber abwarten. Marion bittet ihn, dass sie informiert wird, wenn er ansprechbar ist und eine Aussage zum Vorfall machen kann.

Marion geht dann zurück mit einem kleinen Umweg über die Bärenwiese, um mit diesem Spaziergang unter bunt belaubten Alleebäumen und entlang der Beete die gedeckten Farben der Herbstblumen zu genießen und Kraft zu schöpfen. Zahlreiche Passanten schienen dasselbe Bedürfnis zu haben, und es gab hie und da ein freundliches Grüß Gott oder auch nur ein zugewendetes Kopfnicken.

Zurück im Präsidium steuert sie direkt das mit IT-Anlagen vollstehende Büro von Wil an. Die Hälfte der Maschinerie war sein Eigentum. Wiederholt hatte man ihn darauf aufmerksam gemacht, das sei nicht gestattet. Aber er erklärte jeweils, mit der veralteten Ausstattung der Polizei könne er Aufklärungsarbeit via Internet niemals auf hohem Niveau leisten. Und da die Aufklärungsrate des Dezernates so hoch ist, wie sonst nirgendwo in BW, hat man immer beide Augen zugedrückt.

Marion sah auf mehreren Monitoren größere Zahlenkolonnen und geheimnisvolle Grafiken durchhuschen und fragte, ob sie stören kann. Phil dreht sich um und sagte: »Die Maschine machet's g'rad selber. Was gibt's?« – »Ja, Wil, ich habe vorhin total vergessen, dass wir ja versuchen sollten, auch im Internet zu suchen, wie man irgendwo außerhalb darauf kommen konnte, dass ausgerechnet in einer Sportgastronomie in Marbach hellenische Funde ausgestellt sind. Versuche doch mal, wieder wie früher schon, da was herauszufinden.« Wil schaut sie strahlend an »Chefin, wie lang schaffet mir scho' z'samme? Des lauft scho auf mehrere von dene Combuter, dauert aber no a Weile!« – »Super. Ich sehe schon auf den Bildschirmen heftige Aktionen. Wenn die durch sind, denke bitte im zweiten Schritt an die Möglichkeit, dass von den Raubstücken welche im Internet angeboten werden könnten.« – »Ja, ist auch schon in Vorbereitung. Läuft dann ab heute Abend im Permanentmodus die nächsten Tage.« – »Ja, mein Wil, da passt wieder der Spruch ›Wenn wir dich nicht hätten und die dicken Kartoffeln tät aus uns nix werden‹.« – Wil: »Ich frag jetzt nicht nach den dicken Kartoffeln, aber danke fürs Kompliment.« – »Die dicken Kartoffeln sind in den oberen Etagen gelagert, sag's aber nicht weiter. Ich geh jetzt zu den Kollegen vom Einbruch, und dann fahren wir nach Marbach. Wir fahren aber getrennt. Nimm du das Dienstauto, ich fahre mit meinem, weil wir uns mit den Vereinsbossen treffen, falls Helga einen Termin vereinbaren konnte.«

Die 11 Uhr-Besprechung und der Nachmittag

Im Revier Marbach ist wieder ein eigener Raum hergerichtet beziehungsweise freigeräumt worden, speziell für die Ermittlergrupe und direkt neben dem Server-Raum, weil man schon weiß, dass Wil darauf zugreifen wird. Der Polizeipräsident hat sich angemeldet, und der Staatsanwalt wollte sich per Video zuschalten lassen.

Fritz als Hausherr begrüßt alle und bittet den Polizeipräsidenten, die Sitzung zu leiten. Der bedankt sich für die Gastfreundschaft und betont, dass er gerne wieder nach Marbach kommt. Man könne gegebenenfalls schnell mal

Ortstermine arrangieren und finde hier immer eine angenehme Atmosphäre, schon deshalb weil hier nichts eckig sei und alles rund läuft. Und er bittet Marion, alle auf den aktuellen Kenntnisstand zu bringen. Sie kommt schnell auf die Hauptthese zu sprechen, die Täter hätten die »Ware« und vielleicht sich selbst oben in den Benninger Weinbergen versteckt. Fritz ergänzt, dass von der Überwachung an allen Ausfahrtrichtungen keine auffälligen Beobachtungen gemeldet worden sind. Dazu schaltet sich Wil ein: »Ich habe versucht, aber keinen Erfolg gehabt, bei zivilen und militärischen Satellitenbeobachtern Angebote zu bekommen. Das ist entweder zu teuer oder zu geheim. Und die öffentlich zugängigen Satellitenbilder, wie Google und so weiter, sind zu unscharf für unsere Zwecke. Das hängt mit dem Schutz der Privatsphäre zusammen. Wir hätten aber im Präsidium batteriebetriebene Funkvideos. Nur müsste man die unauffällig anbringen und genau wissen wo. Mit Streifenwagen durchfahren würde wohl weitere unkontrollierbare Fluchtbewegungen auslösen und dabei die wertvollen Stücke auch gefährden. Da ist Tonzeug und Keramik dabei, wenn ich das richtig mitbekommen habe.«

Da meldet sich Helga: »Das ist für uns kein Problem. Ich mache mit meinen Jungs Lauftraining, Bergläufe und Intervall-Läufe. Wenn das Zeug in Rucksäcke passt und nicht zu empfindlich ist, schleppen die das hoch. Und wenn ihr uns sagt, wo das anzubringen ist, machen wir dort Pausen mit Gymnastik, so um jemanden herum, der das installiert. Und dann geht es weiter.«

Marion findet das eine sehr gute Idee: »Ich rufe gleich bei der Kriminaltechnik an. Die bringen Equipment ins Bootshaus und weisen euch ein. Dann könnte das Unternehmen noch heute ins Nachmittagstraining aufgenommen werden.« Und zur Videokamera hingewendet: »Aber, Herr Staatsanwalt, das muss rechtlich geregelt sein.« Er antwortet: »Heute ist ein Diensthabender Richter da, den ich gut kenne. Der trinkt zwar nur Heilbronner und Weinsberger Weißweine, ist aber sonst okay. Ich regle das mit ihm.«

Marion dreht sich jetzt zu Wil um. »Thema Beschaffungskriminalität: Wil wird dazu im Internet ein Programm laufen lassen. Und er hat sich mit der Frage beschäftigt, ob im Internet Suche gelaufen war nach Gegenständen wie den hier geraubten, zum Beispiel mit Zugriffen auf einschlägige Seiten weltweit, aber auch auf die Artikel in der regionalen Presse über die Sammlung hier in Marbach. Bist du da schon weiter?« – Wil: »Das Programm läuft auch. Trefferauswertung kommt vielleicht heute Abend schon, aber eher erst morgen.«

Marion nickt und fährt fort: »Bei den Kollegen vom Einbruch war ich vorhin. Dort haben keine Alarmglocken geläutet, als ich unseren Fall vorgetragen habe. Es sei bei ihnen eher ruhig, haben sie mir gesagt. Voriges Jahr noch aktive Banden sind offenbar weitergezogen, und die Kollegen meinen, die zur Zeit beobachteten einschlägig Aktiven sind nicht auf Dinge wie in unserem Fall fixiert, die ›schwer zu verticken sind‹. Aber wie sieht es bei den lokalen Kleinkriminellen aus?«

Fritz erläutert, man habe die üblichen Orte genauer, aber so unauffällig wie möglich beobachtet, vor allem am Marbacher Bahnhof, in der Steinheimer Ortsmitte und in Benningen im Bereich des Asylantenheims, wo sich viel Drogenhandel in letzter Zeit abgespielt hat. Und man habe auch Beamte regelmäßig in der S-Bahn fahren lassen und dort die Bundespolizei gebeten, ihr Augenmerk nicht nur auf Schwarzfahrer, Exhibitionisten und fehlende Coronamasken zu richten.

Paul, fasst zusammen, was die Kolleginnen und Kollegen bisher berichtet haben: »Leider bisher im einschlägigen Bereich Fehlanzeige. Aber man hat bemerkt, diese Kundschaft wird unruhig. Vielleicht wissen die was oder es missfällt ihnen, dass mehr Polizei in ihrer Nähe ist. Und die Bundespolizei in den S-Bahnen war zunächst *not amused,* dass wir hier auftauchen. Aber sie werden uns helfen.«

Marion bedankt sich bei den beiden mit der Bemerkung: »Es ist mir wichtig, dass wir später nachweisen können, hier sorgfältig ermittelt zu haben.« (Sie sehen auf dem Bildschirm, dass der Staatsanwalt in Heilbronn bestätigend nickt). »Aber es fehlt bei unseren Ermittlungen noch die Frage nach eventuellen Tätern oder Zuträgern aus dem Umfeld. Wir werden das wieder mit der Mischung aus Fragebogen- und geführtem Interview machen, mit Spracheingabe in die eigens dafür von Wil angeschafften und programmierten ›Maschinchen.‹ Vera wird sich darum kümmern und spezifizierte Fragen-Vorschläge von Phil und Helga einarbeiten. Morgen schon soll es damit losgehen. Der Personenkreis wird von Phil und Helga zunächst eingegrenzt, damit wir nicht alle dreihundert Vereinsmitglieder, Familienangehörige und jeden aus der Nachbarschaft befragen müssen. Aus meinem Dezernat wird der Innendienst zwei Personen einsetzen können. Können wir auf Unterstützung durch Marbach rechnen?«

Fritz: »Peter und Paul sowieso. Dann wird es eng, weil wir die Außenbeobachtungen ja schon verstärkt haben, aber Vorladungen zum Innendienst sind möglich, da ja der Bogen alles vorgibt. Die Erfindung von Wil kann direkt Kriminalgeschichte schreiben.«

Marion: »Okay und Danke bei aller Euphorie zur Kriminalgeschichte. In der Umfeldermittlung will ich aber schon früher anfangen und ein Krisengespräch führen mit Vorstand und Insidern des Vereins. Helga und Phil sollten versuchen, hierzu eine Runde zusammenzurufen. Wie sieht es damit aus?«

Phil und Helga schauen sich an, Phil mit fragendem Blick und Achselzucken, Helga mit klaren bejahenden Augen und leichtem Kopfnicken, und sie sagt; »Ich bin ja auch im Vorstand, und es war sowieso eine Sitzung geplant, und dazu war eine Terminumfrage unterwegs gewesen. Die Erweiterung des Personenkreises um ›Kenner der Szene‹ aus den Bereichen Breiten-, Gesundheits- und Leistungsport war gar nicht schwierig. Ein Treffen ist schon für heute Abend anberaumt, das auch stattfinden wird, wenn keine Ermittler kommen. Man würde sich aber freuen, wenn man helfen kann und natürlich dabei auch Näheres erfahren würde. Man trifft sich um 19 Uhr im Bootshaus.«

Marion bedankt sich und meint: »Ich denke, es reicht aus, wenn Helga, Phil und ich hingehen. Aber eine Frage habe ich noch an den Präsidenten und den Staatsanwalt: Wie gehen wir mit der Öffentlichkeitsarbeit um? Sollen wir Presse und soziale Medien einschalten oder uns noch bedeckt halten? Die Zeitungen werden sicher schon nachfragen!«

Nach kurzer Beratung wird beschlossen, noch Zurückhaltung zu üben, vor allem soll im Hinblick auf die anstehenden Befragungen kein mögliches Täterwissen publik werden.

Sie beschließen, sich erst morgen Abend nach den Übergabebesprechungen zu treffen, wenn man neue Erkenntnisse habe. Damit beendet der Revierleiter die Besprechung mit der Bemerkung »Mittagspause und dann wieder volle Kraft voraus«.

Vera bekommt von Helga und Phil noch für das Interview der Mitglieder des Rudervereins die Namen derer, die befragt werden sollen. Sie will im Lauf des Nachmittag zusammen mit der Sekretärin des Dezernats den Bogen erstellen und Termine vereinbaren. Marion ruft bei der Kriminaltechnik an wegen der Mini-Videofunkanlagen. Wil würde sie abholen und damit ins Bootshaus zum Nachmittagstraining fahren. Phil und Marion zeigen ihm und Helga auf einer *google-map,* wo sie installiert werden sollen. Dann trennen sich alle und gehen den zugeteilten Aufgaben nach.

Marion und Phil beraten, ob sie zu einer kleinen Mahlzeit zum MARKT 13 in der Altstadt gehen sollen oder in seine Wohnung im Kirchenweinberg, um sich dort eine Kleinigkeit zu machen und am Abend dann nach der Sitzung im Bootshaus zu essen, da kommt ein Anruf auf Marions Handy. Sie schaut auf die Nummer und sieht, er kommt aus dem Klinikum Ludwigsburg.

»Phil, oh je, aus dem Krankenhaus. Hoffentlich keine schlechte Nachricht über den Dimo.«

Sie meldet sich: »Hier Kriminalhauptkommissarin Elfrich. Wer ruft mich?« – »Oberarzt Kleimann, Neurochirurgie. Wir haben uns heute Morgen gesprochen wegen des überfallenen Herrn Anathopoulos. Die Nachuntersuchungen haben keine Hirnschwellungen und keine Blutung ergeben. Deshalb haben wir ihn aufwachen lassen, und er ist wider Erwarten klar und erinnert sich. Erstaunlich für uns. Sie können ihn jetzt befragen.«

Marion erwidert »Das ist wunderbar. Gut für ihn. Und gut für uns, wenn wir wichtige Informationen von ihm bekommen können. Danke für die Nachricht.«

»Gerne, Frau Kommissarin. Er wird in Kürze auf die Normalstation verlegt. Wohin weiß ich noch nicht. Sie müssen an der Pforte fragen. Auf Wiedersehen. Oh nein – oder vielleicht doch ja mal nicht dienstlich?« – »Danke, vielleicht nicht. Es gibt einen, den ich nicht damit enttäuschen möchte, aber nett war es trotzdem. Ciao dann.« Und zu Phil sagt sie: »Stell dir vor, ich habe gerade das Angebot für ein sehr interessantes Rendezvous wegen dir abgelehnt. Was sagst du dazu?« – »Das schmeichelt mir schon, aber los, was ist?« – »Dimo kann befragt werden. Änderung der Pläne. Döner auf die Hand und ab ins Klinikum.«

Gegenüber dem Revier gibt es in einem Durchgang durch die Stadtmauer einen Dönerladen, wenig bekannt, aber mit ausgefallenen Zutaten. Dort versorgen sie sich (mit Rücksicht auf den bevorstehenden Krankenbesuch mit Befragung nicht mit allem, ohne Zwiebeln und ohne Knoblauch), fahren von Hoheneck aus die Serpentinen hinauf bis zum Friedhof, parken dort und gehen hinunter ins Klinikum.

An der Pforte ist die Verlegung noch nicht bekannt. »Ganget Se oifach mal nuff uff die Neurochir, die wärdet's scho wissa.« Dort stören sie die Übergabebesprechung des Frühdienstes zum Nachmittagsdienst des Pflegepersonals. Sie werden etwas ungnädig aufgeklärt: »Der isch grad erscht komme, und mir henn immer no koi Kranka'blatt, und scho kommet Leut, und au no von dr Polizei«, aber sie werden dann halt doch zum Krankenzimmer geleitet, nachdem Phil die Stationsschwester angestrahlt und mit den Schultern leicht gezuckt hatte. Auf dem Weg dahin, um zwei Flurecken herum und zwischen Verbandswagen und frischen Betten, bekommt er von Marion einen kleinen Rippenstoß, und sie flüstert ihm ins Ohr: »Ich schlage ein Rendezvous mit dem Oberarzt aus, und du flirtest mit der Schwester hier. Das merke ich mir.« – Er zurück: »Deeskalationsmaßnahme! Ich liebe dich!« Sie drückt ihm die Hand und schon sind sie da.

Die Stationsschwester sieht Phil mit großen Augen an. »Aber bitte kurz und nichts Aufregendes.« Er erwidert: »Ja, wir berücksichtigen das. Und herzlichen Dank.«

Dimo sieht tatsächlich ziemlich lädiert aus, wie er so mit großem Kopfverband und noch etwas desorientiert schauend im Bett liegt, mit einer Infusion im Arm. Mit dem anderen, noch freien Arm zieht er sich am sogenannten Galgen, dem Bügel über dem Kopf mit der Halteschlaufe, hoch, als die beiden eintreten.

Phil begrüßt ihn mit den Worten: »Hallo, ist ja gerade noch gut gegangen, wie wir von den Ärzten erfahren haben. Aber bei allem Pech, ein kleines bischen Glück hat dich doch gerettet. Ich habe gleich die ermittelnde Kommissarin mitgebracht. Sie rudert bei uns.«

»Hallo ihr beide. Die schöne Frau hab ich schon ein paarmal gesehen. Was gibt es?«

Marion nimmt den Gesprächsfaden auf: »Ich heiße Marion Elfrich und bin Hauptkommissarin im Raubdezernat. Können wir schon darüber sprechen, was passiert ist? Erinnern Sie sich an den gestrigen Morgen? Sie sind niedergeschlagen worden, und Ihre Sammlung ist entführt worden.«

»Was, weg? Alle Stücke weg? Das haben mir die Ärzte nicht gesagt, wohl, dass man mich k.o.-geschlagen hat, aber mehr auch nicht.« Und dann erfahren sie von ihm, dass zu Hause seine Alarmanlage angeschlagen hat, die ausgelöst wird, wenn man die Vitrinen anfasst oder bewegt. Sie wird aktiviert, wenn er den Laden abschließt und ist sonst tagsüber aus. Er hat sich dann auf den Weg gemacht, und drinnen gab es einen dumpfen Schlag auf den Kopf und es ist dunkel geworden. Erst im Krankenhaus sei er aufgewacht.

Phil erzählt ihm dann, dass zuerst Kille da war, der auch eine Kopfnuss abbekommen hat, aber nicht so schlimm, und dann haben sie ihn gefunden und die Vitrinen zerschlagen und geplündert vorgefunden. Und die Fahndung sei in vollem Gang. Sie erfahren, dass eine Versicherung abgeschlossen worden ist, er weiß aber gerade nicht, bei welcher Gesellschaft. Sie sollen bei seiner Agentur anfragen: »Bei der habe ich alle meine Versicherungen. Kostet mich einen Haufen Geld, ist aber notwendig.«

Damit hat Marion erfahren, was sie wissen wollte. Dass er die Täter gesehen oder gar erkannt hat, hatte sie gehofft, aber nicht unbedingt erwartet. Sie und Phil wünschen ihm noch gute Besserung und gehen zum Auto zurück. Dort verabschieden sie sich, Marion muss im Dezernat Einiges regeln und will die Versicherung informieren und von ihr die Höhe der Versicherungssumme oder den Wert der Gegenstände erfahren, gegebenenfalls auch Fotos von herausragenden Stücken. »Und du, Phil, kannst noch in dein Quietscherohr blasen, bis die Nachbarn die Polizei holen«, sagt sie, worauf sie einen sanften Klapps auf den Hinterkopf kassiert und als Antwort ihm grinsend die Zunge herausstreckt und prompt geküsst wird. Sie fährt dann alleine los, weil Phil einen Spaziergang zum Bahnhof machen will.

Der Abend

Ab Halbe Sieben (schwäbische Zeitrechnung) treffen im Bootshaus die Vorstandsmitglieder des Rudervereins und die von Helga zusätzlich ausgewählten »Kenner der Szene« allmählich ein, und Phil wandert vom Kirchenweinberg gemächlich die Bottwartalstraße hinunter. Vor der Treppe, die über den Radweg führt, wartet er auf Marion, die ihn auf dem Handy angerufen hat, als sie losgefahren ist. Sie begrüßen sich, als hätten sie sich zwei Tage nicht gesehen. Auf dem kurzen Weg hinüber informiert sie ihn kurz über das Gespräch mit der Versicherungsagentur, die nicht herausrücken wollte, um welche Versicherung es sich handelt, und dann widerstrebend die Summe nicht genau, aber in der Größenordnung angegeben hat: hoch fünfstellig. Die Meldung des Raubes an die Versicherung würden sie, die Agentur, übernehmen, wir oder Dimo bräuchten nichts mehr zu unternehmen.

Sie treffen im Vorstandszimmer ein, Helga empfängt sie und bietet den Platz neben ihr an. Nachdem alle eingetroffen sind, klopft der Vereinsvorsitzende an sein Glas und ergreift das Wort: »Also eigentlich wollten wir uns treffen, um einiges Organisatorisches zum Ruderbetrieb besprechen, und es stand auf der Tagesordnung noch das Nachholen der 100-Jahr-Feier. Aber die aktuellen Ereignisse haben uns überrollt. Helga, du hast unsere Sitzung aus triftigem Grund umgewandelt in eine Krisenrunde. Erkläre uns, was es zu den scheußlichen Ereignissen zu sagen gibt.«

Helga stellt erst noch Marion vor: »Kriminalhauptkommissarin Elfrich, Leiterin der Sektion Raub im Polizeipräsidium Böblingen-Ludwigsburg.« (Ein Raunen ging durch die Reihen. Aha, das ist also die Kriminalerin, die Phil angeschleppt hat und bei uns mitrudert …). »Sie war durch einen Zufall ganz nah am Geschehen, weil sie mit ihrem Freund Phil und den Musikern, die dieses Jahr dazugestoßen sind, an diesem Morgen rudern wollte, während ich parallel mit meinem Junior-Vierer eine Ausdauer-Einheit mit Technikeinlagen machen wollte. Wir haben das Dilemma knapp verpasst. Vor uns war noch der Junior Kurt Iwan, genannt Kille da, der sie überrascht hat und auch niedergeschlagen worden ist.«

Marion ist das Geraune nicht entgangen und erläutert, dass sie Phil bei einem Fall im letzten Jahr näher kennengelernt hat und durch ihn zum Rudern gekommen ist. Und sie erzählt, was sie vorgefunden haben, und sehr zügig Spuren gesichert haben und auch dank der Mitwirkung von Helga und Phil Vorstellungen über Ansätze zur Fahndung und zu weiteren Ermittlung entwickelt konnten. Der Katamaran spiele dabei eine Rolle, aber: »Sie kennen ja das aus jedem Fernsehkrimi schon: Aus ermittlungstechnischen Gründen können wir zum jetzigen frühen Zeitpunkt keine Details preisgeben.« Das gelte auch für Helga, die in die Ermittlungsgruppe aufgenommen worden ist. »Bitte bedrängt sie nicht unnötig.« Ansonsten sei für die Aufklärung wichtig, das Umfeld kennen zu lernen und aus dem heraus den möglichen Täterkreis einengen zu können oder Zuträger, ob unbewusste oder gedungene, für die Täter zu finden. »Deshalb werden in den nächsten Tagen einige Mitglieder des Vereins von Beamten des Reviers Marbach und aus meinem Dezernat nach einem bestimmten standardisierten Verfahren befragt. Wir bitten, das richtig zu verstehen, es hat nichts mit Verdächtigungen zu tun, und es sind keine Verhöre. Wir müssen nicht nur beweisen, sondern auch ausschließen. In der Kriminalwissenschaft nennt man das verifizieren und falsifizieren, wie in jeder Wissenschaft. Ansonsten will ich gerne heute schon Meinungen von Ihnen oder, wir sind ja alle Vereinsmitglieder, von euch hören. Was könntet ihr euch vorstellen, wie Täter zu den Kenntnissen der Örtlichkeit und den zeitlichen Abläufen hier unten gekommen sind? Eine lockere Gesprächsrunde wäre mir am liebsten, und ich meinerseits gewähre Vertraulichkeit über alles, was zur Sprache kommt. Bitte haltet ihr es auch so.«

Und so kam eine lebhafte Diskussion in Gang, die zunächst einhellig zum Prinzip führte: »Aber einer von uns? Nein, ist überhaupt nicht möglich.« Aber dann wurden man doch nachdenklicher unter dem von Marion eingeworfenen Aspekt »Hat sich bei irgendeinem was geändert, und war irgendjemand in letzter Zeit auffällig?« Alle Übungsleiter und Betreuer waren sich einig: Der feste Stamm der Breitensportler kann nicht in Frage kommen, und die Aktiven und Langjährigen kämen sicher nicht in Frage. Immer wieder tauchte der Gedanke auf: Der Beato ist doch Archäologe, der die Bedeutung und den Wert der geraubten Gegenstände kennt und der ist oft vor den Vitrinen gestanden. Und andere fanden, dass er dauernd mit der Alma was zu tuscheln hat, das sei schon komisch. Aus einer anderen Ecke kam die Bemerkung: »An den hat sich einer aus dem Schnupperkurs rangehängt, der eigentlich nicht weiterrudern wollte und dann doch wieder aufgetaucht ist. Der ist auch Italiener.

Da rief Phil dazwischen: »Stopp. Jetzt hier keine Missverständnisse. Diese Überlegungen dürfen nicht in Diskriminierungen ausarten und nicht zu Verdächtigungen führen. Ich habe das schon verstanden, dass Querverbindungen angedeutet sind. Aber mehr als das soll diese Bemerkung nicht sein. Immerhin war Beatos Vater der italienische Maurer-Cappo, der unter Ettels Regie den Rohbau unseres Bootshauses hochgezogen hat!«

Derjenige, der diese Bemerkung eingeworfen hatte, erwidert sofort: »Danke, Phil, ich hatte auch mit meiner Anmerkung keine Hintergedanken. Das war nur spontan, und niemand soll damit diskreditiert werden.«

Marion entschuldigt sich, sie habe sowas nicht provozieren wollen. »Ich sehe das ganz unvoreingenommen, aber Kleinigkeiten können wichtig sein. Ich war ja dabei, als der wieder auftauchte, Carlo heißt er, glaube ich. Er war nachher noch einige Male dabei, aber mehr als Genießer und weniger als Ruderer. Was ist denn Auffälliges an ihm?.« Und man hört aus der Runde: »Er macht nicht den Eindruck, als ob er Rudertechnik verbessern will« und »Anstrengend darf es bei ihm nicht sein« und »Der schnüffelt überall herum.« Marion hakt nach: »Und sonst, jetzt ohne Bezug zum Rudern?« Ein Beisitzer des Vorstands, der auch Oldtimerliebhaber ist: »Alte italienische Autos. Man kennt ihn ja von der Gelateria. Immer hat er italienische Oldtimer, sein letzter Fiat war aber schon eine richtige Schrottkarre. Ich schätze, das müsste ein 127 aus den 70er Jahren gewesen sein. Und jetzt seit Neuestem hat er einen großen Lancia, einen fast wie der Papst mal einen hatte.« Marion wirft ein, man hätte im Revier Marbach und in ihrem Dezernat »Spezialisten« für Oldtimer, die sich zu diesem Thema erkundigen würden. »Aber jetzt erst einmal Danke für die Gelegenheit, mögliche Ermittlungsansätze einzugrenzen. Das macht es leichter, später die Befragungsaktion gezielter thematisch zu sichten. Ihr könnt jetzt in eure Vorstandssitzung einsteigen, ich wünsche dazu erfolgreiches Beraten, und wenn es um die nachträgliche 100-Jahr-Feier geht, denkt mal an unsere Musiker im Breitensport.«

Phil und Marion werden verabschiedet, und sie gehen hinüber in den Gastraum, gerade noch rechtzeitig, bevor die Küche schließt. Sie bekommen noch einen kleinen Grill-Teller, und nachher fährt Marion nach Ludwigsburg, weil sie früh gleich einiges mit dem Team zeitig anstoßen will. »Wegen dem Lancia sollen sie bei der Kfz-Zulassungsstelle nachfragen, und Wils Computerrecherchen interessieren mich brennend, und die Befragung muss zügig vorangehen.« Phil: »Fahr du nur, ich will einen Spaziergang machen, gehe noch durch die Innenstadt. Und dann telefonieren wir sowieso nochmal.«

Er geht den Mühlenweg hinauf und ärgert sich über die Düsternis. Wenn das touristisch attraktiv werden soll, schön ist es ja unterhalb der Stadtmauer mit den Terrassengärten, dann braucht das aber auch eine entsprechende Beleuchtung am Weg und an der Mauer oben, überlegt er. Und er findet auch die Marktstraße menschenleer vor. Kein Wunder bei leeren Schaufenstern und früh am Abend schon geschlossener Gastronomie, denkt er sich. Aber die Innenstadtentwicklung steht ja bevor.

Zuhause liest er noch die Teile der Zeitung, die er morgens zur Seite gelegt hat, schenkt sich aus der Flasche Marbacher Spätburgunder ein, die schön geöffnet vom Vortag in der Küche steht, ruft Marion an, sie plaudern noch zehn Minuten und verabreden sich zur Mittagspause in einem Bistro im Einkaufszentrum Marstall in Ludwigsburg.

Kapitel 8

Tag 2 der Fahndung

Der Vormittag

Pünktlich um 8 Uhr treffen sich die Mitglieder des Dezernates Raub in ihrem Besprechungsraum. Marion berichtet als Erste vom Treffen mit den Vorständen des Rudervereins, dem »Krisenstab«, im Bootshaus in Marbach. Dort habe man sich zunächst heftig gegen den Gedanken gewehrt, ein Mitglied des Vereins könne in die Tat verwickelt sein, aber dann haben sich die Überlegungen auf zwei Freizeitruderer konzentriert, den Archäologen Beato Bertoldi wegen dessen Kenntnissen über Wert und Bedeutung der Stücke und dem Eisdielenbesitzer Carlo Veneziano aus Benningen. »Also kümmert euch um Einträge von denen, beides Italiener, vielleicht zufällig oder auch nicht. Mir kam eher der Veneziano verdächtig vor. Der hat mal an einem Schnupperkurs teilgenommen, war dann lange weg, und als er wiederkam, schien er mir ruderisch nicht sehr interessiert. Er hat herumgeschnüffelt. Man sagt, er sei Liebhaber italienischer Oldtimer und habe statt seinem alten kleinen Fiat jetzt plötzlich einen Lancia, der wohl etwas mehr darstellt. Wil, du hast doch Zugang zu Oldtimern. Frage mal Peter oder den Benninger Schrauber des Königs oder den aus Marbach, was das für ein Lancia sein könnte. Und dann kann jemand bei der Kfz-Zulassungsstelle nachfragen, wer den zugelassen hat und ob der Carlo Veneziano der Eigner ist. Ich habe den beim Rudern erlebt und wäre immer vorsichtig im Umgang mit dem. So, jetzt noch eine

Amtsrecherche. Wir sollten wissen, wer die Eigner von den Hütten oben im Weinberg sind, die als Versteck dienen könnten. Also anfragen beim Katasteramt. Wil hat dazu eine Karte aus *google-maps*. Wer macht das?«

Eine erst seit zwei Tagen zugeordnete Praktikantin aus der Polizeischule meldet sich: »Ich möchte auch was machen, kann ich das übernehmen?« – Marion: »Mensch, Carola, entschuldige, ich habe dich in meine Gedanken überhaupt noch nicht aufgenommen, weil ich mehr draußen als drinnen war, und wenn ich hier war auf Aktuelles fixiert. Natürlich bist du Teil des Dezernates, und melde dich öfter. Unsere gute Fee-Sekretärin sucht dir die Verbindungen heraus. Und du machst auch bei der Umfeldbefragung mit, gell, Vera. So, jetzt sagt mir noch, wie weit seid ihr mit der Vorbereitung zur Befragung?« Vera: »Laut Plan unserer ›Guten Fee‹ werden wir heute Abend die Letzten der auf der Liste stehenden Personen befragt haben und können morgen Mittag die Auswertung vorlegen.«

Dann war Wil an der Reihe, zuerst angesprochen auf die Videokameras auf dem oberen Weinbergweg. »Sie machen gute Bilder und übertragen einwandfrei. Man hat alles immer im Blickwinkel gehabt, und da ist keinem was Besonderes aufgefallen. Ein paar Spaziergänger sind durch die Bilder gegangen, ein paar Trecker sind durchgefahren, und Autos haben geparkt, und die Ausgestiegenen sind in die Weinberge hinunter. Jetzt muss noch jemand aus Veras Truppe die Aufzeichnungen durchlaufen lassen.« Dann fasst er von seinen Internetrecherchen zusammen: Kaufangebote von Funden aus der griechischen Antike gebe es wohl. Aber er könne nichts richtig dem Raub in Marbach zuordnen. Fotos davon wären gut. Marion verspricht ihm diese: »Die Versicherung hat mit zugesagt, Bilder zu schicken, die müssten eigentlich heute kommen. Dimo liegt ja noch in der Klinik.«

Wils nächster Punkt ist die Analyse von Suchläufen im Internet nach hellenischen Antiquitäten, speziell solchen, die auch auf die unlängst erschienenen Berichte in Presse und Fernsehen über Dimos Sammlung zugegriffen haben. Der dafür eingesetzte Rechner sei im Dauerbetrieb gewesen. Er hat etliche Server weltweit ausfindig gemacht, die sich mit dem einschlägigen Thema schwerpunktmäßig beschäftigen und auch auf die Presseberichte der MARBACHER ZEITUNG, der SÜDDEUTSCHEN und der LANDESSCHAU zugegriffen haben. Die meisten konnte er zurückverfolgen, und unter denen mit der größten Aktivität waren zwei in Russland, einer in Katar, drei in den USA und zwei in Italien, nämlich in Verona und in Sizilien. »Der in Sizilien ist der Aktivste, der sucht weltweit nach Angeboten griechischer, hellenischer, ägyptischer und überhaupt antiker Kulturgüter. Aber auch einer in Russland ist mir ins Auge gefallen. Den hatten wir nämlich im Fall Cello schon mal. Und ich glaube, wir müssen uns auch mal hier im Antiquitätenhandel kundig machen.«

Marion: »Wir sind noch nicht an die Öffentlichkeit gegangen. Deinen Vorschlag mit den Antiquitätenhändlern können wir damit verbinden. Wir fragen heute Abend den Präsidenten. Und den Staatsanwalt rufe ich gleich an. Bei deiner Aufzählung der Internetspuren hat es in meinem Kopf bei ›Italien‹ geblitzt, weil wir gerade von zwei Italienern sprachen. Der eine ist sogar Fachmann. Den nehme ich ins Visier, indem ich ihn nach dem einschlägigen Handel frage, und wenn er dabei nervös wird, konzentrieren wir uns auf den. So, jetzt an die Arbeit, ich gehe zur KTU und rufe den Staatsanwalt an. Vor der Mittagspause treffen wir uns nochmal.«

Marion geht in die Kriminaltechnik und begegnet schon am Eingang dem neuen Abteilungsleiter, ein junger Physiker aus Paderborn, den es der Liebe und der Kultur wegen nach Ludwigsburg verschlagen hat. Der erzählt immer gern, wie das kam, vom Assistenten in der theoretischen Physik bei Prof. Torsten Meier, damals auch Dekan der Fakultät Naturwissenschaften, zum Leiter der Kriminaltechnik in Ludwigsburg zu werden: Im Rahmen eines Forschungsprojektes hatte er eine junge Physikerin in einer Zeitstelle zugeteilt bekommen, die gerade in Stuttgart ihr Examen gemacht hatte. Sie haben sich kennen und lieben gelernt, und sie hat ihn mehrmals zu den Ludwigsburger Schlossfestspielen mitgenommen. Und gerade als das Forschungsprojekt dem Ende zuging und er mehr Praktisches, eben angewandte Wissenschaft, machen wollte, war die Stelle in der Kriminaltechnik ausgeschrieben. Da häben sie (er kann schon den schwäbischen Konjunktiv) geheiratet und seien Ludwigsburger geworden, er bei der Polizei und sie bei Mann und Hummel. Und bei der Vorstellungsrunde nach seinem Dienstantritt hat Marion ihm erzählt, sie hätte mal in Paderborn eine Festnahme gehabt, aber sei nur nachts und wenige Stunden dort gewesen.

Sie hält ihn gleich fest. »Hallo Dr. Gries, haben Sie was Neues im Fall des Antiquitätenraubes in Marbach?« – »Leider noch nicht. Ich habe schon früh gesagt: Die Täter habe Verwüstung hinterlassen, aber keine verwertbaren Spuren, außer Hinweisen auf Schutzanzüge und Latexhandschuhe. Aber wir haben etwas aus der Uni Paderborn weiterentwickelt, zusammen mit den Laserspezialisten bei Trumpf in Ditzingen: Wie mit schnellen Laserblitzen Materialien identifiziert werden können aufgrund der daraus emittierten Quantenstrahlung. Damit sind wir nochmal an einigen Stellen drüber, und die Auswertung läuft. Das sind hochkomplexe mathematische Prozesse, die etwas Zeit brauchen. Wir gehen auch nochmal hin, weil wir mit der Methode mehr Erfahrung sammeln müssen. Sagt uns, wo eventuell Reifenspuren interessant sein könnten.«

Marion: »Oh, ich weiß schon, wo. Aber da müssen wir noch warten, weil wir die vielleicht dort versteckten Täter noch nicht aufschrecken wollen. Aber toll, dass solcher Fortschritt bei der Polizei einkehrt!«

Dr. Gries: Sicher tut er das, aber dazu brauchen wir Unterstützung aus der Industrie, und ich konnte aufgrund meiner Herkunft aus der Uni Paderborn dort auch den Einstieg bekommen. Ich wollte ja die Uni-Wissenschaft mit der Praxis verbinden.«

Zurück in ihrem Büro erfährt Marion, dass von der Versicherung Bilder der Raubgegenstände gekommen sind und ein Versicherungsdetektiv angekündigt wird. Und der Staatsanwalt warte auf einen Anruf. Den erledigt sie gerne schnell, weil ihr die neuen Informationen auf den Nägeln brennen. Sie bekommt ihn auch direkt ans Telefon und fällt gleich mit der Tür in den Hörer: »Herr Staatsanwalt, ich glaube, wir brauchen das BKA. Wir sind zwar mit den lokalen Befragungen noch nicht so weit, aber ein Gespräch mit den Vereinsvorständen und die Internetrecherchen von meinem Assistenten KHK Wil Müller haben eine Parallelität aufgedeckt, die nach Italien zeigt. Und unter den

Servern, die nach altgriechischen Funden suchen und die Presseberichte und Fernsehsendungen über die Marbacher Sammlung oft fast gleichzeitig angeklickt haben, waren zwei italienische Schnittstellen, und der russische Server aus dem Fall ›Cello‹ war auch dabei.«

Der Staatsanwalt: »Na prima. Ich hatte das ja auch schon angedeutet, und das BKA hat Hilfe angekündigt, wenn mehr Indizien oder Details auf überregionale oder internationale Aktivitäten hindeuten. In dem Fall ›Cello‹ ging es ja auch um Antiquitäten und Kunstgegenstände. Der Herr Wil soll mir das plausibel erklären, und Sie schicken mir am besten eine Art Protokoll von der Besprechung mir den Vereinsleuten. Ich leite das dann umgehend weiter. Ich freue mich, dass sich die Ermittlungen so gut entwickeln. Das ist gerade bei solchen Delikten ja nicht immer so. Ich schalte mich heute Abend per Video zu. Bis dahin: Macht weiter so.«

Bis zum anberaumten Austausch über den Stand der vielen Einzelaktionen vor dem Mittagessen herrschte konzentrierte Betriebsamkeit im Dezernat:

Die »gute Fee« hat wegen der Befragungsaktion die Mitglieder des Vereins angerufen oder Nachrichten auf Sprachbox oder Mailbox hinterlassen, und die ersten haben sich im Dezernat in Ludwigsburg oder im Revier Marbach gemeldet. Die Praktikantin Carola hat vom Katasteramt einen Plan über die anliegenden Grundstücke der oberen Weinbergstraße bekommen, mit den eingezeichneten Eignern. Wil hat seine Rechner programmiert und die Skizze für den Staatsanwalt über das Ergebnis der Suchabfrage nach Zugriffen auf die diversen einschlägigen

Internetseiten auf die Schnelle laienverständlich zusammengefasst und sich mit Peter im Revier in Marbach verständigt wegen des Lancia. Sie wollen sich in der Mittagspause treffen. Peter hat sich nach seinem Anruf an Helga gewendet, um zu erfahren, wer von den Breitensportlern den Hinweis mit den Autos gegeben hat. Und er hat den Betreffenden auch telefonisch erreicht und sich mit ihm so abgesprochen, dass er zu dem Treffen in der Mittagspause kommen kann, weil er als Abteilungsleiter bei der Kreissparkasse Ludwigsburg auch die Mittagspausen nutzen kann und nicht weit entfernt ist. Und Marion hat für die Staatsanwaltschaft die Notwendigkeit deutschlandweiter oder sogar internationaler Fahndung kurz und präzise formuliert und zusammen mit Wils Zusammenfassung über die Computerrecherchen an den Staatsanwalt weitergeleitet.

Da kommt ein Anruf von der Zentrale: »Frau Elfrich, da ist ein Detektiv oder sowas für Sie. Ich stelle durch.«

Sie meldet sich: »Hier KHK Elfrich, Dezernat Raub. Welches Anliegen haben Sie an uns?« – »Ach so, Sie sind das!« – Marion: »Wie bitte, warum bin ich was? Ich leite das Dezernat!« – Der Gesprächspartner: »Oh nein, verstehen Sie mich nicht falsch. Mein Name ist Bablonski, freier Versicherungsdetektiv. Wir kennen uns vom Fall ›Cello‹. Jetzt hat mich die Versicherung Antiqua-Re beauftragt, die Gegenstände aus einem Raubüberfall in Marbach aufzuspüren. Man hat mir als zuständige Polizeibehörde das Polizeipräsidium Böblingen-Ludwigsburg genannt. Es war gar nicht einfach, an die richtige Stelle durchzukommen. Aber jetzt habe ich Sie gefunden. Das ist schön, dass es jemand ist, den ich kenne.« – Marion: »Ach ja, ich kann mich gut an Sie erinnern. Und ja, ich bin zuständig. Die Ermittlungen laufen auf vollen Touren. Aber – Sie wissen schon – ich darf Ihnen dazu nichts sagen, schon gar nicht am Telefon.« – Bablonski: »Selbstverständlich. Aber ich werde selbst vor Ort ermitteln und würde gerne die Fahndung begleiten oder die daran Beteiligten kennenlernen. Wäre das möglich?« – Marion: »Das liegt nicht in meinem Ermessen, aber Sie können zum Treffen der Ermittlungsgruppe kommen. Da kann man über Art und Form des Austausches reden, und Staatsanwalt und Präsident können das regeln. Können Sie um 17 Uhr im Polizeirevier Marbach vorsprechen?« – »Jawohl. Ich komme aus Köln, das ist bis dahin machbar. Ich kenne noch den Gasthof Bären in ziemlicher Nähe des Reviers und so schön in der Altstadt gelegen.«

Und dann erfährt Marion von der Nachfrage im Strafregister, dass es dort keinen Beato Bertoldi gibt, aber einen Carlo Veneziano, geboren 1968 in Sizilien, jetzt wohnhaft in Benningen, vorbestraft wegen Körperverletzung und Betrug mit Autohandel. Sie meint dazu spontan: »Mein Gefühl hat mich nicht betrogen«, und Wil ergänzt: »Oder deine Erfahrung im Lauf der Jahre.« Sie schnippisch zurück: »Was weißt du schon über meine Jahre. Aber jetzt haben wir eigentlich schon alles durchgesprochen. Geht ihr essen, ich fahre schon mal nach Marbach. Phil und Vera, wir treffen uns dort zur Besprechung um 17 Uhr, und die anderen machen dann um 17 Uhr Feierabend, bis auf eine Stallwache.« Carola meldet sich: »Darf ich mit nach Marbach?« – Marion: »Gern. Wil soll dich mitnehmen.« Sie will gerade ins Auto steigen, da kommt ein Anruf von Phil.

Phil hat den Vormittag genutzt, die Wohnung durchzusaugen, Oboenetüden zu üben und den Kühlschrank wieder so aufzufüllen, dass er, egal was und wie, immer für Marion was kochen könne. Und er hat noch überlegt, die Waschmaschine anzustellen, die voll wird, wenn er Marions Sachen dazutut (»Die kommt ja im Moment sowieso nicht zum Waschen, und dann überlegt sie immer, ob noch genügend Wechselwäsche da ist, wenn sie hier übernachtet«).

Es ist schon fast Mittag, also Zeit, sie anzurufen: »Hallo mein Blondgeschöpf, haben dich die Ermittlungen schon erdrückt? Lebst du noch?« – Sie antwortet: »Oh wie schön, dass du dich um mich sorgst. Das tut mir jetzt richtig gut. Es geht in unserem Viereck-Dezernat genauso rund wie im runden Revier Marbach. Wir haben unsere Zwischenergebnisse ausgetauscht und machen jetzt Pause. Stell dir vor, der Bablonski, erinnerst du dich, der Versicherungsdetektiv, kommt wieder, und BKA auch. Ich brauch jemandem zum Reden.« – »Liebling, Schatz, ich fühle, was du jetzt brauchst. Sag mir, wo wir uns treffen sollen. Wir sind jetzt schon im Viertelstundentakt des S-Bahn-Verkehrs!« – Marion: »Ach, viel Zeit habe ich nicht. Ich wollte gerade nach Marbach. Oder du kommst her. Es ist ein so schön warmer Herbsttag. Man kann gut noch draußen sitzen. Wie wäre es am Marktplatz beim Italiener an der Ecke des Geburtshauses von Justinus Kerner?« – Phil: »Ich liebe Kerner – und dich. Zwei Gründe dort zu sein. Bis dann!«

Sie essen beide eine Pasta, bummeln zurück zum Präsidium und fahren dann mit Marions Dienstwagen nach Marbach. Sie will mit dem Revierleiter organisatorische Dinge besprechen und Aktionen abstimmen.

Der Nachmittag

Wil hat von der Kantine aus mit seinem »Spezialhandy« eine Telefonkonferenz mit dem Mitruderer und Oldtimer-Fahrer Markus Keller in der Sparkasse, mit Polizeiobermeister Peter im Revier Marbach und mit Dieter Braun in seinem Werk in Benningen abgehalten wegen des Lancia von Carlo Veneziano, und sie haben sich geeinigt, sich in Benningen in der Oldtimer-Werkstatt zu treffen, weil es dort so gut wie alle Kataloge gibt, und einen tiefen Fundus auf dem Rechner. Markus Keller erinnert sich, dass vor ein oder zwei Jahren in der MARBACHER ZEITUNG eine Reportage erschien über diese weltweit bekannte Werkstatt des »Schrauber des Königs«, so betitelt, weil er einen Rolls Royce des Königs von Siam oder so restauriert hat, den der König dann höchstpersönlich bei ihm abgeholt hat. Sie sind zusammen im Büro von Dieter Braun vor einem Monitor und zahllosen rundum auf dem Boden und den Tischen verteilten Katalogen von Lancia und Oldtimer-Magazinen gesessen, und Markus sollte herausfinden, was für ein Lancia das sein könnte, und Dieter sollte nachblättern oder einschätzen, welchen Wert er haben könnte. Weil sie viel zwischendurch zum Fachsimpeln abgeschweift sind, hat es mehr als eine Stunde gedauert, aber sie haben sich darauf einigen können, das müsse ein Lancia Thema sein, vielleicht in der Ausführung Turbo V6 gebaut, Anfang der 90er Jahre. Damit haben sie sich getrennt mit dem Versprechen, dass bei der nächsten Oldtimer-Messe in Stuttgart ein Treffen arrangiert wird, und sie noch den Fagottisten Thomas Immer mitnehmen.

Zurück in Ludwigsburg ist Wil dann persönlich zur Kfz-Zulassungsstelle (»Ist ja nicht weit weg vom Präsidium, und Telefonwarteschleifen sind für mich ein Hassobjekt, obwohl ich sonst ein gutmütiger Mensch bin«). Dort hat ihn sein Dienstausweis recht schnell zu der zuständigen Sachbearbeiterin geführt. Nun sitzen sie vor dem Monitor, und sie lässt den Suchauftrag laufen.

»Es gibt in dieser Art nicht viele Fahrzeuge in meinem Einzugsbereich. Hat der wirklich eine LB-Nummer oder eine, die hier noch möglich ist, wie VAI oder BK?« Wil bestätigt, das müsse LB sein, habe man ihm gesagt, und dann findet sie doch noch einen Eintrag: Lancia Thema Turbo V6 Limousine 1991, zugelassen auf einen Carlo Veneziano, Benningen. Aber sie sagt dazu: »Komisch ist, der wurde per Internet zugelassen von einer Firma aus Palermo, die auch Vorbesitzerin war, auf den Namen des jetzigen Besitzers mit eingescannten Papieren, an denen aber nichts auszusetzen war. Die Stempel auf den Nummernschildern sind erst vor ganz kurzem notiert in unserem Computer! Kann es das sein, was die Polizei sucht? Was ist denn eigentlich mit dem?« – Wil: »Sie haben mir jetzt toll geholfen, aber so sympathisch wie Sie mir auch sind, ich darf Ihnen das nicht sagen. Lesen Sie die Zeitung, da war mal was in Marbach, dann kommen Sie schon drauf.«

Er verabschiedet sich und hinterlässt eine Mitarbeiterin der Zulassungsstelle, die denkt: Die machen immer Rabatz mit ihren Halteranfragen, aber nette Polizisten gibt es trotzdem.

Zurück im Dezernat lädt Wil sich ein Bild des Lancia Thema aus dem Internet herunter und speist es in das System ein, das die Videoaufnahmen aus dem oberen Weinberg einspeichert. Damit kann der Rechner erkennen, ob unter den dort erfassten Autos ein Lancia Thema ist, und

Alarm geben. Und es speichert diese Sequenz dauerhaft und löscht, wie aus Datenschutzgründen vorgegeben, alle vorherigen Aufzeichnungen, die älter als 24 Stunden sind. Ähnlich verfährt Wil mit den Bildern der geraubten Gegenstände, die von der Versicherung gekommen sind, um im Internet danach zu suchen.

Unterwegs nach Marbach erreicht Marion ein Anruf. Weil die Verkehrssituation an der Neckarbrücke Neckarweihingen gerade ihre Aufmerksamkeit fordert, sagt sie zu Phil: »Schau mal aufs Display, wer anruft! Und schau, ob Bluetooth an ist für die Freisprechanlage.« Er sieht den Schriftzug »Staatsanwalt« und antwortet: »Musst du annehmen, der Staatsanwalt.« Der meldet sich gleich mit »Frau Marion, man sagte mir im Dezernat, sie seien nach Marbach unterwegs, deshalb auf dem Handy. Das BKA hat sich gemeldet. Es ist schon eine Abordnung unterwegs. Der Kriminalrat Perschow mit zwei Beamten. Sie wollen zu unserer Besprechung um 17 Uhr dazustoßen. Also bin ich nicht über Video dabei, sondern live, komme also auch nach Marbach.« – »Gut, Herr Staatsanwalt. Ich bin gerade in starkem Verkehr unterwegs. Reicht es, wenn ich nachher berichte?« – »Ja natürlich. Fahren Sie vorsichtig. Tu ich auch. Bis später.« Marion schmunzelt, weil der Fahrstil des Staatsanwaltes bekannt ist als gelinde ausgedrückt »sehr zügig« und er klagt, die vielen Punkte in Flensburg einfach nicht abwimmeln zu können.

Die Abendbesprechung

Marion hat mit dem Leiter des Reviers Marbach, »Fritz« Batholom, die Neuigkeiten kurz angesprochen und die Sitzung vorbereitet, vor allem dahingehend, dass die Ermittlergruppe des Polizeipräsidiums Ludwigsburg angewachsen ist zu einer überregionalen kooperativen Sonderkommission, zusammen mit dem Bundeskriminalamt und außeramtlichen »Beratern« aus dem Ruderverein in Person von Phil und der Trainerin Helga sowie dem angekündigten Versicherungsdetektiven, dessen Bedeutung noch zu prüfen ist. Kurz nach 17 Uhr trifft als Letzter der Staatsanwalt ein mit der Entschuldigung: »Es ist mal wieder Stau auf der A81.« Die meisten der Anwesenden wissen aber schon, dass er um diese Zeit antizyklisch zu dem Pendlerverkehr aus Stuttgart fährt. Der Polizei-Präsident begrüßt und bittet gleich den Erster Hauptkommissar Friedrich Batholom, er solle, als Hausherr und weil er näher am Geschehen sei, doch die Leitung der SoKo übernehmen. »Mache ich gerne, tue dies aber in meinem Verständnis einer Doppelspitze zusammen mit der Leiterin des zuständigen Dezernates, Frau KHK Marion Elfrich. Und dann sollen sich zuerst noch die Gäste von auswärts vorstellen, die wir bis auf ein neues Gesicht schon kennen. Fangen wir beim BKA doch an bitte.«

Der Älteste von den BKA-Beamten, ein drahtiger Mann mittleren Alters, lässig gekleidet, mit offenem Blick und eher zurückhaltendem Wesen, fängt an:

»Fast alle kennen mich noch vom letzten Jahr: Vladimir Perschow, für euch immer noch ›Vlady‹, auch wenn ich nicht mehr wegen meiner Sprachkenntnis durch meinen russischen Vater nur verantwortlich für Osteuropa bin, sondern jetzt als Oberrat für den gesamten Bereich Internationale Verbindungen. Der Hinweis auf den Server aus Moskau, der auch in der Vergangenheit bei Autoschiebereien im Kontext mit Kunsthandel aufgetaucht war, hat mich veranlasst, selbst zu kommen. Und natürlich auch, weil Marbach mir letztes Jahr gut gefallen hat und die Zusammenarbeit so gut geklappt hat, dass wir die Autoschieberei vollständig aufklären konnten. Wieder dabei ist mein Assistent KHK Müller-Forst, einfach nur ›Müller‹. Er wollte gerne als gebürtiger Schwabe und VfB-Fan wieder mitkommen. Er spielt auch Fußball, aber nicht so gut wie der Hansi vom VfB früher oder der Gerd von den Bayern. Den ›Manni‹ Krass habe ich diesmal nicht dabei. Ich habe jemanden mit guten italienischen Sprachkenntnissen gebraucht. Das ist Michele Junginger (Vlady zeigt auf ihn, und der nickt auch in die Runde). Er kann nicht nur Italienisch, wegen seiner Mutter, sondern auch Schwäbisch durch seinen Vater aus Untertürkheim, und Schriftdeutsch hat er trotzdem gelernt, obwohl er in Cannstatt zur Schule gegangen ist. Ich selbst bin unter anderem auch gekommen, weil ich wieder mal vor Ort sein wollte, was ich am Schreibtisch oft vermisse, und weil mich Marbach gelockt hat, und die schöne Kommissarin – sorry, ich bin kein Macho –, und der Wein und die Musik und die Literatur.«

Fritz erwidert: »Danke für die Blumen, Vlady. Wir freuen uns auch, dass das BKA durch dich beteiligt wird. Wenn der Fall geklärt wird, bleibt hoffentlich noch Zeit für einen Besuch der neuen Ausstellungen im Literaturmuseum der Moderne und eines Konzerts in Ludwigsburg oder Stuttgart zusammen mit unserem Musiker Phil und seiner »Immer-noch-anhänglichen-schönen-Kommissarin.«

Die beiden Gemeinten schauen ihn fröhlich lächelnd an, weil sie solche eher nett gemeinten Spitzen aus dem Mund des 1. Hauptkommissars Fritz gut kennen und weil sie meinen, er hat ja recht und es ist auch schön so wie es ist.

Fritz wendet sich jetzt an die Begleiter des Kriminaoberrates, Müller und Michele: »Und ihr solltet zu einem Heimspiel vom VfB Zeit haben. Manchmal gewinnen die auch zuhause, aber spielen tun sie immer schön. Jetzt muss ich noch die anderen Gäste vorstellen. Da ist Helga Berger, Trainerin im Ruderverein. Sie war als erste am Tatort und ist beste Kennerin des Umfeldes, in dem die Tat geschehen ist. Sie hat schon wichtige Hinweise für die Ermittlungsarbeit geben können. Und dann ist da noch der Privatdetektiv Bablonsky, der dieses Mal von der Versicherung Antiqua-Re beauftragt wurde. Er hat schon einmal mit uns zusammengearbeitet und ein Feld beackert, das außerhalb unserer Zielfahndungen lag, und uns dadurch sehr entlastet. Und dann haben wir noch eine Polizeischülerin aus dem Dezernat Raub. Ich mache alle darauf aufmerksam, dass vorerst von dem hier Besprochenen nichts nach draußen weitergegeben wird. Das könnte sonst die Ermittlungen stören, wenn Dinge bekannt werden, die eigentlich nur Täter wissen können.«

Bablonsky, der wieder in einem eleganten, aber leicht zerknitterten Anzug und mit zerfledderter Frisur aussieht, als ob er in Köln direkt vom Bett aus nach einer nächtlichen Observation ins Auto gestiegen sei, um rechtzeitig nach Marbach zu kommen, erwidert: »Nebenaspekte dürfen nie außer acht gelassen werden, und damit habe ich schon oft eine schöne Zusatzprämie eingeheimst. Und beim Fall ›Cello‹ wurde das auch berücksichtigt. Mein Honorar war nicht schlecht, und die Versicherung hat auch dem Orchester wegen des Anteils an der Aufklärung durch Herrn Phil ordentlich was zukommen lassen.«

Marion wird jetzt gebeten zusammenzufassen, was man

über den Ablauf und das Raubgut weiß, welche Ermittlungen eingeleitet sind und was weiterhin geplant ist. Sie tut das sehr komprimiert und begründet, warum man in Erwägung gezogen hat, eine Organisation hinter der Tat anzunehmen, die sich lokaler Kenner der Örtlichkeiten bedient hat, und warum man sich diesbezüglich auf zwei Personen konzentriert hat: den Archäologen Beato Bertoldi und den Eisdielenbesitzer Carlo Veneziano aus Benningen. Nun bittet sie Wil, seine Erkenntnisse vorzutragen.

Wil hatte schon Startfieber, bis er endlich losgelassen wird. »Ja«, sagt er, »wir haben Internet, Video-Technik und Oldtimerkenner zu Rate gezogen. Meine Chefin hat ja schon erläutert, dass ich Server auffinden konnte, die spezielle Zugriffe getan haben, und dass mit höchster Priorität Aktivitäten aus Palermo und aus Moskau einzustufen sind. Das Programm läuft noch weiter, aber ich erwarte eigentlich keine neuen Erkenntnisse. Heute Morgen habe ich Bilder des Raubgutes bekommen und meine Maschinen suchen lassen, ob die im Internet auftauchen. Das Ergebnis war bisher negativ. Die installierten Videoüberwachungen der Gegend, in der man ein Versteck vermuten könnte, haben bisher nichts Handfestes ergeben. Aber mit Hilfe einer Oldtimerwerkstatt in Benningen und eines Kenners unter den Ruderern haben wir den auffälligen neuen Oldtimer des verdächtigten Insiders Carlo identifiziert. Es ist ein selten gebauter und vermutlich deshalb immens teurer Lancia Thema V6 Turbo von 1991. Der wurde online aus Italien auf den Eisdielenbesitzer in Benningen zugelassen. Die Videokameras oben über den Weinbergen suchen jetzt gezielt nach dem in den Rechner eingespeisten Bild von diesem Auto.«

Marion will nun wissen, ob aufgrund der bisherigen Verdachtsmomente zusätzlich zu den Videokameras die Bewegungen des Autos und das Handy dieses Verdächtigten überwacht werden dürfen. Der Präsident signalisiert seine Unterstützung, und daraufhin sagt der Staatsanwalt: »Ich mach das dem Richter in Heilbronn plausibel, dem Weißweintrinker. Dann sind wir sicher vor den Datenschützern. Fangt nur gleich an damit!«

Marion holt sich auch gleich vom Präsidenten die Zusicherung, dass die Hardware zur Verfügung gestellt wird , und wendet sich an Vera Altmann, ihre Innendienstleiterin, und an Carola, die Praktikantin: »Jetzt seid ihr dran zur Befragung im Umfeld und zur Erkundung der Grundstücksbesitzer im Beobachtungsfeld.«

Vera teilt mit, dass zwei Drittel der ausgewählten zu Befragenden ihre Aussage gemacht haben und dabei bis zum jetzigen Zeitpunkt keine neuen Erkenntnisse gewonnen werden konnten. Der Staatsanwalt meint dazu: »Das müsst ihr aber weitermachen, auch wenn ihr glaubt, es führe nicht weiter. Ihr wisst schon: Strafverteidiger im Gericht: ›Wurde auch untersucht … bla … blaa … blah …‹.«

Vera antwortet: »Natürlich. Alle Protokolle werden in die Akte eingehen, und ich fasse das Ganze zusammen. Aber jetzt soll noch die Praktikantin ihren Beitrag zu den Ermittlungen vorstellen. Ist vielleicht nicht unwichtig. Los, Carola!«

Carola muss sich erst dreimal räuspern, bis die Stimme klar wird. Dann berichtet sie: »Ich war auf dem Katasteramt wegen der Grundstücke oben in den Weinbergen, die beobachtet werden. Das sind schon viele unterschiedliche Besitzer und Pächter. Und dann habe ich gedacht, im

Schwäbischen wird soviel vererbt und unter Erben ausgehandelt. So wie das jetzt aussieht, ist das unübersichtlich. Ich bin also mit den Namenslisten zum Meldeamt gegangen. Da habe ich mir Zettel geschrieben und zusammengelegt und verschoben unter dem Aspekt ›geboren‹ oder ›verheiratet‹, wie Puzzle-Karten. Und plötzlich lag die Karte ›geborene Veneziano‹, also dem Namen, der in den Besprechungen mehrmals genannt wurde, neben einem der Besitzer der infrage kommenden Grundstücke. Der ist also der Schwager des Eisdielenbesitzers. Es gibt also zwei deutsch-italienische Ehen, denn der Carlo Veneziano hat ja auch eine Benningerin geheiratet, die jetzt die italienische Eisdiele unten am Neckar in der Nähe der Schiffsanlegestelle betreibt.«

Der Präsident sitzt plötzlich kerzengerade und sieht gerade noch größer aus, als er sowieso schon ist. »Carola, gut gemacht. Komme zu mir, wenn du mit der Polizeischule fertig bist, bevor ein anderer Standort dich abwirbt. Wir müssen also den Schwager auch beobachten. Und den Archäologen nicht vergessen. Es wurde ja beobachtet, er benähme sich auch merkwürdig.«

Da schaltet sich Helga ein: »Ich sitze mit dem öfter im Boot oder beobachte ihn von außen und vor und nach dem Training. Da lernt man Menschen schon kennen. Ich traue ihm nicht zu, dass der uns so hintergeht. Er ist ja stolz darauf, dass sein Vater unser Bootshaus hochgemauert hat. Auch sonst ist aus meinen Trainingsgruppen nach meiner Einschätzung keiner, der sich mit Kriminellen einlässt!«

Dazu merkt der Staatsanwalt an: »Frau Helga, wie ich vorhin schon angemerkt habe: In einem Strafprozess kann eine nicht verfolgte Spur eine große Stolperfalle sein. Wir müssen das machen. Jeder kann ja auch nur ausgehorcht worden sein. Also muss auch er und sein Umfeld observiert werden wie das der Benninger. Wenigstens Einträge ins Strafregister müssen geprüft werden! Und im Hinblick auf Beschaffungskriminalität auch finanzielle Situationen.«

Marion ergänzt: »Das ist schon erfolgt. Es gab keine Einträge, aber Kontoabfragen sind heikel. Er ist ja schließlich auch Staatsbeamter. Aber jetzt interessiert noch, welche Beiträge aus Wiesbaden geleistet werden können.«

Vlady hat, leicht in sich gekehrt, aber mit sehr wachen Augen, aufmerksam zugehört. Sein bisher etwas gekrümmter Rücken richtet sich auf. »Leider sind wir derzeit mehr auf euch angewiesen. Aber die Masche ist bestens bekannt und weit verbreitet, dass gut vernetzte Organisationen regional Späher haben, die fallgenau Helfer rekrutieren und so selbst unauffällig oder unverdächtig bleiben können. Meist finden sie kleinkriminelle Großtuer. Das könnte hier schon passen. Die Spuren hier passen zu einer Sache, die wir seit einiger Zeit verfolgen. Das ist ein Antiquitätenhändler aus Palermo, der Sachen auf den Markt bringt, deren Herkunft sehr kryptisch ist. Europol hat uns da schon einbezogen. Bisher kann man ihm nichts nachweisen, und es gibt keinerlei Hinweise, wie die seltenen und wertvollen Antiquitäten in seine Hände geraten. Er muss da Zuträger haben. In der Wirtschaft würde man sagen ›Subunternehmer‹. Und auch die scheinen sehr professionell und geschickt scheinbar legale Transportwege zu benutzen. So direkt am Anfang einer möglichen ›Lieferkette‹ waren wir noch nie dran. Deshalb bin ich selbst hergekommen und habe meinen schwäbischen Italiener mitgebracht. Ach, und interessant ist das, was ich gerade vernommen habe von zwei Benningen-Italien-Beziehungen. Hat das vielleicht historische Wurzeln? Hier war doch ein römisches Kastell im Rückraum des Limes! Spaß beiseite. Auch wenn ihr glaubt, schon sehr nah an der Aufklärung dran zu sein, hätte ich die Bitte, abzuwarten mit Verhaftungen und Zugriffen, bis sich die Güter auf den Weg machen. Ihr scheint euch ja ziemlich sicher zu sein, dass sie sich noch irgendwo in der Nähe befinden, vielleicht oberhalb der Trollinger Steillagen. Und in der Nähe eines russischen Friedhofes. Den werde ich später besuchen, das verlangen meine russischen Wurzeln. Aber vorher will ich das Raubgut verfolgen, und wenn es geht bis nach Sizilien. Also setzt alle Möglichkeiten der Observation ein und lasst uns daneben sitzen. Und wenn sich da was bewegt nach außerhalb eures Hoheitsgebietes, sind wir als Bundesbehörde am Zuge, aber mit eurer Beteiligung. Wir nehmen euch keinen Fall weg.«

Dazu der Staatsanwalt: »Wir haben gute Erfahrungen mit dem zum Oberrat beförderten Herrn Perschow-Vlady. Ich werde Ihr Anliegen unterstützen wenn sichergestellt wird, dass wir vorerst unser regionales Heft in der Hand behalten können.«

Vlady: »Aber sicher. Ich muss aber den Herrn Bablonsky fragen: Für Sie ist doch nur wichtig, dass das Raubgut zurückkommt und die Versicherung nicht zahlen muss? Ich bin dafür, Sie in der Sonderkommission zu behalten, wenn Sie loyal zu den übergeordneten Interessen stehen. Bitte sagen Sie etwas zu Ihrer Strategie!«

Der Detektiv erwidert: »Für mich wäre es unklug, beim Verfolgen meines Zieles die von hier jetzt und später eingeleiteten Anstrengungen zu untergraben, die mir nur hilfreich sein können. Meine Gebiete sind diskrete Beobachtung und Umfeldbefragung. Ich glaube, darin bin ich gut und war damit ziemlich erfolgreich. Das bringe ich ein und verlasse mich ansonsten auf die Arbeit dieser Kommission.«

Marion ergreift nun wieder das Wort: »Vlady und Herr Bablonsky: Eure Anliegen kommen mit der Arbeit des Dezernates gut zusammen. Dazu habe ich noch die Frage, ob wir die bisher restriktive Öffentlichkeitsarbeit ändern und jetzt die Medien in die Fahndungsarbeit einbeziehen sollen. Intern waren wir schon zu der Überzeugung gekommen, jetzt könnte uns die Öffentlichkeit hilfreich werden, unter anderem mit der Frage ›Hat jemand etwas beboachtet am Tatmorgen?‹ und vor allem in den sogenannten sozialen Medien: ›Sind die abgebildeten Gegenstände irgendwo zum Kauf angeboten worden?‹.«

Vlady und der Staatsanwalt nicken, und der Präsident sagt sofort: »Ja. Ich bin der Meinung aus verschiedenen Gründen: Die Öffentlichkeit kann uns helfen, und die Täter werden nervös und aktiv. Wenn wir mit den bisherigen Annahmen zum Täterkreis richtig liegen, werden wir das beobachten können – vorausgesetzt, unser Beobachtungsnetz ist eng genug. Können wir da die Maschen noch enger ziehen?«

Genau in diesem Moment kommt aus dem Server-Raum im Nebenzimmer ein Signal. Wil steht sofort auf. »Sorry, das ist ein Alarm. Ich muss nachschauen«, und er geht hinüber. Vlady ergreift derweil das Wort: »Beobachtung aus der Luft ist zu auffällig und jetzt, da es schon dunkelt, zwar schon noch möglich, aber weniger detailgenau. Handybewegungen und Abhören und vielleicht ein

GPS-Sender reichen meines Erachtens aus. Der Rest wird sich vielleicht aus den Befragungen ergeben, ob noch andere Personen oder Sachen ins Visier genommen werden müssen. Frage an das Präsidium oder Raubdezernat: Ist das hardwaremäßig möglich und in kurzer Zeit realisierbar?«

Während er das sagt, kommt Wil aus dem Nebenraum zurück und verkündet: »Der Lancia ist gerade oben im Weinberg auftaucht. Vor dem ersten Häuschen auf der Phil-Karte, das etwas oberhalb des Weges schon an der Wiese auf der Höhenfläche gelegen ist, hat er angehalten, und eine Person ist mit Einkaufstüten hinaufgestiegen, und dann ist oben Licht angegangen. Man konnte das sehen, weil die Bäume davor schon viel Laub abgeworfen haben. Phil und Helga, schaut mal, wer das sein könnte, und vergleicht das Gelände mit der Katasterkarte von Carola. Ja, und ich habe die Frage von Vlady schon mitgehört – meines Wissens ist alles da und sofort verfügbar. Das haben wir schon mehrfach eingesetzt.« Und der Präsident ergänzt: »Ich werde gleich verfügen, dass das sofort bereitgestellt wird und lasse es gleich herbringen ins Revier Marbach. Und im Serverraum mit Abhöranlage lasse ich einen Bereitschaftsdienst einrichten, wäre aber froh, wenn das Dezernat Raub und das Revier Marbach sich personell daran beteiligen würde.« Marion und Fritz sichern ihm das zu, insbesondere solle der Streifendienst den Lancia ausfindig machen und der Staatsanwalt vom Richter vom Dienst die Abhöranordnung einholen. Der Staatsanwalt dazu: »Der Richter hat das schon genehmigt, bevor er sich zu seinem Viertele Heilbronner Weißwein begeben hat. Aber ich glaube, wir haben jetzt alles geregelt, so dass ich zu meinem Viertele Lemberger gange koa (schwäbisch für »gehen kann«)?«

Fritz pflichtet ihm bei: »Gerne, Herr Staatsanwalt, die personellen und materiellen Sachen klären wir noch in der Zusammenarbeit Ludwigsburg und Marbach. Gute Heimfahrt und guten Abend noch. Zur morgigen SoKo-Besprechung, wieder nach 17 Uhr nach den Schichtübergaben, sagen Sie uns noch Bescheid, ob Video oder Präsenz.« Das verspricht der Staatsanwalt, und die Verbliebenen regeln noch die Details und Nachtdiensteinteilung und verabschieden sich dann auch voneinander.

Marion und Phil fahren noch hinunter ins Bootshaus, in der Hoffnung, Beato noch anzutreffen. Wenn sich die Gruppe heute getroffen hätte, so meint sie, wären sie jetzt angesichts der Dämmerung gerade aus dem Wasser. Sie haben Glück. Die Boote sind schon verstaut, und die Gruppe steht noch ein bischen zusammen. Marion geht auf Beato zu und nimmt ihn ein Stück auf die Seite. Sie sagt zu Phil: »Beobachte genau, wie er reagiert«, und zu Beato: »Ich brauche im Rahmen der Ermittlungen von dir eine Expertenauskunft. Wir suchen zwar schon im Internet und über die Presse, ob die Raubstücke irgendwo angeboten werden. Aber wir haben keine Ahnung, wo wir im Fachhandel nachfragen können. Wo würdest du dich hinwenden, wenn du diese Sachen verticken würdest, oder wen könnten wir um Mithilfe bitten?«

Erstaunen steht zunächst in seinem Gesicht geschrieben, er runzelt kurz die Stirn und antwortet ziemlich prompt: »Na klar. Museen. Die Stücke müssen auf jeden Fall der Öffentlichkeit gezeigt werden, zusammen mit den

Erläuterungen zum Hintergrund. Aber Museen und seriöse Fachleute werden von mir immer den Nachweis verlangen, dass ich legal im Besitz der Stücke bin. Aber es gibt schon auch einen kriminellen Schwarzhandel. Ich kenne jetzt im größeren Umkreis kein Antiquitätengeschäft, das sich speziell mit hellenischen oder altgriechischen Funden beschäftigt. Wenn jemand sowas sucht? Vielleicht in Stuttgart?«

Es entsteht eine Pause, bis Marion nachfragt: »Jetzt mal abgesehen von Museen, wenn du Insider ansprechen wolltest, ob sie das abnehmen oder dir Abnehmer vermitteln, weil sie in der Szenerie gut vernetzt sind, wohin würdest du dich wenden?«

Beato zögert mit einer gewissen Ratlosigkeit im Gesicht, wirkt dann etwas verunsichert und fragt nach: »Meinst du wirklich, dass diese kleinen Schätze im Untergrund verschwinden?«

Marion: »Kriminalisten müssen immer auch an das Unwahrscheinliche denken. Aber jetzt denke ich eher an Liebhaber-Handel mit Privatleuten.«

»Ach so«, erwidert Beato, »da fallen mir zwei Geschäfte ein: Der Antiquahandel in Stuttgart ist ziemlich breit aufgestellt, Griechisches habe ich zwar bei dem noch nicht gesehen, aber der kennt die Szene und Auktionen gut, oder Thaias, auch wenn das eher situativ ist, was er handelt. Bei denen kannst du nachfragen.«

Marion: »Das ist jetzt doch hilfreich für die Fahndung. Aber was anderes: Könnte es sein, jemand nutzt deine Kenntnisse auf dem Gebiet aus? Ich habe schon bemerkt, dass Alma sehr tendiert, in deiner Nähe zu sein, aber sie will trotzdem, dass das nicht auffällt. Und der Carlo hängt sich sehr an das Boot, in dem ihr beiden meist zusammen rudert. Ist da was im Gange oder gewesen?«

Beato wirkt jetzt etwas verstört, fängt an zu stottern: »Wenn ich jetzt nicht wüsste, dass du gerade dienstlich unterwegs bist und das fragen musst, würde ich die Ruderkameradschaft kündigen und nie wieder mit dir in ein Boot steigen.«

Marion, ob dieser heftigen ›italienischen‹ Reaktion doch etwas betroffen, fasst ihn am Arm und versucht zu besänftigen mit den Worten: »Manchmal ist mein Job wirklich nicht einfach, vor allem wenn« – mit Blick zu Phil – »persönliche Beziehungen berührt werden. Aber ich frage, lass mich das jetzt als Polizistin fragen, ist was los mit Alma?«

Beato holt tief Luft, wird rot und quetscht zwischen den Zähnen hervor: »Nichts! *Santa Maria!* Wir haben uns ineinander verliebt und wollen das geheimhalten. Lass mich jetzt in Ruhe«, und er läuft weg.

Alma hat das beobachtet und kommt hergelaufen. »Was ist los?« Marion entgegnet: »Ich musste im Rahmen der Ermittlungen einige Auskünfte von ihm einholen, und da hat er gebeichtet, dass ihr ein Liebespaar seid. Lauf hinterher und beruhige ihn. Mein Job hat mir die Fragerei auferlegt. Tut mir leid. Lauf schnell hinterher und besänftige das italienische Temperament und erkläre ihm, dass ich das tun musste und auch zu Akten nehmen muss.«

Marion kehrt zu Phil zurück und sagt: »Das war jetzt sehr unangenehm, schlimmer, als ich befürchtet habe. Was hast du für einen Eindruck?« – Phil: »Zuerst war er sehr souverän, aber dann doch verunsichert. Ich kann nicht ausschließen, dass du ihn an empfindlichen Punkten getroffen hast. Aber warum hat er denn so temperamentvoll reagiert, wenn man zum Eigenschutz auf coole Art lügen muss?« – Marion: »Das kann ich dir sagen. Die sind ineinander verliebt und verschämt, dass man das bemerken könnte. Subjektiv sind die für mich raus aus dem Kreis der Verdächtigen, aber objektiv gesehen doch nicht ganz. Die Angaben zur Nachverfolgung der Tatobjekte sind eher hilfreich als verdachterregend. Komm, lass uns heimfahren, ich bleibe heute bei dir.«

Marion bleibt heute in Marbach und setzt sich sofort an Phils Laptop, um die Texte für den Pressereferenten zu schreiben, während Phil das Essen kocht. Sie hat es eilig, denn das soll heute noch in die Redaktionssitzungen kommen, so dass es morgen schon in den Zeitungen erscheint. Sie schickt es los und ruft gleich in Ludwigsburg das Referat Öffentlickeitsarbeit an: »An euch ist eine Mail unterwegs von dem Absender PhilMae@marbach.de. Die ist von mir, ich bin gerade bei ihm und habe es eilig. Der Präsident hat angeordnet, die Mitteilung soll morgen in der Presse sein. Verarbeitet meine Info in der Mail entsprechend und streut das und setzt das auch in die sozialen Medien als Aufforderung an die Öffentlichkeit, Beobachtungen mitzuteilen.« – Sie bekommt zur Antwort: »Zeitig ist das aber nicht, wir sind gerade schon im Überstundenbereich!« – Marion entgegnet: »Ich weiß. Unsere SoKo hat bis gerade beraten, und der Staatsanwalt macht auch Druck. Ich bringe euch morgen ein paar süße Stückle vorbei.« – Antwort: »Na dann. Aber für Sie machen wir das auch so. Gute Nacht!«

Wil fährt nach Ludwigsburg zur Kriminaltechnik, um

die GPS-Tracker zu besorgen, und ruft von unterwegs seine Frau an: »Schatz, ich muss noch etliches Dienstliches erledigen. Iss du schon mit den Kindern und leg mir was zurück. Ich muss nämlich mit den Geräten, die ich besorgen soll, wieder nach Marbach und die Schupos dort einweisen. Eine Stunde wird das schon dauern.« Die Frau Müller seufzt am Telefon: »Wieder mal! Aber mach's gut. Ich erkläre das den Kindern.«

Und Wil denkt: Und meine Chefin wird bestimmt gerade von Ihrem Phil fürstlich beköstigt. Aber ich kann nicht meckern. Ihr sei's gegönnt, und die Meine wird aus Mitleid mir sicher noch etwas Besonderes machen.

In Marbach und Benningen suchen die Streifen den Lancia. In der Nähe der Eisdiele ist er nicht, auch nicht in der Nähe der Wohnung der Venezianos. Dann wird er am Kelterplatz in Marbach von einer Streife nahe einem italienischen Bistro gesichtet. Sie setzen den Streifenwagen zurück und fragen im Revier an: »Gesuchtes Fahrzeug am Kelterplatz. Fahrer wahrscheinlich im Bistro. Was sollen wir tun?« Sie bekommen die Order, nur zu beobachten und zu warten. Die leitende Ermittlerin werde nachgefragt. Also wird Marion über Handy angerufen, als sie gerade mit Phil diskutiert, wie riskant es sei, auf die Bitten und Vorschläge des BKA einzugehen. Sie erklärt den Diensthabenden, die Streifenwagen sollen verdeckt bleiben, bis der Fahrer das Bistro verlässt, dann das Auto verfolgen, bis es offensichtlich nicht mehr benutzen wird. Dann sollen sie die Streifen informieren, die von ihrem Assistenten Wil instruiert worden sind über das Anbringen und Aktivieren der GPS-Senders. Danach fragt sie bei Wil nach, wie der Stand sei mit den Geräten. Und sie erfährt, dass er gerade dabei sei, Peter und Paul einzuweisen, die dann die Sender anbringen, wenn das Fahrzeug den Tages-Endplatz erreicht hat oder so steht, dass die Manipulation daran heimlich möglich ist. »Und dann gehe ich endlich auch zum Abendessen. Was gab es denn bei euch?« – »Angebranntes mit Neugiersalat natürlich, und zum Nachtisch Streichwurst auf Naseweise. Nein, ich weiß nicht, wie das heißt, was Phil so improvisiert hat, aber gut war es , so eine Art italienische Gemüsepfanne mit Schinken. Passt doch gut zu den laufenden Ermittlungen oder nicht?« Wil erwidert: »Ich wusste, dass du was Gutes kriegst, und ich fahr jetzt heim. Ich bin sicher, meine Frau hat auch was Gutes parat. Also bis morgen!«

Kapitel 9

Tag 3 der Fahndung

Während Phil die Zeitung aus dem Kasten holt, steht Marion unter der Dusche, nimmt das Duschgel mit Zitrus und sagt sich: Der hat nur zwei Sorten, das mit Zitrus zum Erfrischen und das mit Lavendel zu Entspannen. Ich muss da mal mehr herholen, Granatapfel und sowas. Und auch nur ein Haarwaschmittel. Ich bringe mal meine mit. Die Auswahl an Duftwässerchen habe ich ja auch schon erhöht. Was sind Männer in solchen Sachen so einfach gestrickt, na ja, in anderen Dingen hat er schon ein bischen mehr Raffinesse.

Als sie zum Frühstück kommt, hat Phil schon die Zeitung durchgeblättert und sagt: »Schau, deine Eile gestern Abend hat sich gelohnt. Die Pressemitteilung zum Fall Bootshaus steht zweimal drin: Etwas gekürzt im Teil ›Stuttgart und die Region‹ und ausführlicher im Teil ›Marbach und Bottwartal‹. Den geb ich dir.« Und Marion liest:

Fahndung nach dem Raub altgriechischer Kunst in Marbach läuft auf vollen Touren

Der Gastwirt Anathopoulos des Biergartens und Restaurants »Bei Dimo im Bootshaus« beim Ruderverein Marbach hat als aktiver Teilhaber an Grabungen in historischen griechischen Stätten eine stattliche Sammlung von Funden aus verschiedenen hellenischen Epochen zusammengetragen (unsere Zeitung hat darüber berichtet). Vor vier Tagen ist diese in den frühen Morgenstunden bei einem Raubüberfall mit zwei Verletzten entwendet worden (wir haben darüber eine kurze Notiz gebracht, weil durch die Fahndung der Berufsverkehr zusammengebrochen war). Die Pressestelle des Polizeipräsidiums hat nun mitgeteilt, dass man neben Beschaffungskriminalität auch organisierte Kriminalität in Erwägung zieht. Es ist eine Sonderkommission im Polizeirevier Marbach unter Leitung des 1. Hauptkommissar Batholom eingerichtet worden, mit Beteiligung des Bundeskriminalamtes. Die Leiterin des Dezernates Raub im Polizeipräsidium Ludwigsburg hat Befragungen im Umfeld durchführen lassen. Der genannte Verdacht internationaler Beziehungen der Täter hat sich ergeben durch Internetrecherchen ihres Assistenten KHK Wilfried Müller. Der Totablauf konnte noch nicht ganz rekonstruiert werden, aber die SoKo nimmt mit hoher Wahrscheinlichkeit an, dass die Raubobjekte noch in der Nähe sein könnten. Die Kriminalpolizei bittet die Bevölkerung deshalb um Mithilfe: Hat Jemand am Tag des Überfalls auffällige Begebenheiten im Bereich des Bootshauses oder entlang des Neckars bemerkt? Sind jemandem altgriechische Antiquitäten angeboten worden, oder hat jemand solche Angebote im Internet gesehen? Bitte melden Sie sich, wenn Sie solche Beobachtungen gemacht haben, unter der Tel.-Nr. 07144 900-0 beim Polizeirevier Marbach mit dem Stichwort »Fall Bootshaus.«

Marion freut sich, dass der Bericht tatsächlich so offensiv ausgefallen ist, und kommentiert: »Das wird die Bande jetzt aufrütteln. Wir werden alle Observationen intensivieren müssen und die Ohren spitzen beim Abhören. Und der Kriminaltechniker wird nochmal mit seinen neuen

Methoden Reifenspuren prüfen.« – Phil dazu: »Die sind doch vier Tage alt und Dutzende wenn nicht hunderte Autos drüber gefahren.« – Marion: »Ja schon, aber er sagt, er kennt von der Uni Paderborn ein bestimmtes Verfahren, das mit der Firma Trumpf in Ditzingen weiterentwickelt ist. Damit wird nicht das Bild erfasst, sondern die Chemie, auch noch nach langer Zeit, wenn es nicht stark geregnet hat. Ich habe ihn gebremst, weil ich nicht wollte, dass er bei der Weinberghütte auffällt und Reaktionen auslöst, die wir nicht kontrollieren können, wenn die drinnen das merken. Dort kann er später untersuchen für ein weiteres Indiz vor Gericht, obwohl wir den Lancia dort schon auf Video haben. Nein, vor dem Bootshaus und unten an der Straße zwischen Murr und Benninger Brücke an der Parkbucht gegenüber diesem Türmchen. Aber ich muss los, eine Tasse Kaffee und eine Scheibe Brot mit deiner guten Metzgerwurst reicht mir heute schon. Ich muss hören, ob die Lauscher an der Wand und die Computer als Leser im Internet was herausbekommen haben.« Die dann folgende Verabschiedungszeremonie vor ihrem Auto wird von den Nachbarn beobachtet, und es war zu hören: »Ja, ja, der Professor und die schöne Kommissarin. War ja heute schon in der Zeitung.«

Marion fährt zuerst ins Revier Marbach. Dort erfährt sie, dass auf den Handys von dem Veneziano und auf dem von seinem Schwager nur belangloser Sprach- und Schriftverkehr stattgefunden hat. Sie ruft den Staatsanwalt an und bittet ihn, auch den Sprachverkehr von den Handys von Bertoldi und Waters überwachen zu lassen. Hinreichender Verdacht sei ja geäußert worden. »Fritz«, der Revierleiter Batholom, hat mitgehört und sagt ihr sogleich, er wolle sich darum kümmern. Dann wird ihr berichtet, die GPS-Anlage sei angebracht worden, als der Wagen von der Innenstadt Marbach nach Benningen gefahren und vor dem Haus des Veneziano abgestellt war, und kurze Zeit später dort im Haus die Lichter ausgegangen waren. Das funktioniere, und das Auto sei bisher nicht bewegt worden. Bevor sie weiterfährt, geht sie schnell in die Innenstadt zur Bäckerei schräg gegenüber dem Rathaus, um die versprochenen süßen Stückle für das Pressereferat zu besorgen. Dabei kommt sie am Gasthof Bären vorbei und denkt: Da sind doch die Kollegen vom BKA und der Versicherungsdetektiv abgestiegen. Vielleicht sitzen die noch beim Frühstück. Das ist wirklich der Fall, und sie kann ihnen schon mitteilen, dass alles funktioniert, aber sich in der Nacht nichts ereignet habe. Der Detektiv Bablonski erklärt, er werde noch an den Häusern klingeln, die dem Tatort gegenüber liegen, und die Bewohner nochmals befragen und dann in Benningen um das Eiscafé herum die Leute aushorchen. Marion sagt ihm spontan dazu: »Der Fall steht heute in der Zeitung. Vielleicht hat das die Leute sensibilisiert, und wir erfahren deshalb tatsächlich was.« Und zu Vlady gewendet erklärt sie, wie man zu den möglichen Verstecken oberhalb der Weinberge kommt: »Direkt vor der Brücke zweigt ein Weg ab, der hinaufführt, und an der Rechtskurve zum steilen Anstieg ist links ein Hof. Dort sollte man auch fragen. Das sollten aber deine Leute machen, mit Ausweis und so. Benningen ist ziemlich gewachsen, aber immer noch ein Dorf. Es wird schnell die Runde machen, dass das BKA da war, um Fragen zu stellen. Wenn wir mit dem Verdacht richtig liegen, wird es zusammen mit dem Zeitungsartikel Nervosität im Täterkreis auslösen. Und da die Überwachung funktioniert werden wir das registrieren.« Vlady ergänzt: »Ich will mir sowieso selbst ein Bild von den Örtlichkeiten machen, also Bootshaus, Neckarufer und Weinberge, auch viel zu Fuß und dabei auch die herrliche herbstliche Landschaft genießen. Und wir nehmen auch nochmal Kontakt zu der Bundespolizei-Bahn auf. Die Idee von euch mit den Zügen ist auch ein uns bekannter Ansatz, dass öffentliche Verkehrsmittel zum unauffälligen Untertauchen immer öfter benutzt werden als die Flucht mit PKW.«

Nach diesem Abstecher fährt Marion weiter ins Präsidium und geht dort zuerst in die KTU zu Dr. Gries. Sie erklärt ihm anhand einer Google-Satelliten-Aufnahme, wo interessierende Reifenspuren sein könnten. Er freut sich, dass er in diesem Fall seine neue Technik ausprobieren darf. »Ich nehme meine Frau mit. Sie war maßgeblich mitbeteiligt an der Entwicklung bei Trumpf, trotz ihrer Anstellung bei Mann&Hummel. Allerdings haben wir bislang noch keine richtig gute Bibliothek von Referenz-Reifen. Ist es schlimm, wenn wir nicht weiterhelfen können?« – Marion: »Dann hilft konventionelle Kriminalistik. Aber Indizien mit neuer Technik würden vor Gericht was hermachen. Vorerst schon mal besten Dank.«

Danach geht sie ins Referat Öffentlichkeitsarbeit, um sich zu bedanken mit süßem Gebäck und zu sagen, dass genau der Ton getroffen worden sei, der die Täter nervös machen soll. Erst dann geht sie zu ihren Leuten, die schon sehr aktiv waren.

Vera berichtet von der Befragung der Vereinsmitglieder. Alle Bögen sind gesichtet und eingescannt, alle Antworten sind statistisch aufbereitet und auch mit Stichwortsuchen nochmal geprüft. »Aber kurz zusammengefasst: keine zusätzlichen Erkenntnisse. Leider.« Wil setzt nach: »Leider auch bei mir die Nachricht ›negativ‹! Die Raubgüter sind auf keiner Plattform angeboten worden, und in den social media tauchen seit dem Zeitungsartikel heute Morgen zwar Kommentare auf, meistens hämische über die Polizei, aber keine nützlichen Hinweise bisher. Handy-Überwachung weißt du ja schon aus Marbach. Ich fahre jetzt dorthin in den Server-Raum.« Marion ist einverstanden und setzt nach: »Dort ist auch ab heute Vormittag die Zentrale. Bis auf eine Stallwache hier und zwei mit einem Sonderauftrag in Stuttgart gehen alle nach Marbach, sobald sie hier das noch Laufende abgeschlossen haben. Der Sonderauftrag resultiert aus einem Gespräch gestern Abend mit dem Beato Bertoldi, der ja ein Verdächtiger zweiter Kategorie zusammen mit der Alma Waters ist. Von beiden werden jetzt auch die Handys überwacht. Er hat mir Geschäfte beziehungsweise Händler genannt, die eventuell griechisch-hellenistische Kunst kaufen würden oder sich im einschlägigen Handel umhören können. Weil ich erwarte, dass sich die Pressemitteilungen auswirken, bleibe ich in der SoKo-Zentrale in Marbach und fahre nicht selbst dorthin. Das kann ja Carola mit unserem alterfahrenen Ferdinand machen. Ferdl, dann kommst du auch mal aus dem Büro raus.« Dem Ferdl ist das mehr als recht. »Das machen wir, gell Carola!« – Marion: »Gut, wenn ihr fertig seid, kommt ihr auch nach Marbach. Ihr könnt meinen Dienstwagen nehmen. Ich fahre mit meinem eigenen. Dann kann das Controlling auch mal mit mir Kilometergeld abrechnen. Kommt viel zu selten vor, weil ich das oft vergesse. Noch eine Mitteilung: Die KTU geht nochmal mit einer neuen

Methode über die Spuren vor dem Bootshaus und in der Nähe des Platzes, wo der Katamaran angelegt hat und die Täter vermutlich in ein Auto umgestiegen sind. Soweit also. Wir sehen uns dann alle wieder in Marbach.«

Bablonski hat ausgiebig das Frühstücksbuffet genossen. Der Gasthof gehört ja zu einer Metzgerei, deshalb die schmackhafte Wurst aus eigener Herstellung. Werde mich bei der Abreise reichlich damit eindecken. denkt er, aber jetzt muss ich recherchieren. Zuerst aber im Internet. Gestern Abend in der Besprechung hat er sich Stichworte dafür notiert, und damit grast er die Portale ab und die Antik-Händler. Nach zwei Stunden hat er immer noch nichts Schlüssiges gefunden und beschließt, sich auf die gute alte Schnüffelei zu verlegen und dabei noch schönes Herbstwetter zu genießen. Er zieht statt Anzug eine legere Lederjacke und Jeans an und geht die Marktstraße hinunter, biegt der Straße folgend links ab und entdeckt ein Hinweisschild »Schiffsanleger.« Dem folgt er und geht den Mühlenweg hinunter, an dem alten Steg mit gußeisernem Geländer vorbei, der früher über den Mühlenkanal geführt hat, der zugeschüttet wurde, um eine Umgehungsstraße unterhalb der Stadtmauer zu bauen und so den Verkehr ins Bottwartal zu erleichtern. Er überquert die Straße und erreicht das Bootshaus. Auf dem Bootsplatz ist Betrieb. Es sind Ferien, und deshalb ist Trainingsbetrieb für die Leistungsruderer und einige Breitensportler. Jugendliche spritzen gerade die auf dem Bootsplatz lagernden Boote ab, und fünf ältere Herrschaften tragen ein Boot vom Neckar her, um es auch auf die bereitstehenden Böcke legen. Helga steht mittendrin und entdeckt ihn, wie er die Treppe herunterkommt und im Durchgang zum Bootsplatz stehen bleibt. Sie geht auf ihn zu.

»Guten Morgen, Herr Bablonski. Spazieren Sie oder sind Sie als Detektiv unterwegs?« Er antwortet: »Beides. Ich will mir selbst einen Eindruck vom Tatort verschaffen. Wichtig für die Versicherung ist die Alarmanlage, die es laut deren Unterlagen geben soll. Und ich habe gehofft, auch mit Vereinsmitgliedern sprechen zu können. Ist das möglich?« Helga sagt: »Selbstverständlich, alles was hilft, die schändliche Tat aufzudecken, ist uns recht. Die Bundeskriminalisten waren auch schon da und haben die Örtlichkeit angeschaut, Sie sind dann aber gleich wieder weggefahren. Fragen Sie nur!« Und sie ruft: »Hört mal alle her. Das ist ein Versicherungsdetektiv, der auch noch Informationen braucht und deshalb mit einigen von euch reden will.« Und zu Bablonski gewendet sagt sie leise: »Dort hinten bei dem Gig-Vierer sind übrigens die Breitensportler. Der größere Herr ist der Archäologe, von dem gestern auch die Rede war, und die rothaarige Frau daneben ist fast immer mit ihm zusammen. Alma Waters, Ingenieurin beim Bosch. Sie haben sich im Frühjahr hier bei einem Schnupperkurs kennen gelernt und sind dann Mitglieder geworden, um ihre Rudertechnik zu verbessern. Die Kommissarin und ihr Bewunderer Phil Mälzer rudern oft mit denen zusammen, falls das von Interesse für Sie sein sollte.« – »Danke. Mehr zu wissen ist immer besser. Ich rede mal mit denen, ob sie eventuell Hinweise geben können.«

Zuerst geht er zu den Jugendlichen. Die sagen ihm, der Kille, der den K.o. abbekommen hat, darf noch nicht rudern und ist deshalb nicht da. Und sie können sich keinen Reim aus der Geschichte machen. Dann geht er zu den älteren Herrschaften. Er stellt sich nochmal vor und wird gleich von Beato angegangen: »Jetzt war gestern schon die Kommissarin da mit blöden Fragen. Und jetzt kommt auch noch ein Schnüffler. Mir reicht's!« Er will weggehen. Alma hält ihn am Arm fest. »Hilf bitte mit, den Raub aufzuklären, ist doch auch in deinem Sinn, dass die alte Kunst wieder zurückkommt.« Als sie ihm bittend in die Augen schaut, beschwichtigt sich sein italienisches Temperament sofort wieder, und sein gerade noch wütender Blick wird sanft. Dann ist er sofort in seinem Element und doziert über Art und Bedeutung der Funde und kommt zu der Aussage: »Solche Werte dürfen nicht einfach verschwinden. Eigentlich gehören die in ein Museum!« Da zuckt Bablonski zusammen, denkt, Oha, ein Motiv aus Überzeugung eines Idealisten. Überführung der Kunst aus der Privathand in Fachhand! Er bedankt sich und geht sinnend weiter: Aber wie kann ein solcher Mann so eine Tat begehen? Natürlich mit Helfern? Hat ihm die Frau die besorgt? Oder einer aus dem Verein? Oder hat er Verbindungen zum Untergrund? Ich schnüffle mal nicht in Benningen rum, das macht schon die SoKo. Ich lasse mir die Adressen geben und kümmere mich um das Umfeld der beiden. Er wählt die Mobilfunk-Nummer von Marion (Detektive besorgen sich solche Sachen wie wichtige Kontaktdaten immer als Erstes) und fragt sie nach den Adressen, und ob sie zum Umfeld der beiden schon mehr Informationen eingeholt haben. »Nein«, sagt sie. »Aber in unseren Dateien sind sie nicht, also bisher unauffällig. Bablonski, sei vorsichtig, dass kein Insiderwissen gestreut wird. Nervosität zu erzeugen in möglichen Täterkreisen ist aber erwünscht, damit sie vielleicht in Panik geraten und sich durch Fehler selbst verraten.« Er verspricht das, erhält die gewünschten Angaben, überquert die Oehlerkreuzung und folgt der Bottwartalstraße Richtung Bahnhof. Er erkennt am Cottaplatz die Silberlinde, sieht die Alexanderkirche und erinnert sich, hier schon einmal gewesen zu sein.

Als er in der Schillerstraße vor dem Neubau neben der katholischen Kirche steht und die Klingelschilder studiert, kommt gerade eine Frau mit einem Einkaufstrolley und schließt die Türe auf. Sie fragt ihn: »Wen suchen Sie denn?« Er blickt sich um und antwortet: »Bertoldi. Kennen Sie den Herrn? Ich wollte was von ihm wissen (obwohl er weiß, dass der Betreffende ja noch im Bootshaus ist), wegen des Raubs in der Bootshausgaststätte. Ich bin von der Versicherung. Was ist das für ein Mensch? Kann man sich auf den denn so verlassen?« – »Ach«, sagt die Frau, »wir sind ja alle noch nicht lange in dem Haus. Aber der war doch bei den Untersuchungen nach dem Abbruch der Häuser um das Pfundhaus als Verantwortlicher vom Denkmalamt dabei. So einer ist doch Beamter und verantwortungsvoll. Und große Söhne hat er als alleinerziehender Vater. Die beiden sind sympathisch. Man erzählt sich was, wenn man sich trifft, aber meist was Belangloses.« Da kommt ein Herr die Treppe herunter. »Gibt's was Neu's, a neier Mieter. Ha scheene (schöne) Wohnunga do se send des schoa, aber zemlich deier (ziemlich teuer).« – »Nein«, sagt die Gesprächspartnerin, »er erkundigt sich nach dem Bertoldi aus dem 2. Stock wegen dem Raub im Bootshaus.« – »Ha, an Idaliener halt, was soll m'r do scho saga.«

So um die Einkaufszeit am Vormittag kommen tatsächlich noch weitere Bewohner des großen Blocks zusammen und Bablonski erfährt, dass außer einer rotblonden Frau –

die aber schon oft! – und etlichen Jugendlichen eigentlich kaum Besuch kommt. Wenn, dann könnten das Italiener aber auch andere sein, aber niemand, den man so kennt. Aufgeschlossen sei der Bertoldi, sonst könne man nicht viel über ihn sagen.

Höflich bedankt sich Bablonski, überquert die Schillerstraße und biegt in die Kirchenweinbergstraße ein, unterquert die Bahnlinie und geht die Gartenstraße hinauf. Da begegnet ihm Phil.

»Hallo Bablonski! Spazieren oder ermitteln?« – Er: »Herr Professor, genau das wurde ich vor kurzem schon mal gefragt. Beides, Umfelderkundung zu Frau Waters. Die ist bestimmt eine Komplizin von dem Bertoldi. Und ich glaube, ich habe vorhin ein Motiv aufgedeckt, das ich aber noch nicht verraten will.« Phil denkt sich: Lass ihn glauben, und sagt: »Du! Wir duzen uns in der SoKo, ich heiße Phil. Du stehst fast schon vor dem Haus – hier der Neubau auf dem Gelände von ehemals Beck-Furniere. Viel Erfolg. Ich muss zur Bank, macht gleich zu«, und denkt sich: Muss ihm ja nicht auf die Nase binden, dass ich auf dem Weg zu Marion bin.

Auch hier trifft Bablonski zwei Bewohner, die ihm in ähnlicher Weise wie in der Schillerstraße so manches erzählen, aber nicht wirklich viel über die neue Hausmitbewohnerin wissen. Er geht zwei Häuser weiter. Vor einem kleinen gelben Häuschen steht eine gebeugte zierliche alte Dame mit Gehstöcken in der Hand und unterhält sich mit einer etwas jüngeren, aber sicher schon einige Jahre im Rentenalter befindlichen Frau. Er spricht auch diese an und fragt nach der neuen Nachbarin mit den rotblonden Haaren. Er gerät in eine umfangreich Erzählung der beiden über die Bauzeit dieses Hauses, und dass diese Rothaarige als Letzte eingezogen sei: »Wisset Se, des hat g'dauert, bis die erschte Wohnunga verkauft worda sin, dann hat ma erscht og'fange zum baua. Solang war hier nur eine Baugrube.« Als des Bau endlich fertig war, habe es noch lange gedauert bis zum Einzug »von derre mit dem alte Rennwaga« (ihr Austin Healey Oldtimer). Lustig sei sie, und immer »zu'am Schwätzle« bereit. »Aber sonscht? Isch eigentlich nix B'sonders.«

Bablonski ist enttäuscht vom Ergebnis seiner Fragerei und beschließt, wenigstens den Spaziergang zu Ende zu bringen und geht weiter bergauf, muss zweimal stehen bleiben mit dem Selbstgespräch: »Habe mich schon letztes Jahr geärgert, dass auf den Stadtplänen von Google die Steigungen nicht eingetragen sind.« Aber auf der Höhe oben, bei den alten Platanen auf dem ehemaligen Galgenplatz, genießt er doch den Blick über das Bottwartal mit den Weinbergen und Wäldern der Weinsberger Berge und dem Murrhardter Wald im herbstlichem Bunt, und auf dem Rückweg den Blick bis zum Fernsehturm von Stuttgart, auf dieser Entfernung nur so groß wie ein Zahnstocher. Dabei erinnert er sich, dass es da ein Jubiläum gab und der Turm von mehr als 260 m Höhe der Erste weltweit war in dieser Bauweise als Stahlbetonröhre. Und man ahnt hier überhaupt nicht, zwischen Weinbergen, Wäldern und den tief in den Muschelkalk eingegrabenen Neckarmäandern, in einer der bedeutendsten Industrieregionen Europas zu sein, wie er das unlängst im Wirtschaftsmagazin gelesen hat. Und er beschließt, in seinem Gasthof die hausgemachten schwäbischen Maultaschen, geschmälzt mit Zwiebeln und Ei zu versuchen.

Inzwischen hat sich im Revier Marbach einiges ereignet. Als Marion eintrifft, wird ihr von der Handy-Überwachungs-Gruppe ein Bandausschnitt von einem Anruf an Carlo von seinem Schwager vorgespielt:

»Meine Frau hat die Zeitung gelesen und ist ganz nervös geworden, BKA und sonstwas sei eingeschaltet. Von international ist die Rede. Im Eiscafé haben Kunden erzählt, am Neckar auf der anderen Seite stehen Autos mit der Aufschrift Kriminaltechnik und Kriminalbeamte untersuchen irgendwas. Und die vom Hof unten am Weinberg haben angerufen, sie seien von BKA-Leuten befragt worden. Carlo, haben wir damit was zu tun?« Carlo hat geantwortet: »Keine Ahnung. Warum das alles?« – »Die Kripo vermutet, die Beute sei noch in der Nähe und jetzt wird hier in Benningen gesucht. Das ist doch nicht zufällig! Frag doch mal nach!« – »Ich kümmere mich und sage Bescheid.«

Dann sei bei Carlo ein Anruf mit einer unterdrückten Nummer eingegangen. Da müsse man warten, bis man die Aufzeichnung Michele vorgespielt hat, weil der gesamte Dialog fremdsprachlich, wahrscheinlich in italienischer Sprache stattgefunden hat.

Wil setzt nach: »Direkt nach dem Anruf haben sich sein Handy und sein Auto nach Murr bewegt, er ist zum Aldi hinein, hat wohl etwa zwanzig Minuten eingekauft und dann an die Tankstelle gefahren, dort Standzeit zehn Minuten. Danach ist er durch das Industrieviertel und über die Höhe auf den oberen Weinberg gefahren. Dort haben ihn die Kameras erfasst, wie er mit Aldi-Einkaufstüten in die Hütte hinaufgestiegen ist. Der steht noch oben.«

Vlady war derweil auch eingetroffen. Das Auto mit

Müller und Michele hat er nach Benningen weitergeschickt. Er habe sich im Bootshaus umgeschaut. »Ist ja mächtig viel los, aber wahrscheinlich nicht immer morgens. Frühmorgens hinter Damm und Bäumen ist das Gelände eigentlich nicht einsehbar, und bei Berufsverkehr auf der Straße ist auch nichts zu hören. Da wird man mit Zeugen kaum Glück haben. Und wenn dieses Frühtraining nicht angesetzt gewesen wäre, dann hätte man den Einbruch oder Raub sicher erst Stunden später entdeckt. Die Täter müssen die Alarmanlage entdeckt haben, oder sie mussten von ihr gewusst haben, deshalb die Flucht auf dem Wasserweg. Dass ihr so früh schon daran gedacht habt, dass diese Antizipation ›Alarmanlage löst Ringfahndung aus‹ nur Profis machen, nötigt mir ein wenig Respekt ab. Der Spur nach Benningen gehen jetzt meine beiden Mitarbeiter nach, und ich bleibe hier, nehme an, hier bewegt sich mehr. Müller und Michele sind erfahren genug in Vor-Ort-Ermittlung.« Marion freut sich über das deutliche Lob und wendet ein: »Michele brauchen wir aber jetzt eigentlich hier. Der Handyverkehr hat Gespräche in italienischer Sprache aufgezeichnet. Ich bin mir sicher, diese Korrespondenz geht weiter.« Vlady: »Oha, Palermo! Für mich keine Überraschung!« Wil dazu: »Unterdrückte Nummer, es muss erst nachgeforscht werden, über welche Funkzellen die Verbindung aufgebaut wurde! Wahrscheinlich ist das allerdings!«

Während Vlady den Michele zurückbeordert, kommt die Nachricht »Lancia bewegt sich, fährt abwärts«, worauf Vlady sofort reagiert und durchruft: »Versteckt euch dort in der Nähe der Brücke, wo es zum Kieswerk geht, oder wenn ihr schon auf der anderen Seite seid, wo der Schiffsanleger ist, und beobachtet die Brückenrampe. Erst wenn dort ein Lancia-Oldtimer durch ist – ich glaube, von dem war schon die Rede und es sind auch Bilder gezeigt worden – fahrt ihr weiter. Michele bleibt dann im Revier, und Müller, du fährst zurück nach Benningen.« Er erhält die Rückmeldung »Verstanden« und meint dann: »Unser Dienstwagen ist zwar zivil, aber Kennzeichen-Nr. WI- und nur Nummer ohne Buchstaben fällt hier schon auf, und wenn das Profis sind, wäre bei einer Begegnung der Autos unsere verdeckte Stellung vielleicht aufgefallen. Gerade noch gut gegangen.«

Dr. Gries ist mit den Aufnahmen der Reifenspuren mit dem Laser-Puls-Scanner fertig und kommt ins Revier, weil er schnelles Netz und hohe Rechnerkapazität zur Auswertung und dann zum Vergleich mit den Datenbanken braucht. Wil geht mit ihm in den Rechner-Raum und reduziert die Dauerauswertung der Suche nach den Raubstücken im Internet auf reine Speicherung. So bekommt er einen Rechner komplett frei für den Physiker. Er setzt sich daneben und lässt sich alles genau erklären. Der Leiter der Kriminaltechnik tut das gerne, denn nach dem Initiieren und Einspeisen der Daten aus seinem mobilen Rechner sagt er: »Der braucht jetzt gut eine Stunde, da kann ich dir das im Groben schon erläutern. Da ich auf die jahrelange Vorarbeit von Prof. Meier und seinem Team zugreifen konnte, haben wir das mit den Spezialisten in Ditzingen und mit Hilfe meiner Frau in Jahr in dieser Rohfassung erarbeitet, und ich bin froh, das jetzt zum ersten Mal in der Praxis ausprobieren zu können.«

Nebenan hört Michele die Aufzeichnung des Telefonates an, das auf dem Handy von Carlo eingegangen war. Er hört eine Weile zu und erläutert dann, dass die Rede von der Organisation eines Transportes die Rede war. Die Ware solle heute in der Nacht übergeben werden. Details werden vom Unternehmen direkt nachgeliefert, das sie für den Chef ausfindig gemacht haben. Vlady will sofort wissen, ob man trotz Unterdrückung und Prepaid genauer den Ursprungsort des Anrufers ausfindig machen kann, damit er bei Interpol nachfragen kann, ob sich in dieser Gegend schon Verdachtsmomente ergeben haben. Man erklärt ihm, dass der Satellit den Funkort nur eingrenzen kann, wenn GPS aktiviert war, und das sei hier nicht der Fall gewesen. Aber Wil könne vielleicht mehr herausfiltern. Also wird er aus seiner ihn so sehr interessierenden Instruktion herausgeholt. »Ja«, meint er. »Ich habe da schon was unternommen. Bitte nicht fragen, wie das geht. Ich habe das Verfahren ganz privatim einem Experten der Cyberkriminalität abgeluchst. Der Anruf kam aus Süditalien oder Sizilien.« Vlady bedankt sich mit »Es wird nichts verraten. Euer Staatsanwalt soll pro forma eine Amtshilfe von dort einholen, dass wir das benutzen dürfen. Dann wird es gerichtsverwertbar. Und wenn ich jetzt meine Anfrage an Interpol richte, ist nur die Rede von ›Wenn es sich herausstellen sollte, dass … wäre dann denkbar …?‹.«

Während er sich um eine Verbindung zum entsprechenden Ansprechpartner bei Interpol bemüht, holt Marion das Einverständnis des Staatsanwaltes ein. Nach einigen Rückfragen leuchtet dem die Vorgehensweise ein, und es kommt, als er auch mehr erfahren hat, sein Einverständnis mit dem Kommentar: »Ganz schön schlau, was der Herr Wil da macht und wie der Herr Vlady das rechtlich richtet! Mach ich noch vor der Mittagspause. Unsere Kantine macht heut' Linsen mit Spätzle, Würstle und Speck. Also bis heut' Abend.« Marion bedankt sich und nickt Vlady zustimmend zu, der mit seinem Anruf bei Interpol am Telefon geduldig wartet, bis er durch den Dschungel der internationalen Behörde zur richtigen Stelle kommt. Was er während der Warterei dabei denkt, darf man hier nicht drucken.

Ferdl und Carola kommen aus Stuttgart zurück von der Erkundigung bei den Antik-Händlern, die Beato ins Spiel gebracht hat. Sie schildern deren Entsetzen über die Ereignisse, die in der Presse standen. Sie hätten auch im Internet schon die Gegenstände angeschaut, die das Pressereferat ins Netz gestellt hat. Angebote seien bei ihnen nicht eingegangen, Interesse hätte bei beiden Händlern eher nur am Rande bestanden. Und die Frage nach möglichen Interessenten konnten beide nicht eindeutig beantworten. Thaisa habe vorsichtig die Meinung vertreten, das sei ein sehr »spezieller Markt«, der sich »außerhalb der seriösen Händler wie wir abspielt«, aber er habe schon von Kunden Andeutungen vernommen, dass man sich schon in Russland umschauen müsste, oder aber direkt vor Ort an den Ausgrabungsstätten, also Griechenland, Türkei, halt Mittelmeer-Raum. Carola fragt abschließend: »Also haben wir jetzt nichts zu Aufklärung beigetragen?« – »Doch!«, erklärt ihr Marion, »wenn wir wissen, wo wir nicht unbedingt weitersuchen müssen, können wir unsere Kräfte verstärkt auf andere Verdachtsmomente richten! Also war das Negative positiv, wenn du verstehst, was ich meine. Das ist für dich eine wichtige Erfahrung in der Polizeiarbeit!«

Aus dem Rechner-Raum kommt die Nachricht: Spuren-Analyse abgeschlossen!

Dr. Gries erklärt: »Der Rechner ermittelt nach mathematischen Verfahren der theoretischen Physik Plausibilitäten. Deshalb macht es nichts aus, wenn hunderte oder tausende Autos Spuren hinterlassen haben. Im Gegenteil, die ergeben das Muster dessen, was ›die Regel‹ oder ›normal‹ ist. Und was aus diesem Rahmen herausfällt, wird in den Vordergrund geschoben sozusagen. Das war jetzt die Theorie. Und diese Prozedur hat uns auf Reifenspuren aufmerksam gemacht, die vor dem Bootshaus eine Besonderheit darstellen und auf der Straße zwischen Murr-Brücke und Benninger Brücke an dieser Parkbucht neben diesem Türmchen solitär sind: Beides sind Reifen von Oldtimern, die seit vielen Jahren nicht mehr produziert werden oder reine Sonderproduktionen sind. In der Datenbank haben wir zu der einen diese Spuren gefunden, dass sie speziell hergestellt worden sind für Austin Healey-Sportwagen der Baujahre sechziger bis siebziger Jahre. Die Laser-Puls-Spektrogramme des anderen ›Ausreißers‹ haben wir nicht gefunden, sind aber sicher, es sind Reifen eines Oldtimers.«

Der Revierleiter Fritz war nicht durchgehend anwesend. Er musste sich um die Aufgaben und den reibunglosen Ablauf in seinem Revier kümmern. Jetzt gegen Mittag will er sich auf den laufenden Stand bringen lassen. Er kommt dazu, als gerade Dr. Gries seine Analyse erläutert und das Ergebnis vorstellt. Fritz findet diese Spurensicherung mit den Reifen von Oldtimern aufregend, das sei doch ein wichtiger Schlüssel für die weitere Strategie. Der Austin gehöre doch dieser Frau, die so oft mit dem italienischen Archäologen zusammen sei. Da kommt aus der Ecke der Telefonüberwacher eine Information: »Achtung! Ein Anruf an Carlos Handy! Wir stellen laut! Nach GPS ist er gerade vor der Gelateria unten am Neckar in der Nebenstraße gegenüber der Kelter am Brückenkopf angekommen.« Nach etlichen Ruftönen meldet sich Carlo. Er wird von dem Gesprächspartner gefragt, ob er Niederländisch spricht oder Englisch. Als das verneint wird, meint der Anrufer, vielleicht gehe es auch mit seinem schlechten Deutsch, Carlo solle halt nachfragen, wenn er etwas nicht versteht. Es entsteht ein zähflüssiger Dialog, in dem zuerst der Niederländer fragt, ob er der Italiener in Benningen sei, der im Besitz der Sache Altwaren sei. Als Carlo bejaht, hört er: »Ich fahre Omnibus der Altwaren, und Männer fahren muss weiter. Du verstanden?« Carlo antwortet: »Ja, ich habe schon auf den Anruf Omnibus gewartet. Die Männer sind schon ungeduldig.« Im weiteren Gespräch ist von der Omnibus-Haltestelle Autobahnkirche Baden-Baden die Rede und »Abfahrt muss Zeit schnell, weil Cheffe hat gelesen Internet. Sagt Altware ist heiß jetzt.« Im Weiteren erfahren die Fahnder in Marbach, dass gegen Mitternacht ein holländisches Wohnwagengespann auf dem LKW-Platz der Raststätte Baden-Baden ganz hinten, direkt bei der Autobahnkirche steht, Außenbeleuchtung eingeschaltet, alle Fenster hell. Man solle im Walzertakt klopfen und den Decknamen Omnibus rufen. Man lade dann um und bringe die Ware und Passagiere zur Fähre nach Genua. »Und nicht vergessen: Handy schalten aus!«

Fritz ist etwas irritiert. »Das ist doch der andere Italiener. Hat die Frau mit dem Austin Hailey auch mit dem was zu tun?« Marion klärt auf: »Eigentlich weniger, außer dass sie gelegentlich zusammen rudern und vielleicht noch das: Beide fahren Oldtimer. Wir verfolgen eben halt mehrere Ansätze und schließen nicht von vornherein aus, dass doch ein Zusammenhang besteht. Das ist auch im Sinne des Staatsanwalts. Wie ist das übrigens mit der Telefonüberwachung der beiden?« Die Abhör-Ecke meldet: »Es gab zwei Telefonate zwischen beiden, einmal frühmorgens und nochmal vor ca. einer Stunde, das klang eher nach Guten-Morgen-Kuss und nach Verabredung für den Abend. Einmal hat der Archäologe etwas Dienstliches mit einer Baustelle oder so etwas Ähnlichem gesprochen. Und die Alma hat irgendwas Technisches bei Bosch abgefragt und angekündigt, am Nachmittag einen Entwurf mitzubringen. Also nichts Fahndungsrelevantes bisher.«

Fritz fasst zusammen: »Soweit ich jetzt verstehe, ist also der Benninger Italiener der Hauptverdächtige, und der Marbacher Italiener ist vielleicht nur am Rande involviert oder gar ganz raus. Und das Raubgut soll auf dem Rasthof Baden-Baden heute Nacht anscheinend in ein holländisches Wohnwagengespann umgeladen werden. Mit dem Ziel, in Genua eine Fähre zu erreichen. Also muss die Observation in Benningen verstärkt werden, und der GPS-Sender in diesem Lancia ist umso wichtiger, wenn das Handy ausgeschaltet ist.«

Peter hebt die Hand: »Ich überlege, ob ich als Oldtimer-Fahrer so eine wichtige Fahrt, die termingerecht sein soll und auch noch mit teurer Ware und irgendwelchen Strolchen beladen ist, mit einem dreißig Jahre alten Lancia machen würde. Mit meinem Polizei-Käfer aus den Fünfzigern, von meinem Vater und mir gewartet, schon, auch mit meinem alten Wohnmobil samt Goggo auf dem Hänger. Also wenn der so denkt wie ich gerade, dann nimmt er ein anderes Auto. Deshalb hat Fritz völlig recht: Den darf man jetzt nicht mehr aus den Augen lassen.« Fritz wirft sofort ein: »Oder sofortiger Zugriff. Marion, wie sicher bist du, dass dort oberhalb der Weinberge, in der Hütte, die der Carlo mehrmals angesteuert hat, sich das Raubgut mit zwei Wächtern befindet?«

Marion legt die Stirn in Falten, wobei sie die Nasenspitze hochzieht, neigt den Kopf zur Seite und antwortet nach kurzem Zögern und tiefem Einatmen: »Ich glaube nicht, dass am Tatmorgen die Täter durch den schnell aufgebauten Fahndungsring geschlüpft sind, sondern dass die Flucht mit dem Trainerboot, dem Katamaran, wirklich bis an den Fuß der Weinberge geführt hat. Dazu gibt es Spuren genug. Und die Bewegungen auf den Funkvideos vor der Hütte, die wir nach unserem Augenschein als das wahrscheinlichste Versteck eingestuft haben, das alles zusammengenommen lässt mich glauben, dass wir richtig liegen, mit, wie sich jetzt Phil ausdrücken würde, ›an Sicherheit grenzender Wahrscheinlichkeit‹.«

»Also«, erwidert Fritz, »also planen wir den Zugriff bevor ›Ware heiß, wie Cheffe sagt‹ im Autobahngetümmel verschwindet!«

Wil meldet sich zu Wort: »Wir haben die Hütte zwar auf dem Video, aber nicht die Umgebung. Und ich kenne aus den Satellitenaufnahmen und aus den Schilderungen von Marion und Phil, wie taktisch klug die Hütte liegt. Man kann sich in Wälder verziehen, hinter Weinbergmauern verschanzen und hat mindestens vier oder fünf Wege Richtung Industriegebiet oder Autobahnzubringer oder Bottwartal oder Marbach, die wir zumachen müssen. Wenn wir aber wissen, der Weg führt in aller Ruhe nach Baden-Baden, dann warten wir nur an der Autobahnzufahrt auf das Auto, das wir auf dem Videobild haben, von der Hütte abfahren sehen.« Vlady ruft sofort dazwischen, bevor Fritz antworten kann: »Das ist der eine Aspekt, auf den ich mich auf euch verlassen muss, weil ich die lokalen Gegebenheiten nicht kenne. Der andere Aspekt aus der Sicht des BKA ist der, die Verbindungen von Kunst- und Antiquitätenraub in Deutschland herzustellen zu einem Händler oder Händlerring, der schon länger im Visier von uns und Interpol steht. Vor allem möchte man wissen, wie die Sachen – die im Telefonat so bezeichnete ›Altware‹ – nach Sizilien gelangen, anscheinend jetzt mit der Fähre ab Genua. Das jetzt ist eine Chance, anhand der Übergabe den Zusammenhang zu belegen und Personen festzunehmen, die vielleicht plaudern. Nur das holländische Gespann anhand eines abgehörten und sprachlich interpretierbaren Handyanrufes im Rastplatz Baden-Baden zu vereinnahmen und die Fahrer zu verhaften, das ist zu schwach, um das dahinterstehende System zu belegen. Also Zugriff bei der Übergabe. So wie die Rauschgiftler das auch machen. Ich weiß, den Raub an sich aufzuklären ist eure Sache, und die könntet ihr – mit einem gewissen Risiko – heute noch erledigen. Aber ihr habt bessere Karten, wenn ihr auf Mitarbeit von uns vertraut, und wir organisieren den Einsatz der Autobahn- und der Bundespolizei entlang der ganzen Strecke bis zum Rasthof und auf dem Rasthof ein Einsatzkommando. Da muss Wiesbaden Baden-Baden in Baden kontaktieren – war doch auch noch ein nettes Wortspiel –, und die müssen zusammen agieren. Wenn wir uns gleich entscheiden, werde ich das am Nachmittag alles organisieren können.«

Es gibt nur eine kurze Diskussion, und die SoKo bittet Vlady, über Wiesbaden die Kontakte zu den Autobahnpolizeiposten entlang der Bundesautobahnen A81, A8 und A5 bis Baden-Baden herzustellen und ein mobiles Einsatzkommando zum Rasthof Baden-Baden zu beordern. Fritz schlägt vor, jetzt mit dem halben Team Mittagspause zu machen und in einer Stunde die andere Hälfte zum Essen zu schicken. Dann kann Michele den Müller in Benningen ablösen, und das Revier schickt noch einen Streifenwagen und eine Zivilstreife dazu. Vlady bittet, ihm etwas mitzubringen, damit er inzwischen mit dem Generalstaatsanwalt verhandeln und sonst noch was erledigen kann: die verschiedenen zuständigen Referenten beauftragen, mit den auf der Strecke liegenden Autobahnposten die Bereitstellung von Einsatzkräften vereinbaren und ein mobiles Einsatzkommando aus der Bezirksdirektion Karlsruhe anfordern.

Marion erweitert das Halbschicht-Prinzip von der Mittagspause bis zum Abend, da ja irgendwann in der Nacht eine größere Aktion wieder die volle und möglichst ausgeruhte Besatzung fordern könnte. Zur 17 Uhr-Besprechung brauche man dann nur die Führungskräfte. Das findet allseits Zustimmung. Marion verständigt sich mit Fritz dahin, da er sowieso als Revierleiter da sein und ansprechbar sein muss, dass sie jetzt die Pause macht, aber immer in der Nähe ist, und er nach der Abendbesprechung auf Bereitschaft von zuhause aus geht.

Während die Schichtbesetzungen auseinanderdividiert werden, geht Marion vor die Tür und ruft Phil an: »Mein lieber Alter, was treibst du denn den ganzen Tag, ohne was von dir hören zu lassen?« Phil antwortet: »Geliebte Kommissarin. Ich war die ganze Zeit in Gedanken bei dir und wusste, dass ich dich nicht stören darf. Sicher viel los gerade. Zeitung und soziale Medien haben bestimmt Wirbel entfacht. Ich habe Haushalt gemacht und dann geübt. Aber das ging wirklich miserabel, weil mir die Konzentration darauf nicht gelungen ist. Wir müssen uns sehen, kannst du Pause machen?« Marion: »Ja, mein Lieber, wir machen Schichtbesetzung, und ich kann hier weg, bleibe aber erreichbar. Muss mich ein bischen ausruhen und stärken, es könnte eine anstrengende Nacht werden.« – »Dann komm her, ich schnitzle schnell Paprika, Fenchel und Zucchini für eine italienische Gemüsepfanne mit Kräuteroliven und Scampi an Makkaroni. Parmesan ist auch da. Danach kannst du dich hinlegen und Kraft sammeln.« Marion antwortet: »Italienisch passt genau zu unserer Fahndung. Vielleicht liefert mir das Essen die richtigen Eingebungen. Du bist richtig lieb zu mir!« Phil: »Ich kann nicht anders, du süßester Glücksfall meines Lebens. Mach dich auf den Weg.«

Im Revier und bei den Beobachtungsposten rührt sich über die Mittagszeit lange nichts. Man hat aber registriert, dass Carlos Handy ausgeschaltet wurde und auch ausgeschaltet blieb. Jetzt kommt aus dem Streifenwagen, der in Benningen im Gebüsch am Neckardamm versteckt mit Blick auf die Eisdiele steht, die Nachricht: »Der Carlo steigt ins Auto und ist im Begriff wegzufahren. Sollen wir folgen?« Vlady ruft sofort: »Nein, er soll nichts von der Beobachtung merken. Wir haben ihn auf dem GPS-Schirm. Das reicht.« Vom Monitor der Satellitenüberwachung kommt ein Nicken. Und Vlady weiter: »Wenn er außer Sicht ist, kann eines der Beobachter-Autos zurück nach Marbach, eines behält die Gelateria im Auge, und eines sucht ein Beobachtungsversteck vor dem Haus des Schwagers. Ich habe was im Hinterkopf. Der Beobachter, der zurückkommt, soll in der Schillerstraße das Haus von dem anderen Italiener überwachen.« Und zu Fritz gewendet: »Kannst du noch die Observierung vor dem Haus dieser Frau mit dem Austin Healey organisieren? Dann ist das Quartett unter Kontrolle.« Fritz: »Richtig, aber ich habe derzeit nur Uniformierte. Das wäre nicht gut! Aber halt mal. Phil wohnt doch dort in der Nähe. Und wenn ich mich nicht täusche, dann ist sogar Marion bei ihm. Ich regle das mit denen.« Weil der Revierleiter Batholom weiß, wo Barthel den Most holt (unschwäbisch und vornehmer: Wo Bartholomäus den Wein einkauft) und weil er mit Sympathie und Freude das Verhältnis dieses ungleichen Paares von Anfang an beobachtet hat, wählt er nicht die Nummer von Marion, sondern die von Phil. Der ist gerade damit beschäftigt, die Küche wieder auf Vordermann zu bringen, als sein Handy summt (er hat absichtlich den Rufton ausgeschaltet). Er sieht auf dem Display, dass es eine Nummer der Polizei Marbach ist, und der Schalk geht mit ihm durch, weil das gemeinsame Mittagessen ihn in gehobene Stimmung versetzt hat. So meldet er sich: »Hallo Polizei, ich habe nichts verbrochen.« Fritz geht auf seinen Gag spontan ein: »Doch! Sie haben eine Kriminalkommissarin bei sich versteckt!« Phil: »Ich bekenne mich schuldig. Aber Spaß beiseite, sie liegt auf den Sofa und schläft.« Fritz: »Habe ich mir so gedacht. Deshalb geht die Aufgabe an dich. Die Wohnung der möglichen Komplizin des Raubes, die rotblonde Schottin, muss observiert werden, weil bald die griechischen Kunstantiquitäten auf die Reise gehen sollen. Deshalb müssen alle Eventualitäten einbezogen werden. Dazu gehört auch die Alma Waters. Und wir haben keine zivile Observationskapazität frei. Deshalb die Frage: Kannst du auf das Haus schauen, in dem sie wohnt?« Phil: »Ja kann ich.« Fritz: »Dann mach das und lass Marion schlafen. Ein Streifenwagen bringt dir einen Funk und parkt um die Ecke. Aber wenn sich was tut, weckst du Marion und funkst die Streife an. Wir sehen uns dann um 17 Uhr. Bis dann.«

Phil setzt sich also mit der Zeitung und einer Tasse Kaffee auf den Balkon. Die Nachbarschaft ist das von ihm gewohnt ist, weil er das bei schönem Wetter oft tut. Zwischen 15 und 16 Uhr sieht er die Zielperson auf ihr Haus zugehen. Offenbar kommt sie vom Bahnhof. Sie geht ins Haus, und Phil gibt per Funk durch an die Streife: »Zielperson ist jetzt im Haus. Der Austin steht noch vor der Tür. Melde mich wieder, wenn sie wieder herauskommt.«

Es dauert nicht lange, da kommt Bablonski aus dem nahen Friedhof gegenüber, geht auf das Haus zu und klingelt. Phil weckt dann doch Marion und erklärt, er sei von Fritz beauftragt worden, das Haus und das Auto von Alma zu beobachten – »Weil wir dich schlafen lassen wollten.« –, eine Streife stehe in der Nähe. Vor kurzem sei sie zurückgekommen, und jetzt stehe der Bablonski vor der Tür. »Gut, mein Beschützer des Schlafes und Ersatzpolizist. Behalten wir das im Auge, machen aber vorläufig nichts. Gibt es Kaffee?«

Die Überwacher im Revier hören fast zeitgleich einen Telefonanruf von Alma an die Handy-Nummer von Beato: »Hi, bist du fertig? Klappt es heute Abend?« Sie erhält zur Antwort: »Ja, mein Lockenkopf. Ich sitze noch in der Bahn, bin aber dann pünktlich, muss nur noch meine Sachen zuhause holen. Bis nachher.« Alma: »Ja, bis gleich. Es klingelt gerade an der Haustüre, ich muss Schluss machen. *Ciao Italiano.«*

Fritz wird über das Telefonat informiert. Er fragt bei Phil nach und erfährt, dass Alma zurückgekommen sei und Bablonsky offenbar sich mit ihr trifft und dass Marion sich auf weiteres Beobachten beschränken will. Marion übernimmt den Hörer: »Aber stelle doch unten auf der Kirchenweinbergstraße ein getarnte Streife hin für den Fall der Fälle. Wenn der Austin wegfährt, kann man ihm auch von da aus folgen. Aber so unauffällig wie möglich, und nicht eingreifen.« Sie bekommt ihren Kaffee, den sie in der noch ausreichend wärmenden Herbst-Abendsonne auf dem Balkon trinken und dann zusammen zur Abendbesprechung fahren.

Alma öffnet die Tür schon mit den Worten: »Du bist ja schon da, schneller als gedacht!« Da erst sieht sie, dass es gar nicht Beato, sondern der Versicherungsdetektiv ist.

»Ach Sie, was wollen Sie denn von mir?«

»Ja, entschuldigen Sie das Direkte. Mein Job fordert das von mir, alle zu befragen, die zur Aufklärung des Überfalls und zum Auffinden der geraubten Schätze beitragen können. Die Versicherung wird auch eine Prämie bereitstellen. Wissen Sie, unten am Bootshaus war das Verhalten von dem Herrn neben Ihnen doch sehr merkwürdig. Können Sie mir mehr über ihn sagen, oder sind Sie in auffallender

Weise ausgehorcht worden, was diese alten Kunstgegenstände betrifft?«

Alma schießt so das Blut in das nordisch-blasse Gesicht, dass es fast die Farbe ihrer rötlichen Lockenhaare bekommt, und antwortet energisch: »Mein Freund hat mit italienischem Temperament reagiert. Warum sollte der was mit dem Raub von Dingen zu tun haben, die er schützen und den Menschen im Museum zeigen will!«

Bablonski: »Ja gerade deswegen!«

Alma: »So ein Unsinn. Wir Schotten sind zwar eher coole Typen, aber jetzt gehen Sie, sonst kocht Wikingerblut in mir hoch!«

Und Bablonski verabschiedet sich stotternd: »Wenn ich mich getäuscht habe, bitte vielmals um Entschuldigung«, und schleicht etwas bedrückt die Treppe hinunter mit dem Gedanken ›War das Selbstschutzreaktion oder berechtigte Empörung?‹

Der Beobachter in der Schillerstraße meldet ans Revier: »Beobachtete Person kommt gerade aus Richtung Bahnhof und betritt das Haus«, und er bekommt als Antwort: »Okay. Wir haben aus der Handyüberwachung Hinweise, dass er in Kürze was vorhat. Weiter beobachten!«

Zur 17 Uhr-Besprechung kommen auch der Staatsanwalt aus Heilbronn und der Polizeipräsident aus Ludwigsburg, weil beiden signalisiert worden war, dass die Observierungen und Abhörmaßnahmen darauf hindeuten, es käme Bewegung in das Verhalten der Verdächtigen der ersten Kategorie. Vlady ist immer noch dabei, mit Wiesbaden und Karlsruhe zu verhandeln, dass ein MEK bereitgehalten wird und die Autobahnpolizeiposten auf Eventualitäten vorbereitet sind. Während der Darlegung des aktuellen Sachstandes durch Marion und Fritz kommt aus der Ecke GPS-Überwachung des Lancia die Mitteilung: »War die ganze Zeit oben über den Weinbergen vor der Hütte gestanden und fährt jetzt nach unten.« Fast gleichzeitig meldet die Handy-Abwehrgruppe: »Das Handy des Carlo wurde wieder eingeschaltet und hat ein Prepaid-Handy angerufen. Inhalt ist nicht verständlich, die Probleme sprachlicher Kommunikation können wir auf die Kürze nicht klären.« Die GPS-Beobachter melden dann, der Lancia sei vor dem Haus des Schwagers eingeparkt worden.

Von den Beobachtern in der Schillerstraße hört man, der Beato habe das Haus verlassen und sei auf dem Weg Richtung Kirchenweinberg. Kurz danach erfährt man, er komme jetzt die Gartenstraße herauf Richtung Haus der Alma.

Dort klingelt er und geht hinein.

Fritz sieht sich bestätigt in seiner Annahme, die in Marbach und die in Benningen gehörten zusammen, und vermutet, an beiden Stellen wird jetzt irgendwas vorbereitet. Deshalb ordnet er an: »Alle Posten höchste Wachsamkeit! Und bei Bewegungen sehr bedeckt folgen!«

Marion will dagegen mehr Aufmerksamkeit nach Benningen lenken und stellt in Richtung Video-Ecke die Frage: »Hat der Carlo irgendwas in sein Auto geladen, bevor er oben am Berg losgefahren ist?« Als die Videobobachterin verneint, fährt sie fort: »Also, wenn die Raubgüter dort hingebracht worden sind, dann sind sie noch dort. Für die Überlegung, sie könnten in der Schillerstraße oder in der Gartenstraße sein, gibt es überhaupt keine Hinweise. Ach und Herr Bablonski, Sie waren ja bei der Frau und haben auch in der Schillerstraße ermittelt. Sie wurden da gesehen. Können Sie uns dazu was sagen?«

Bablonsky räuspert sich verlegen und meint dann, er habe nicht wirklich wertvolle Hinweise von der Nachbarschaft bekommen und die Frau habe etwas aggressiv reagiert, was sie in seinen Augen schon verdächtig macht, aber ausgeplaudert oder sich verplappert habe sie sich nicht. »Sie nannte den Italiener ›ihren Freund‹ und scheint irgendwie zu versuchen, ihn in Schutz zu nehmen.«

Marions Kommentar dazu: »Unter den Ruderern ist auch schon aufgefallen, dass die beiden viel zusammen sind, eben so wie in einer Sportkameradschaft. Aber sie müssen schon im Blickfeld unserer Observationen bleiben.« Sie fährt dann gleich fort: »Aber jetzt müssen wir uns darauf vorbereiten, dass die sogenannten ›Altwaren und Personen‹ sich demnächst auf den Weg nach Baden-Baden machen. Dazu brauchen wir jetzt den Vlady.«

Der hat seine Dauertelefonate endlich beendet und kommt aus dem Nebenraum, wo er diesen letzten Satz aufgeschnappt hat, herein. »Ja, sagt er. Die Unterstützung der Autobahnpolizei ist für den Fall der Fälle gesichert. Die zuständigen Staatsanwälte haben einen Einsatz aus dem Polizeipräsidium Böblingen-Ludwigsburg mit Zugriffsrechten im Badischen Hoheitsgebiet gebilligt, auch dass die Einsatzleitung bei mir und KHK Elfrich liegt. Das Regionaloberpräsidium Karlsruhe schickt in Kürze ein MEK-Vorkommando los, das die lokalen Gegebenheiten sondiert. Ab 20 Uhr steht ein Trupp des MEK bei der Pferde-Rennbahn Iffezheim in Bereitschaft, von wo man es schnell zum eigentlichen Einsatzort abrufen kann. Ein

Vorkommando von uns muss sich mit dem Vorkommando MEK frühzeitig vor dem erwarteten Rendezvous zum Abstimmen von Ablaufplänen treffen. Ich habe deshalb verabredet, dass ich mit Müller um 21 Uhr dort sein werde. Mein Verbindungsmann vom BKA zu euch, also Einsatztrupp Elfrich, ist Michele, den wir vor Ort auch als Dolmetscher eventuell brauchen. Er soll in einem Einsatzfahrzeug von euch mitfahren. Wir brauchen gute und sichere Funkverbindungen mit auch großer Reichweite. Wil, wie steht es damit?« Der nickt bejahend, so dass Vlady fortfährt: »Jetzt müsst ihr einen Konvoi auf die Beine stellen, der auf der ganzen Strecke den ›Altwarentransport‹ sicher behütet. Wenn es dazu keine Nachfragen gibt, würden Müller und ich jetzt noch ein wenig ausruhen und dann rechtzeitig losfahren, wenn Müller die Funke samt Frequenzen bekommen hat.«

Der Staatsanwalt ergreift das Wort: »Ich fühle mich hier schon fast überflüssig, so gut ist alles organisiert und durchdacht. Ist mir ja gar nicht so unrecht. Vlady, Ihre Beförderung war mehr als rechtens, Herr Oberrat. Wenn das hier alles durch ist, nehmen Sie und Ihre beiden Beamten ein Gebinde Heilbronner Weißwein von mir mit, und ich glaube die Marbacher spenden auch was dazu. Die haben doch aus den Ludwigsburger Steillagen einen Trollinger auf der Maische vergoren und im Holzfass ausgebaut, den Neckarhelden. Na, nun kann ich mich auch zurückziehen. Ihr regelt jetzt rein organisatorische Sachen, und dafür habt ihr mein volles Vertrauen. Ansonsten werde ich bitte auf dem Laufenden gehalten wie immer.« (Die Insider wissen schon, wie das gemeint ist, nämlich möglichst in Ruhe lassen, außer es ist sehr wichtig).

Fritz verabschiedet den Staatsanwalt, den Vlady und den Müller. Da meldet sich der Posten aus der Kirchenweinberstraße: »Der Austin ist gerade von oben gekommen, wir sind bis zur Bahnunterführung vorgefahren und sehen, wie er unten an der Kreuzung vor der Kirche einen Mann einsteigen lässt. Jetzt biegt er ab in Richtung Neckar.«

Fritz lässt die Streife verfolgen, »in sicherem unbemerkbaren Abstand.« Als er mit der Organisation des Konvois zur Verfolgung des ›Altwarentransports‹ anfangen will, meldet sich der Posten, der in Benningen nahe des Hauses von Carlos Schwager steht: »Carlo verlässt gerade das Haus zusammen mit einem Mann. Das könnte sein Schwager sein. Sie gehen zu einem Auto auf dem Parkplatz, der zum Haus gehört. Carlo bekommt einen Schlüssel, und jetzt steigen sie ein, aber die Türen bleiben offen.«

Marion will wissen: »Was für ein Auto und was für eine Nummer?« – »Können wir von hier aus nicht genau erkennen, am ehesten eine C-Klasse, grau.« – »Besondere Merkmale?« – »An der Seite ein Logo und ein Schriftzug, momentan nicht zu entziffern.« – »Okay, wenn er wegfährt, versucht ihr, das zu entziffern und das Nummernschild zu lesen, und wir machen sicherheitshalber eine Halterabfrage unter dem Namen des Schwagers. Und mit großem Sicherheitsabstand folgen.« – »Verstanden. Es ist winklig hier unten, wir können uns von Ecke zu Ecke vortasten. Gut wäre, wenn wir offene Verbindung zum zweiten Wagen hätten, dass wir uns aufeinander abstimmen können.« – »Wir rufen zu dem durch.«

Marion verständigt die Streife, die nahe der Gelateria steht, und danach bittet sie Wil, die Halterabfrage zu machen: »Dein Charme ist den Damen der Zulassungsstelle doch sicher noch bekannt, so dass das klappt, auch wenn dort schon Dienstende ist.« Wil: »Loben kann ich mich selber. Aber ich muss den Namen wissen.« Marion: »Musst du Carola fragen, ich weiß den auch nicht. Die macht im Revier Stallwache.«

Peter meldet sich zu Wort: »Was sich gerade dort abspielt, sieht ganz nach Autotausch aus. Wir haben dann, wenn der Carlo das andere Auto übernimmt, weder den GPS-Sender noch das Handy und müssen die Verfolgung ganz auf Sicht gestalten. Und wenn die ein entsprechendes Auto haben und bemerken, dass sie verfolgt werden, haben wir ein Problem. Wenn wir abgehängt werden, und die irgendwo runtergehen auf Bundes- und Landstraßen, sind wir verloren.« Fritz dazu: »Aber wir wissen das Ziel. Das wird auf jeden Fall angesteuert.« Marion: »Das kann sich ändern. Ich denke, da sind Profis im Spiel, die den Wohnwagen schnell irgendwo nach Karlsruhe, Bühl oder sonstwo in ein Schwarzwaldtal zu einem neuen Treffpunkt schicken.« – Peter: »In dem Fall muss er zwecks Absprachen sein Handy einschalten, und wir hören mit!« – Marion: »Schon. Aber wir haben gehört, dass da noch irgendwelche Gangster mit unterwegs sein werden. Die telefonieren dann, und deren Handys kennen wir nicht, und das des ›holländischen Omnibus‹ auch nicht. Die Situation verlangt jetzt eine ausgeklügelte Strategie. Aber was ist eigentlich mit dem Austin? Fragt mal bei der Streife nach, die hinterhergefahren ist!«

Die Nachfrage ergibt, dass der Austin auf dem Parkplatz an der Oehlerkreuzung geparkt steht, beide ausgestiegen sind und über die Treppe Richtung Neckar oder Biergarten gegangen sind. Ihr Streifenwagen stünde jetzt gegenüber beim Werksverkauf von Oehler-Schuhen.«

Marion lacht. »Verzeihung, dass ich lache. Die diensttreue Streife kann abziehen. Die beiden sind ins Bootshaus gegangen. Heute ist Krafttraining für die Breitensportler und anschließend gemeinsames Essen. Das wird ab Herbst immer so gemacht, wenn es zum Rudern zu früh dunkel wird und man sich für die nächste Rudersaison fithalten will. Die sind raus aus dem Fall. Die Spur endet in der Sackgasse« – und mit Blick zum Versicherungsdetektiven –, »leider, Herr Bablonski.«

Die Beobachter in Benningen melden sich: »Der Carlo ist zu seiner Wohnung im Haus neben der Eisdiele gefahren und hat dort das Auto abgestellt. Es ist vielleicht ein Benz C-Klasse, grau. Das Logo an der Tür ist sowas wie ein Amboss und ein Hammer, und die Schrift konnten wir nicht ganz entziffern, aber es sind zwei Worte, das erste fängt an mit Schm…, und dann kommt was mit Meta… Er hat ein paar Mal richtig Gas gegeben. Da röhrt das Auto richtig laut.«

Marion fragt: »Könnt ihr das unauffällig fotografieren oder gar was anbringen?«, und sie bekommt die Antwort: »Unauffällig geht nicht. Der Wagen steht jetzt auf dem Parkplatz der Eisdiele, und draußen sitzen Leute, die das beobachten würden.« – »Schade, bleibt im Hinterhalt. Wir warten auf andere Gelegenheiten.«

Wil hat von Carola schnell den Namen des Schwagers erfahren – P. Schmied, Beruf Schmied, geboren und wohnhaft in Benningen/Neckar –, und genauso schnell von der KfZ-Anmeldestelle in Ludwigsburg die gewünschte Auskunft bekommen. »Stellt euch vor, welch Zufall heute hilfreich war: Marion hat recht mit ihrer ironischen Anmerkung zum Charme. Aber freundlicher Umgang mit Behörden lohnt sich schon. Die diensthabende Beamtin hat sich doch wirklich an mich erinnert und sofort auf ihrem Computer getippt mit der Bemerkung ›Für Sie gleich‹. Das Auto ist ein AMG C 63 T Driver, metallic-grau, 467 PS, zugelassen als Firmenwagen auf Schmied &Veneziano KG Metallbau Benningen, Zulassungsjahr 2017, Kennzeichen LB-PS467.« Peters Kommentar: »Schwäbisch g'sagt: a Sau-Karre. Wenn die uns abhaut, haben wir keine Chance mit unseren Autos. Der Dienstwagen von Marion geht noch gut mit, sogar ihr kleines Peugeot Sondermodell mit sauviel PS tät's, aber sonst?« Wil: »Herr Präsident: Gibt es im Fuhrpark des Präsidiums nicht noch Fahrzeuge für Sondereinsätze?« Der Präsident: »Ich habe die ganze Zeit geschwiegen, weil ich die Arbeit dieser SoKo mit viel Einverständnis und Respekt verfolgt habe und auch nichts einzuwenden hatte. Jetzt muss ich aber doch ins geheime Schatzkästchen greifen. Wir haben, jedem ist meine Schwäche für Autos und Motorsport bekannt, und deshalb weiß ich auch in diesem Belang bestens Bescheid. Aus dem Requirieren von Eigentum wegen diverser Straftaten haben wir im Fuhrpark ganz hinten, und eigentlich nur mir bekannt, einen Porsche 911 GT3 aus einem Rennstall, mit Zulassung für Straßenbetrieb. Dann sind mindestens drei hochwertige BMW sofort verfügbar.«

Fritz fällt sofort ein: »Als Verantwortlicher Verkehrspolizist würde ich keines dieser Fahrzeuge auf den Straßen meines Einzugsbereichs gerne sehen, aber für diesen Fall schon. Wir haben aber hier in der SoKo und in meinem Revier zwei Autospezialisten: für alte Autos Peter und für schnelle oder spezielle Autos den Ex-Rennfahrer und Ralleyspezialisten Paul vom ehemaligen NRW-ADAC-Rennteam: den Kollegen Paul. Niemand außer mir weiß davon, aber jetzt bekommt das ›Relevanz‹ – bitte Entschuldigung für dieses unter Coronabedingungen so häufig missbrauchte Wort –, wir haben jemanden mit der Relevanz, dieses Fahrzeug im Konvoi mit kompetenter Fahrerfahrungen mitzuführen.« – »Gut so. Unter diesen Bedingungen gebe ich den raus, und noch zwei getunte Dreier-BMWs, die zur Not mit einem AMG C63 mithalten können. Ich rufe gleich an, und nach der Besprechung nehme ich die vorgesehenen Fahrer mit und bringe sie zum Fahrzeug-Depot.«

Marion schlägt also einen Konvoi mit vier Fahrzeugen vor: Paul und Peter mit dem Porsche als »Springer«, der auch mal überholen und vorn anführen kann, aber sich auch nach hinten zurückfallen lassen kann. Dazu einer der BMWs mit Michele und einem Beamten aus dem Marbacher Revier und der andere mit ihrer Innendienstleiterin und als Fahrer ein weiterer Beamter aus dem Revier Marbach. Dann noch sie und Wil mit ihrem Dienstfahrzeug. Sie bleibt im Sandwich der beiden BMWs, die sich abwechselnd mit höchstens zwei Fahrzeugen an den ›Altwaren-Transporter‹ hängen, damit der nicht hinter sich immer dasselbe Fahrzeug sieht. Die Sprechfunkverbindung soll permanent offen bleiben, ohne Tarnnamen. Das würde Missverständnisse ausschließen und die Wahrscheinlichkeit, sie würden abgehört werden können, sei zu gering. Und sie gehen die Streckenmöglichkeiten durch, einschließlich eventueller Stau-Umgehungen. Deswegen wird der ADAC noch befragt, der ab 21 Uhr die Wahrscheinlichkeit eines erhöhten Verkehrsaufkommens und einer Staubildung für gering einschätzt. Trotzdem wird in Erwägung gezogen, dass über Bietigheim-Vaihingen oder ab Ludwigsburg Süd die B10 angesteuert wird oder ab Pforzheim unten an der Enz die Route durch den Schwarzwald gewählt werden könnte über Bad Herrenalb–Gernsbach–Baden-Baden. Die jeweiligen Fahrer sollen sich über Google-map-Satellit damit vertraut machen und GPS programmieren.

Inzwischen hat sich Dunkelheit über dem Neckartal ausgebreitet. Nur die Baumwipfel auf den Höhen oberhalb der felsigen Steilhänge mit den Weinbergterrassen neben und unter den verschiedenen Felsklüften sind noch von den letzten Sonnenstrahlen mattgolden beleuchtet. Der Präsident ist mit den Planungen einverstanden und bricht auf Richtung Ludwigsburg zusammen mit den Beamten, die die Fahrzeuge im Depot übernehmen sollen. Kaum zehn Minuten sind die Vier unterwegs, als sich aus Benningen die Streife nahe der Gelateria meldet: »Zielperson schließt gerade das von uns beobachtete Fahrzeug, den Benz-C-Klasse, auf (der Anrufer stammt aus der Mannheimer Gegend und spricht deshalb nicht von Mercedes oder Daimler). Sollen wir folgen?« Marion: »Verständige den Wagen 2 um die Ecke, dass das Zielfahrzeug, der Mercedes AMG, kommt. Dann fahrt ihr los nach den Angaben der Richtung, die Wagen 2 beobachtet, und der bleibt stehen, bis ihr vorbei seid und folgt dann.« – »Verstanden, berichten laufend.«

Im Revier Marbach sind alle Köpfe in die Höhe geschossen. Wils vom dauernden Beobachten der Monitore schon müde wirkendes Gesicht bekommt einen Ausdruck des Entsetzens. Er stammelt: »D-die gehen s-schon los, und der Konvoi, unsere Verfolgung, ist noch nicht bereit. Schöne Pläne gescheitert, alles im Eimer!«

Marion versucht ihn zu beruhigen: »Wil, keine Panik, wir sind alle voll dabei. Die Streifen haben ihn im Visier. Und wenn er uns doch jetzt durch die Lappen geht: Wir haben alle Möglichkeiten durchgesprochen, welche Wege eingeschlagen werden könnten. Und in diesen Bereichen können wir mit drei schnellen Autos Schnitzeljagd betreiben.«

Wil lässt sich damit beruhigen und merkt an: »Gut, dass du den Überblick behältst, der mir gerade verlorengegangen ist. Natürlich muss der erst die Ware und die Begleitpersonen abholen, wahrscheinlich oben über den Weinbergen. Und da stehen unsere Videokameras, und da kriegen wir auch Bilder von dem Auto und den Leuten, die wahrscheinlich einsteigen werden. Und die können wir weitergeben an die Autobahnposten und das MEK in Baden-Baden. Ich bin jetzt wieder bei mir.«

Marion erwidert: »Emotion ist dazu da, das Rationale zu aktivieren. Das funktioniert bei dir gut, mein lieber Wil. Video-Fotos sind die Lösung des Problems, das mich permanent im Hinterkopf beschäftigt hat. Autobahn-Posten und MEK müssen doch wissen, auf welches Auto sie achten müssen und umzingeln müssen, wenn es so weit sein sollte.«

Schon kommt über Funk von Streife 2: »Wir fahren gerade über die Neckarbrücke und sehen das Zielfahrzeug hinter der Rechtskurve links abbiegen, wo der landwirtschaftliche Hof ist und der Weg nach oben abzweigt.«

Marion: »Gut. Danke, wir wissen dann, wohin die fahren. Ihr fahrt jetzt hinter der Brücke links ab und beobachtet von dort aus, wo die neuen Umgehungsstraße anfangen wird, ob das Zielauto wieder herunterkommt. Der Wagen 2 fährt bitte Richtung Autobahn und stellt sich hinter dem Ortsende-Schild von Murr in eine Wiese, von der man sehen kann, ob ein Auto von der Höhe herunterkommt. Phil, Wil und ich haben ja auf Satelliten und persönlichen Wanderungen erkundet, wie viele Wege von der Hütte wegführen.« Und zu Phil gewendet: »Sag du noch, wo Beobachtumgsposten hingestellt werden müssen!«

Phil: »Gerne. Ich bin die ganze Zeit nur danebengesessen. Jetzt kann ich doch noch was beitragen. Ja, von Murr weiter Richtung Autobahn kommt von links ein Weg von der Waldbühne oder Grillstätte oder so in der Nähe des russischen Friedhofs herunter. Hinter dieser Einmündung kommen Schrebergärten. Dort neben dem P&R-Platz kann man sich gut getarnt aufstellen. Und um die Auffahrt zur A81 Richtung Süden zu beobachten, kann man sich kurz vor dem Ortsbeginn Pleidelsheim aufstellen, wo man auch die Einmündung der Straße von Freiberg her einsieht. Der Weinberghöhenweg führt nämlich direkt hinter der Neckarbrücke auf diesen Autobahnzubringer.«

Fritz dazu: »Haben alle zugehört und verstanden?«

Eine beleidigt klingende Stimme meldet sich aus einem der beteiligten Streifenwagen: »Wir sind da täglich unterwegs, natürlich kennen wir das. Wir sprechen uns ab, wer von wo an diese Punkte geht. Hat der Phil übrigens gut dargestellt. So kommt keiner unbeobachtet von dort oben Richtung Autobahn, es sei denn, er steuert über Freiberg die B27 an.«

Fritz: »Gut überlegt. Posten Freiberg wird hinter der Brücke über den Alt-Neckar-Arm – nahe dem Naturschutzgebiet in dem sich seit Neuestem Storchenpaare eingenistet haben – jemanden aufstellen.«

Auf den Videomonitoren hat man zwischenzeitlich beobachtet, dass Carlo oben angekommen ist, das Auto an der Parkbucht neben der Treppe unterhalb der Hütte abgestellt hat und hinaufgestiegen ist. Oben ist dann – zum ersten Mal seit dem Beginn der Videoaufzeichnungen – Licht angegangen. Man konnte am stillstehenden Auto tatsächlich ein scharfes Video-Bild von dem Auto und der Aufschrift an der Tür gewinnen.

Kapitel 10

Nachteinsatz

In den Räumen der Sonderkommission hat man nicht registriert, dass inzwischen der Mond ein silberhelles Licht über Marbach streut und auf den Straßen kaum noch Betrieb herrscht. Vielmehr sind entweder die Blicke auf die Monitore gerichtet, oder die Ohren sind unter Kopfhörern gespitzt. Der AMG oben vor dem Häuschen über den Weinbergen hat sich nicht bewegt, trotzdem bestand Sorge, dass er wegfahren könnte, bevor der Konvoi der Verfolger sich aufgestellt hat. Vlady berichtet von unterwegs, die Autobahn sei voll, aber der Verkehr flüssig. In Kürze seien sie am Rasthof Baden-Baden. Fritz lässt vom Pizza-Dienst fünf »Riesen, in handliche Stücke geschnitten« mit verschiedenen Belägen kommen und aus den heimlichen Reserven des Reviers Sprudel und Säfte holen, »solang man sich noch stärken kann, bevor es losgeht.«

Endlich treffen auch die Fahrzeuge für die Verfolgung des ›Altwaren-Transporters‹ ein. Man bestückt sie gleich mit den Funkgeräten und den GPS-Geräten mit den vorprogrammierten Routen aller Alternativwege. Die bereitgestellten und vorbereiteten Fahrzeuge senken die Sorgen, und Essen und Trinken lösen die zuvor noch deutlich überspannte Stimmung. Die peinliche Stille geht in lockere Unterhaltung über, ohne Verlust der Konzentration auf die Monitore und die Kopfhörer, die nun nur noch ein Ohr bedecken und nicht mehr zwei.

Fritz, Vater einer Großfamilie, sammelt die übriggebliebenen Schnittstücke der fünf Riesenpizzen in zwei Riesenkartons ein – »für später, die Nacht ist noch lang« – und sammelt Flaschen und Becher ein.

Währenddessen versammelt Marion die Fahrer der Konvoifahrzeuge um sich, um die Ausgangspositionen festzulegen. »Ich fahre mein Auto selbst, Wil kann dann Funkverbindungen koordinieren und sein Superlaptop bedienen. Der Porsche stellt sich in die Tankstelle am Ortseingang von Pleidelsheim. Von da aus kann er hinterher, wenn der ›Altwaren-Transport‹ – so nennen wir ihn jetzt immer, auch im Funkverkehr – in Richtung Pforzheim fährt über Bietigheim und Vaihingen und dort auf die B10. Andernfalls folgt er den BMWs auf die Autobahn und kann dort, wenn nötig, alle überholen. Das fällt nicht besonders auf, wenn der GT3 einen AMG überholt. Aber bitte nicht auf eine Rennfahrt einlassen.«

Paul sofort erregt: »Auf der Rennstrecke war ich früher schon aggressiv, aber das ist Vergangenheit. Ich brauchen das nicht mehr!«

Marion beschwichtigt: »Paul, alles klar. Ich musste das halt sagen fürs Protokoll. Aber weiter: BMW 1, der rote, stellt sich, anders als vorhin geplant, jetzt an die Oehlerkreuzung und folgt, falls der Carlo die Strecke über Ludwigsburg wählt. Wenn ihr im BMW 1 hört, dass der ›Altwaren-Transport‹ anderswo aufgetaucht ist, hetzt ihr hinterher und bildet zunächst des Ende des Konvois. BMW 2, der silbergrau mit Michele, der ja den Kontakt zu Vlady und Müller aufrechthalten muss, soll gegenüber der Auffahrt Pleidelsheim stehen, wo auch der Zubringer aus Richtung Freiberg mündet, und kann von dort aus als Erster folgen und die Spitze des Konvois bilden, wenn, wie in erster Wahrscheinlichkeit angenommen, die A81 ab Pleidelsheim gewählt wird. Für den Fall, dass die B10 über Ludwigsburg-Möglingen oder Zuffenhausen gewählt wird, stelle ich mich an die Ampelspitze der Einfahrt von Möglingen auf die Straße Ludwigsburg-Schwieberdingen. Das ist nahe der Autobahnauffahrt Ludwigsburg Süd. Von da aus kann ich folgen, wenn es Richtung B10 geht, oder abwarten, was ich von den anderen höre, und dann auf die Autobahn. Wenn er nicht bei mir vorbeigekommen ist und auch nicht in Pleidelsheim auf die A81 eingeschert ist, kann er über Freiberg und B27 zur Auffahrt Ludwigsburg Nord gefahren sein. Das ist die zwischen Pleidelsheim und Süd. Dann hätte ihn aber die Streife gesehen, die in der Ortsdurchfahrt Freiberg an der zentralen Kreuzung steht. Wenn er an keiner der Kontrollstellen gesichtet worden ist, kann er über Ludwigsburg-Süd auf die A81 gegangen sein. Dann jagt der Porsche mit Volldampf los, bleibt auf der Autobahn, und wenn er ihn nicht bis Pforzheim auf der A8 erreicht hat, ist der AMG an der Abfahrt Zuffenhausen auf die B10 und dort noch unterwegs. Deshalb geht in diesem Fall der Porsche an der Abfahrt Pforzheim Ost zur B10 runter, und ich fahre zur B10 und jage auf der hinterher. Die von Pleidelsheim müssen dann auch hinterherhetzen. Egal wo und wie im schlechtesten Fall hohes Tempo nötig ist, Strafzettel sind dann ein Problem des Staatsanwaltes. Aber trotz Rückendeckung, Sicherheit geht vor! Und immer Kontakt halten, Wil sitzt neben mir und ist die Informations- und Abstimmungszentrale!«

Phil hat aufmerksam zugehört, auch Fritz, als er mit Aufräumen fertig war. Phil zieht etwas grüblerisch die Stirn in Falten. Fritz nickt zur Bemerkung: »Ein variables Fangnetz. Da kann eigentlich nichts schiefgehen. Entscheidend ist die regelmäßige Verständigung und Absprache. Wenn das Wil sozusagen nicht vor Ort, also Ort Straße, mit Laptop und map aus irgendwelchen Gründen übernehmen kann, springe ich von hier aus dem Revier ein. Aber Phil, dein Gesichtsausdruck signalisiert mir Zweifel.«

Phil: »Ja und nein. Thesen werden in der Wissenschaft immer wieder überprüft, auch wenn die Richtigkeit bewiesen zu sein scheint, bevor man aus den Ergebnissen heraus ein Gesetz formuliert. Wir haben hier zwar kein grundlegendes Gesetz zu prüfen, aber die lückenlose Richtigkeit in Zweifel zu ziehen ist immer legitim. Sorry, das war jetzt abgewandert, um zum Ausdruck zu bringen, dass es noch Lücken geben könnte, weil irgendein Detail nicht berücksichtigt worden ist. Und ich wandere oder radle die Gegend im Geiste nochmal durch. Am Entstehen dieses Plans war ich ja beteiligt. Marion, bitte, meine Restzweifel betreffen nicht dich, sondern mich. Man muss das jetzt so machen, wie du es planst. Aber alle sollten bei kurzfristig nötigen Planänderungen flexibel mitgehen. Das ist mein Appell.«

Fritz erwidert: »Das, was du sagst, Pläne schnell anzupassen und auf überraschende Situationen anzupassen, ist tägliche Polizeiarbeit. Und ich glaube, Marion ist eher froh, wenn sie Unterstützung von dir bekommt, als dass sie deine Anmerkungen als Kritik auffasst.«

Marion dazu: »Ich kenne meinen Phil und seine Art des empathischen Hinterfragens. Ich bin froh, dass wir ihn dabei haben. Wenn er jetzt grübelt, weiß ich, dass er nachher konstruktive Vorschläge machen kann, wenn es anders läuft als erwartet.« Sie schaut ihn aufmunternd an, weil er den Kopf senkt, als ob er sich schämt ob seines Vorstoßes. Aus den Augenwinkeln sieht er dann doch zustimmende Blicke aus den blauen Augen, die er so liebt, und eine kussandeutende Lippenbewegung.

Vlady meldet sich: »Ich bin jetzt angekommen und habe den Vortrupp des MEK angetroffen. Wir sondieren jetzt das Gelände. Gott sei Dank sind die auch in Zivil. Wenn das holländische Wohnwagengespann unerwarteterweise schon viel früher kommt, würden sie, die Holländer, angesichts von Uniformen sicher misstrauisch. Vom ersten Eindruck her können wir unsere Männer sehr gut getarnt unterbringen. Es war ja im abgehörten Telefonat die Rede vom Bereich hinteres Ende LKW-Stellplätze nähe Autobahnkirche. Ich melde mich, wenn wir die Positionen eingeteilt haben, und schicke dem Wil eine Karte zu, auf der sie eingezeichnet sind.«

Marion: »Danke, Vlady. Hier ist derzeit noch alles ruhig. Die Konvoi-Strategie ist durchgeplant. Nur mein lieber Phil hat noch gewissen Zweifel. Aber die hat er oft. Das Revier meldet sich, wenn sich was rührt, die Konvoi-Fahrzeuge gehen jetzt in Stellung. Ich bin dann ab sofort auch draußen, also alles über Fritz oder den offenen Funk. Tschau bis bald am Rasthof.« Und Fritz ergänzt: »Ich melde mich, wenn es losgeht.«

Es ist eine Viertelstunde vergangen, nachdem die Fahrzeuge weggefahren sind, da meldet sich die Video-Überwachungs-Ecke: »Aus dem Gartenhaus fällt Licht auf die Wiese, so, als ob die hinten liegende Türe aufgemacht worden ist. Ein Mann kommt die Treppe herunter. Es könnte der Carlo sein.«

Alle laufen hinüber und verteilen sich um den Monitor herum, der das Häuschen im Visier hat.

Phil sagt: »In der Dunkelheit und dem Licht seiner Lampe, die vor ihm herleuchtet, kann man die Person schwer erkennen, weil man nur Schemen sieht. Aber ich habe ihn und sein Bewegungsverhalten beim Rudern und auf dem Bootsplatz oft genug beobachtet. Das ist der Carlo, sicher.« Carlo geht zum Auto, schließt es auf und öffnet die Hecktüre. Jetzt fällt Licht von der Innenbeleuchtung auf sein Gesicht. »Ja, kein Zweifel. Er ist's.« Jetzt kommen zwei weitere Gestalten herunter und betrachten das Auto genau.

Fritz: »Wenn die so von der Innenbeleuchtung des Autos beschienen werden, kriegen wir doch bestimmt brauchbare Fotos von den Gestalten.« Er bekommt zur Antwort: »Ganz sicher lassen die sich weiter so bearbeiten, dass man die Gestalten gut erkennt, im Profil und von vorn. Kriegen wir hin. Und auch in einem Datenformat, das sich gut verschicken lässt. Du willst das doch dem Vlady und dem MEK schicken?« – Fritz: »Genau das. Und auch das Auto in dieser Dunkelheit nochmal. Nachts sind ja alle Katzen grau!«

Die beobachteten drei Männer tragen nacheinander mindestens drei Umzugskartons und zwei noch größere, in Decken gewickelte Gegenstände vorsichtig die kleine und schmale Weinbergtreppe herunter und verstauen sie im Auto. Kommentare der Beobachter: »Deshalb das T-Modell, das ist ein richtiger Kombi.« – »Das wäre mit dem Lancia nie gegangen.« – »Viel drinnen, und die Karre geht immer noch nicht in die Knie, macht das geniale Fahrwerk.« – »Lässt sich trotzdem noch super gut fahren.«

Und von Bablonski: »Das Raubgut war ja auch ziemlich umfangreich, aber, Dank dem Himmel, sie haben's gut verpackt.« Fritz informiert Vlady davon, dass ›Altwaren-Transport‹ im Aufbruch sei, und es kämen gleich Fotos vom Auto und von den Personen.

Die zwei Unbekannten steigen ein, Carlo geht nochmal hoch, und um die Hütte herum wird es dunkel. Dann steigt er auch ein und startet. Deshalb setzt Fritz einen Rundruf an die Konvoi-Fahrzeuge ab: »Achtung, ›Altwaren-Transport‹ setzt sich in Bewegung!« Durch die entlang des Höhenwegs verteilten Kameras erkennen die Beobachter, dass das Auto nicht wendet und den direkten Abstieg nimmt, sondern sich westlich auf der Höhenstraße verbleibend bewegt und auch nicht die Abzweigung Richtung Gewerbegebiet Murr nimmt. Weiter in dieser Richtung gibt es aber keine Kameras mehr. Fritz konstatiert: »Richtung Pleidelsheim.« Phil: »Oder Freiberg!« Fritz gibt durch: »BMW 2 aufgepasst! ›Altwaren-Transport‹ könnte bald bei euch auftauchen! Sichtung bitte sofort melden!«

Die Zeit zieht sich in die Länge, und es kommt keine Meldung. Nach zehn Minuten wird Fritz nervös und ruft rund: »Unter normalen Umstanden müsste unser Objekt irgendwo aufgetaucht sein.« Und er fragt auch bei der Streife in Freiberg nach. Die meldet: »Negativ! Ganz sicher! In den letzten zehn Minuten nur zwei Fahrzeuge gesichtet, Audi und VW!« Auch von den BMWs und dem Porsche kommt: »Zwar ordentlich Verkehr, aber übersichtlich verfolgbar, bei uns nicht durchgekommen.«

Vera vermutet, dass sich Carlo und Komplizen im Wald versteckt halten und warten, ob ein Hubschrauber kommt, und wenn sie keinen hören täten, täten sie (schwäbischer

Konjunktiv) weiterfahren. Fritz dazu: »Aber nicht beliebig lang. Sie haben einen Termin, nämlich Mitternacht. Jetzt ist es schon fast 22 Uhr und bis zum Rasthof Baden-Baden braucht man auch in schnellem Tempo mehr als eine Stunde. Wir schicken unsere Autos auf Schnitzeljagd und machen Großfahndung mit Hubschrauber und der ganzen Zeremonie.«

Vlady hat das mitbekommen und wirft sofort ein: »Nein, nur nicht. Das zwingt die in den Untergrund, unauffindbar wie sintemalen euer Waldgänger von Freudenstadt.« Marion hat auch mitgehört und schaltet sich ein: »Das Problem des Abtauchens haben wir mehrmals bedacht und sollten das auch jetzt tun. Aber Phil hat doch vorhin nach Lücken in meinem Plan gesucht. Ich bin sicher, Phil überlegt gerade wieder mit gerunzelter Stirn.«

Phil konnte mithören und sagt: »Ich bin froh, dass du meinen Zweifel nicht negativ oder auf dich bezogen siehst. Wenn ich in Gedanken von dort oben wegfahre und auf dem Höhenweg bleibe, komme ich an eine Gabelung. Rechts geht es zum Waldkindergarten, den Weg werden sie nicht genommen haben, sonst wären sie in der Nähe der Autobahnauffahrt gelandet. Wenn ich links sanft abwärtsfahre und weiter unten im offenen Gelände einmal scharf links und einmal scharf rechts dem Weg folge, dann komme ich auf die L1129, die eigentlich die Verbindung von Freiberg mit Pleidelsheim war, aber später eher ein Autobahnzubringer wurde.«

Fritz wirft ein: »Ja, Phil, an der Autobahn stehen doch Posten. Da hätte der ›Altwaren-Transport‹ schon sein müssen, ist er aber nicht!«

Phil: Ja und nein. Vor der Einmündung zur Autobahn ist

doch der Kreisverkehr. Die erste Ausfahrt aus dem Kreisverkehr führt auch zur Autobahn, aber die zweite geht drunter durch und führt nach Pleidelsheim Mitte. Dort kommt man am Rathaus auf die Straße nach Ingersheim-Bietigheim und kann über Vaihingen auf die B10 Mühlacker-Pforzheim. Wenn sie nicht im Wald versteckt geblieben sind und keine von den Kontrollstationen passiert haben, dann sind sie so um die Posten in Freiberg und an der Autobahnauffahrt vorbeigewitscht und sind jetzt irgendwo zwischen Bietigheim und Vaihingen. Die Verfolger müssen schnellstens hinterher.«

Marion: »Der Porsche sofort los! Peter und Paul ab mit Karacho, ihr wart sowieso auf diese Route gebucht, aber nicht mit diesem Abstand. BMW 2 hinterher. BMW 1 nimmt die Autobahnroute A81/A8. Alle vorerst mit Blaulicht. Ich nehme die B10.

Im günstigsten Fall treffen wir uns an der Auffahrt Pforzheim Ost, wo B10 und A8 sich kreuzen. Wenn nicht, muss die Autobahnpolizei einschreiten. Wil kann bestimmt anhand von Routenplanern mit Geschwindigkeitsprofilen eine Simulation machen, ob und wo voraussichtlich Begegnungen möglich.«

Wil meldet sich: »Bin schon dabei. Sagt mir, wann genau ›Altwaren-Transport‹ abgefahren ist, dann kann ich mit der Annahme von eingehaltenen Geschwindigkeitsbegrenzung und mittlerer Durchschnittsgeschwindigkeit abschätzen, wo er ist und wie die Chancen stehen, dass der Porsche ihn einholt und eine Begegnung von allen bei Pforzheim realistisch ist.«

Vlady: »Ich lasse schon gleich den Autobahnpolizeiposten an der Autobahnraststätte Pforzheim Ost alarmieren.

Vielleicht können die sich schon unten an der Enz ein Versteck suchen und uns gegebenenfalls informieren.«

Fritz stöhnt: »Himmel, hilf, dass alles gutgeht. Bleibt cool, und ich drücke die Daumen..« Und er hat den Satz noch nicht zu Ende gesprochen, da sind alle vier Fahrzeuge schon mit hohen Drehzahlen unterwegs.

Obwohl Wil auf dem Beifahrersitz von Marions Fahrweise mächtig durchgeschüttelt wird und immer sein Laptop krampfhaft festhalten muss, tippt er alle Orte und Verbindungen ein und fügt dort virtuelle Autos mit variierbaren Geschwindigkeitsprofilen ein. Mit einem Programm, das er schon zum Abschätzen der Fahrt des Katamarans auf dem Neckar verwendet hat, kommt er zu dem Ergebnis, dass der ›Altwaren-Transport‹ sich schon hinter Bissingen fast auf der Höhe von Sachsenheim oder den Porsche-Lagerhallen dort befindet und vor dem Porsche eine Vorsprung von fast zehn Kilometern haben muss. Es gäbe eine Chance, ihn auf den wenigen Kilometern bis zur B10 einzuholen, wenn der ruhig weiterfährt und Paul »volle Kanne« fährt und nicht durch Vaihingen durch oder herum die Umgehungsroute am Bahnhof vorbei nimmt, sondern bei Kleinglattbach am Kreisverkehr nicht Richtung Vaihingen, sondern Richtung Illingen fährt. Er gibt das durch und meldet: »Auf diesem Bypass überholt ihr ihn, und am Illinger Eck wartet ihr auf ihn an der Tankstelle an der Spitze der Gabelung der beiden Bundesstraßen B10 und B35. Ihr seht ihn an der Abbiegerspur an der Ampel gut und könnt euch hinter ihn setzen.«

Für Marion sieht er keine Chance, den ›Altwaren-Transport‹ vor Mühlacker zu erreichen. »Vielleicht aber noch vor Pforzheim, wenn sie so heizt und überholt wie gerade. BMW 1 schafft es selbst auf der Autobahn nicht, Pforzheim Ost zu erreichen, bevor der ›Altwaren-Transport‹ dort auf die Autobahn geht. Aber danach auf den langgezogenen Kurven mit Geschwindigkeitsbegrenzungen könnte er aufschließen.« Aber das seien alles Simulationen mit Geschwindigkeitsprofilen für den Verfolgten im Durchschnitt des dort üblichen Verkehrs und bei Einhaltung der Geschwindigkeitsbeschränkungen, bei den Verfolgern habe er höchstmögliche Geschwindigkeiten außerorts und Überschreitungen der Geschwindigkeitsbegrenzungen von 30 km/h vorausgesetzt.

Nach zehn Minuten meldet Peter aus dem Porsche: »Wir biegen jetzt hinter Kleinglattbach ab nach Illingen. Verkehr wenig, haben mehrere rote Ampeln umsichtig mit Blaulicht überfahren, konnten Fernlicht einschalten und haben Mondschein, da wäre der ›Altwaren-Transport‹ von weitem sichtbar gewesen, war er aber nicht. Wil, prüfe doch ,wo der sein könnte.«

Wil: »Halbe Minute.« Und dann: »Ihr ward wahrscheinlich schon knapp dran und werdet Illingen schneller erreichen als der, weil der durch Vaihingen durch muss oder die Umfahrung am Bahnhof vorbei nimmt. Das sind ein paar Kilometer mehr. Aber jetzt nicht bummeln. An die Tankstelle dann ohne Blaulicht.«

Fritz will wissen, wo die beiden BMWs sind, und erfährt, BMW 1 sei schon weit hinter dem Leonberger Dreieck auf dem langen Anstieg der Schwarzwaldausläufer, aber noch etliche Kilometer von Pforzheim entfernt. Aber: »Verkehr ruhig, können fast durchweg Fernlicht anlassen und haben Vollmond. Schnitt 200 km/h ohne Problem.«

BMW 1 beschwert sich über rote Ampeln in Ingersheim und Bietigheim. Sei seien jetzt hinter der Abfahrt Großsachsenheim. Fritz: »Blaulicht habt ihr doch, also raus aufs Dach und über die Ampeln drüber. Ihr werdet auch ab Pforzheim Ost Dampf machen müssen, um den Anschluss zu erreichen. Also los!«

Die beiden Männer, die Carlo samt den Umzugskisten und den zwei großen Packen aufgenommen hat, reden italienisch auf Carlo ein, als der schon auf dem Höhenweg über den Weinbergen ordentlich Gas gibt und sich am Sound des Autos erfreut, er soll *prego* so fahren, dass man nicht auffällt. Und ob er sein Handy ausgeschaltet habe. Carlo: *»Si, naturalmente«*, er habe den Wagen aber von seinem Schwager ausgeliehen, damit man immer eventuelle Verfolger abschütteln kann. »Und im übrigen ist der bequemer und geräumiger als mein Lancia.« Sie hätten ja gesehen, wie knapp der Platz war, als man die Kartons und das andere Zeug am Neckar unten umgeladen habe. Sie erklären ihm, die Telefonverbindungen zu *cappo von chefe* würden sie übernehmen.

Ob er sich wirklich so gut auskenne hier in der Gegend. *Naturalmente* habe jeder in Benningen ein Stück Weinberg, er sei ja schließlich hier aufgewachsen und viel mit seinen Oldtimern unterwegs. Er sage Bescheid, wenn sie in die Gegend von Baden-Baden kämen, damit sie die Ankunft anmelden könnten. Und die beiden beteuern, sie seien froh, dass es jetzt wieder *à casa mamma* geht. Da oben in der Hütte seien zwar Aussicht und Gegend schön gewesen, aber es sei doch unbequem, sehr kalt und sehr einsam gewesen!

Inzwischen jagt Paul den Porsche über die kleine Landstraße zwischen Kleinglattbach und Illingen und erreicht in Rekordtempo die Ausfahrt von Illingen auf die B35. Da schaltet er, als er auf die Ampel zufährt, das Blaulicht aus und sieht gegenüber die Tankstelle, von der Wil gesprochen hat. Er fährt dort ein und stellt fest, dass es zwei Ein-Ausfahrten gibt: die auf die B35, auf der er gerade gekommen ist, und eine weitere auf die B10. Und als er sucht, wo es einen günstigen Platz gibt, nahe der Gabelung der zwei Bundesstraßen mit Blick auf die Ampeln dort, ruft Peter: »Der ›Altwaren-Transport‹ fährt gerade auf die Abbiegerspur zu und stoppt. Scheint's hat er rot. Fahr zurück zur Ausfahrt auf die B10.«

Paul erkennt ihn auch und sieht dass sich hinter diesem noch zwei Fahrzeuge einreihen. »Ha!«, sagt er zu Peter, »ich habe eine Idee. Ich lasse die Drei durch und folge zuerst mit großem Abstand und laufe dann mit großem Schwung zum Überholen auf. Dann mache ich etwas Gemeines. Wenn ich davor bin, mache ich langsam, aber so, dass man mich nicht überholen kann. Das wurde im Rennsport mal praktiziert. Da hat sich aus einem Team, dessen Auto auf Platz zwei lag, aber mit fast uneinholbarem Abstand zum Führenden, das zweite weit hinten liegende Auto zurückfallen lassen, ist an die Box wegen eines scheinbaren Schadens und ist wieder genauso raus aus der Box, dass es direkt vor dem Führenden lag. Und den hat er dann so ausgebremst und sich immer breitgemacht, dass ein Überholen unmöglich war, bis der Teamgefährte dicht aufgeschlossen hatte und ein Chance bekam, die Führung zu übernehmen. Deshalb hat man im Rennsport die Blaue Flagge eingeführt.«

Also hat er aus großem Abstand ein schnelles Überholmanöver gewagt, danach an jeder Abzweigung ziemlich gebremst, so, als ob er was sucht, und dann wieder so Gas gegeben, dass er nicht überholbar war. »Das ist schon sehr gemein. Ich würde als Hintermann verrückt. Aber ich bin sicher, die dürfen qua Auftrag nichts riskieren. Informiere Marion, dass sie eine Chance hat dranzukommen und Bescheid gibt, wenn sie da ist. Dann zweige ich irgendwo ab und mache das Schlusslicht des Konvois.«

Peter gibt durch: »Wir haben ›Altwaren-Transport‹ am Illinger Eck erwischt, und Paul bremst ihn gerade aus. Marion, sag uns, wo du gerade bist, und vor allem, wenn du ihn siehst. Dann scheren wir aus.« Wil meldet sich: »Wir sind gerade auf Höhe Vaihingen. Also nicht sehr weit zurück. Mein Rechner sagt, wenn es vor uns langsamer wird, können wir vor der Autobahnauffahrt Hallo sagen.« Peter antwortet: »Gut, dann beenden wir in Mühlacker das Nervenspiel zwischen Bremse und Gas und scheren aus. Fritz! Hast du mitgehört?« Und er hört die Antwort auf seine Frage: »Ja. Ich weiß, worauf du hinaus willst. Marion muss zunächst den Kontakt behalten, bis der andere BMW da ist und kann dann vorbei, und ihr hängt euch an den anderen BMW. Gell? Ich sag euch das, wenn ihr es nicht sowieso beim Mithören registriert.« Peter: »Perfekt, Chef. Ortsschild Mühlacker in Sicht. Paul bremst schon wieder und sucht eine Abfahrt. Ach, da vorn das Schild Krankenhaus. Paul, geh da raus, das macht dein Fahrverhalten für die da hinten erklärbar!«

Marion hat mitgehört und gibt durch: »Ich werde auf den vor mir liegenden geraden und übersichtlichen Strecken mal testen, was mein Auto wirklich hergibt!« Und

Wil setzt nach: »Wenn wir jetzt nicht rausfliegen oder abheben, sind wir zwischen Mühlacker und Autobahn dran. Sagt den Autobahnstreifen, sie sollen nicht folgen, sie sollen nur bestätigen, wo und wann genau sie den ›Altwaren-Transport‹ sehen. Und unseren BMWs sollen sie nicht mit Blaulicht folgen. Bitte gebt das durch, auch noch eventuellen Streifen, die zwischen Leonberger Dreieck und Pforzheim unterwegs sind, dass da ein ziviles Polizeieinsatzfahrzeug Marke BMW unterwegs ist.«

Vlady schaltet sich ein: »Die Verbindung dorthin halte ich ja. Ich gebe das durch. Aber Marion sollte zur Einsatzplanung möglichst früh an der Autobahnkirche sein. Sobald der BMW auf der Autobahn nahe genug dran ist, muss ja nicht direkt in Sicht sein, soll sie vorbei. Wo ist eigentlich der andere BMW? Von dem hört man gar nichts!« Schon hört man durch den offenen Konferenzsprechfunk: »Nachdem wir Erlaubnis bekommen haben, Rot zu ignorieren mit Blaulicht und Geschwindigkeitsbegrenzungen mit einem Plus-Dreißig nur bedingt einzuhalten, sind wir nicht mehr so weit weg, gerade am Illinger Eck abgebogen.«

Fritz dazu: »Dann soll Marion nur bis zur Autobahn die Begleitung machen und dann übernehmen die BMWs eben im Nachrücken, und der Porsche macht die Eventualitäten-Tante im Rückhalt. Bitte Einspruch sofort vorbringen!«

Im Konferenzfunk kommt keiner, aber im Revier der SoKo schon durch Phil: »Fritz, du kannst doch Marion nicht so nach vorne hetzen. Die steht schon seit Stunden unter Strom und rast hier durch die Nacht des Südwestens in Revieren, in denen sie eigentlich nichts zu suchen hat!«

Fritz nimmt ihn in den Arm: »Sie ist Polizeibeamtin und hat das alles gelernt. Gebt ihm mal ein Bier!«

Phil: »Ich will jetzt kein Bier. Ich will, dass ihr nichts passiert!«

Da bemerkt Vera Altmann: »Phil, du und Marion, ihr seid schon ein Sonderpaar und sonderbar. Unser gesamtes Dezernat verfolgt das mit Freude. Aber so viel Papa musst du jetzt nicht sein. Sie ist jetzt nicht nur Polizistin, sie denkt auch gerade an dich. Risikoüberschreitungen kenne ich von ihr sowieso nicht, und seit sie dich kennt, ist sie noch viel bedachter und auch uns gegenüber mitdenkender geworden. Ab und zu sagt sie was zu eurer Beziehung. Da kommt auch mal Rotwein vor. Fritz, hast du nicht Geheimvorräte für den Staatsanwalt? Hol doch mal davon was aus dem Keller, wo die Flaschen aus der Belohnung für erfolgreiche Recherchen im Fall ›Cello‹ liegen.«

»Die sind eigentlich nur genehmigt für besondere Anlässe, für Empfänge etc. Aber das scheint mir ein Notfall.« Und dem zappligen Phil schenkt er einen Don Carlos Trollinger Steillagen ein, der sofort eine deeskalierende Wirkung zeigt.

Marion hat wirklich auf der freien und geraden Straße bei guter Sicht nur an einigen Kreuzungen und Kuppen ihr Tempo reduziert und dann wieder die Tachonadel Richtung 180 steigen lassen. An der Einfahrt nach Mühlacker sieht sie das Hinweisschild zum Krankenhaus. Aha, sagt sie sich, hier ist der Porsche abgebogen. Die Ortsdurchfahrt erlaubt ein zügiges Tempo, erheblich über erlaubt, nur an der zentralen Kreuzung reduziert sie auf 60 km/h. Schon weit vor dem Ortsende, ab einer Aral-Tankstelle, zieht sie wieder das Tempo an. Eine Ahnung sagt ihr: Blaulicht aus, Sicht gut, alles frei. Hinter dem Abzweig zum Ort Enzberg muss sie wieder langsamer werden, und dann sieht sie von weitem, wie die Ampel der Haupteinfahrt Enzberg Ortsmitte auf Grün schaltet, und sie registriert sofort, dass der davor stehende Wagen, der gerade anfährt, der AMG ist, den sie verfolgt. Sie hatte schon aufs Gaspedal gehen wollen, um die Grünphase nicht zu verpassen, steht aber sofort auf der Bremse, schaut zu Wil hinüber, erlaubt sich ein Lächeln und sagt: »Gib durch: Wir haben ihn und …«

Als sie wieder nach vorn schaut, entfährt ihr ein halber Fluch: »… Gelb«, und steht wieder so auf dem Gaspedal, dass das Auto einen Satz nach vorne macht. Sie schafft es bei Dunkelgelb, atmet tief durch und beendet die angefangene Ansage: »Wir haben ihn und bleiben mit Abstand dahinter, bis wir wissen, ob er auf der B10 weiterfährt oder auf die Autobahn geht. Wenn Autobahn, dann überhole ich dort sofort, wenn nicht, bleibe ich stehen und warte ab. Und frag nach, wo die BMWs sind.«

Sowohl Vlady am Rasthof Baden-Baden wie auch die SoKo-Mitglieder in Marbach nehmen diese Nachricht mit Erleichterung auf, und Wil erfährt vom BMW auf der B10, dass er sich Mühlacker nähert, und vom BMW auf der A8, dass er am Schild ›Pforzheim Ost 10 km‹ sei. Marion konstatiert: »Dann haben wir den Konvoi schon weit vor Karlsruhe beieinander. Ich glaube nicht, dass unser Freund vor uns querbeet durch den Schwarzwald rauf und runter über Bad Herrenalb und Gernsbach fährt.« Das muss eine schöne Route sein, denkt sie, wenn alles vorbei ist, fahre ich die mit Phil ab. Jetzt mit Herbstlaub muss das richtig herrlich sein.

Der ›Altwaren-Transport‹ biegt wirklich auf die Autobahn ab, Marion hinterher und gibt sofort Druck aufs Gaspedal. Auf dem langen und steilen Anstieg vom Enztal auf die Schwarzwaldhöhe bei Pforzheim-Nord genießt sie die volle Power ihres Dienstwagens und schießt an etlichen LKWs vorbei mit dem Gefühl »als ob die stehen«. Und sie konzentriert sich voll auf die Beobachtung einiger zwischen den LKW-Karawanen fahrenden PKWs, ob die Anzeichen machen, auszuscheren zum Überholen. Wil erlaubt sich dabei – ebenfalls etwas entspannter als bei der Hatz auf der Bundesstraße – die energiepolitische Randbemerkung: »Die Power des energieeffizienten modernen Hochdruckdiesels mit Stickoxyd-Bereinigung ist hier doch viel besser, als dass man mit Strom-Mix-hohem-Kohlestromanteil aufgeladenen E-Fahrzeugen mehrere hundert Kilo Batterien den Berg hinauf schleppt. Und noch das CO_2, das man zum Bau der Batterien und der endlos langen Kabel in einem solchen Auto braucht. Was glaubst du, wie viel kW wir mit einem E-Auto jetzt bräuchten, bei vollem Vorschub im Vergleich zum Diesel?«

Marion antwortet: »Wil, ich verstehe deine Sorgen, aber diskutiere das mal mit Phil. Ich muss mich hier konzentrieren. In diesen langgezogenen Kurven ist für den Alltagsverkehr die Geschwindigkeitsbegrenzung auf 100 und 120 km/h berechtigt, aber bei 180 machen sie Spaß, brauchen aber höchste Aufmerksamkeit. Frag mal lieber nach, was sich hinter uns tut.«

Auf seinen Anruf erfährt er von Fritz, der sich permanent von den Fahrzeugen ihre Standorte durchgeben lässt: »BMW 2 ist durch Mühlacker durch und in zehn Minuten auf der Autobahn, und BMW 1 ist kurz vor dem Rasthof

Pforzheim Ost und also schon ziemlich nah am ›Altwaren-Transport‹ dran und vermutlich vor dem 2er.« Wil hat die Punkte auf dem Monitor seines Rechners, der die Simulationsberechnungen macht, entsprechend verschoben – obwohl er auf den langgezogenen Autobahnkurven mal an die Beifahrertür gedrückt wird oder sich festhalten muss, damit er nicht zu Marion hinüberkippt – und meldet: »Der 1er wird bei anhaltend gleicher Geschwindigkeit den ›Altwaren-Transport‹ bei Pforzheim West erreichen, und der 2er wird bei Abfahrt Karlsbad aufschließen.«

Marion gibt an Vlady durch: »Ich bin jetzt am Autobahndreieck Karlsruhe auf die A5 eingebogen. Hast du mitgehört?« Vlady antwortet: »Habe ich. Wir treffen uns ganz am Ende des LKW-Abstellplatzes vor der Kirche, und ich lasse jetzt das MEK einrücken und Position einnehmen.« Antwort von Marion: »Verstanden. Wil und Fritz kontrollieren das Geschehen hinter uns.«

Am errechneten Auflaufort trifft der BMW 1 nicht auf den ›Altwaren-Transport‹, wundert sich, dass die Prognose nicht stimmt und gibt noch mehr Gas. Sicherheitshalber fragen sie nach: »Wil, wir haben unser Objekt noch nicht erreicht. Oder haben wir es verloren? Es gab aber keine Abfahrtsmöglichkeit von der A8 zwischen West und Karlsbad-Langensteinbach, wir haben deshalb noch mehr zugelegt, aber viel Reserven haben wir nicht mehr. Was sollen wir tun?«

Wil überlegt kurz, schaut auf die Karte und fragt: »Es gibt da einen Parkplatz zwischen Ost und West den Parkplatz Kämpfelbach. Seid ihr da durch?«

Als die Frage bejaht wird, schaltet sich Marion ein: »Es

gibt zwei Möglichkeiten: Sie haben Gas gegeben oder sie sind auf den Rastplatz. Und wir haben nur eine Möglichkeit: Der BMW vorne jagt voll weiter, und der andere oder der Porsche, einer von den beiden geht auf den Rastplatz runter und kontrolliert. BMW 2 habt ihr gehört?«

Von dort kommt die Antwort: »Wir sind fast schon vorbei. Mit Vollbremsung geht's noch!«

»Okay, dann trödelt der Porsche noch ein bischen, damit er Schlusslicht bleibt. Paul, andernfalls gehst du auf den nächsten Rastplatz und wartest dort, bis alle durch sind.«

Von allen drei Fahrzeugen kommt ein »Verstanden«, und Marion, die inzwischen langsamer geworden ist, gibt wieder Gas und ruft zu Vlady durch: »Wir sind jetzt bei Rastatt. Hinter uns gerade eine unklare Situation. Haltet euch schon bereit. Ist denn überhaupt der Holländer schon da?« Vlady ruft zurück: »Ich habe mitgehört. Gott sei dank sind die Holländer nicht in den Aufmarsch des MEK hineingeraten. Die sind zwar nicht über die Autobahn eingefahren, sondern von Iffezheim über die Bundesstraße von hinten seitlich an die Autobahnkirche heran. Du kannst das gleich mit mir ablaufen.«

Vom BMW 2 kommt die Nachricht: »Wir sind kurz vor Beginn der Parkbuchten zum Stehen gekommen und haben den ›Altwaren-Transport‹ in der Mitte des Platzes stehen sehen. Eine Person steht beim Auto, und zwei Männer sind Richtung Wald geeilt. Wir sagen Bescheid, wenn es weitergeht.«

Wil ruft sicherheitshalber durch: »Haben alle das registriert? Also BMW 1 runter vom Gas und Urlauberfahrweise, und Porsche, seid ihr vorbei? Wenn ja, dann nächsten Rastplatz ansteuern, der heißt Birkenwäldle, und ihr müsst schon knapp davor sein. Und wenn das Duo BMW+›Altwaren-Transport‹ dorthin kommt, gibt es ein Signal über Funk oder mit Warnblinker, damit ihr euch anschließt.«

Marion erreicht den Rasthof Baden-Baden, fährt sehr gedrosselt an der Tankstelle vorbei und sucht die Zufahrt zu den LKW-Plätzen, da ruft Wil: »Dort vorn ist Vlady, dort, wo man von den Zapfsäulen rausfährt. Er winkt wie ein Anhalter!« Sie lassen Vlady zusteigen und der erklärt: »Das Gelände ist sehr unübersichtlich, und ich habe Bewegung gebraucht und wollte euch ein umherirrendes Suchen ersparen. Wir sind zwar noch ausreichend vor Mitternacht und unsere Posten haben kein holländisches Wohnmobilgespann gesehen. Ich führe dich jetzt und zeige, wie wir Beobachter mit Funkgeräten auf allen möglichen Zufahrten aufgestellt haben. Alle haben Bilder von dem C-Klasse-AMG.« Er lotst sie kreuz und quer durch das Gelände, bis sie die Übersicht verloren hat und fragt: »Wo denn nun, ich weiß nicht mehr, wo ich bin. Du, Wil?« Der hat auch die Übersicht verloren. Vlady erklärt: »Das MEK-Vorkommando und ich, wir haben das ganze Gelände mehrfach abgewandert. Wie wissen Bescheid. Und wir fahren jetzt hinter das Ende der LKW-Plätze direkt vor die Kirche. Dorthin gibt es sowas wie einen Ausgang aus dem Parkplatz und Rasthofgelände. Auf einer Karte würdest du es finden als Straße ›Am Rasthof‹. Hinter der Kirche stehen die Fahrzeuge des MEK, und die Beamten sind hinter Bäumen und Büschen getarnt auf der Kirchenseite dieser Straße und auf der Kehre des LKW-Parklatzes. Die Männer in den verschiedenen Einfahrtsbereichen brauchen wir, um die hinten verteilten Kräfte rechtzeitig darüber zu informieren, wohin sich die Rendezvous-Partner bewegen. Wir beide bleiben bei der Kirche an einer Stelle, an der man gute Übersicht hat. Die MEK-Männer können von dort und von der Kehre aus auf den Parkplatz ausschwärmen, und deine Fahrzeuge aus dem Konvoi können die Blockaden bilden und die MEK-Männer flankieren. Das Kommando übernimmst du, weil der Konvoi direkter dabei ist als die verteilten MEK-Beamten. Wir fahren und laufen jetzt rum, damit die von MEK die Stimme und die Person der Einsatzleiterin kennen lernen.«

Nachdem sie das Gelände abgelaufen sind, will Marion sich nicht bei der Kirche aufstellen, sondern nach vorne orientieren, nämlich sich mit dem Auto an der Tankstellenausfahrt so aufstellen, dass sie das Eintreffen des ›Altwaren-Transport‹ sieht und dass sie ihm zum Rendezvous in großer Entfernung folgt, und wenn der AMG beim Wohnwagengespann anhält, sich davorstellen, um ein schnelles Abfahren zu blockieren, falls die Täter Lunte riechen und abhauen wollen. Und die BMWs fahren hinter ihr her, keilen den Wohnwagen ein, und sie hupt und leitet so den Zugriff ein.

Vlady widerspricht: »Dann verlieren wir den Beweis, dass hier eine Übergabe stattfinden soll. Du hast dann zwar den Carlo mit Komplizen und hast die griechischen Kulturgüter, aber die Holländer behaupten einfach, sie hätten damit nichts zu tun. Die abgehörten Telefonate werden geleugnet und von Winkeladvokaten vor Gericht als Beweis abgelehnt. Wir müssen das Umladen auf Video dokumentieren und dann erst zugreifen. Das ist für das übergeordnete Interesse des BKAs unabdingbar. Deine

Konvoi-Fahrzeuge bleiben weiter hinten stehen und umzingeln das Rendezvous erst nach Auftakt des Zugriffes. Du stellst dich in Ausfahrtrichtung ins Gebüsch und leitest von dort aus den Zugriff ein, indem du gegen die Einbahnstraßenrichtung heranfährst, dich davorstellst und dann mit Sirene und Blaulicht den Zugriff eröffnest. Die MEKs kommen sofort aus den Deckungen, und die BMWs hören die Sirene und umzingeln die Fahrzeuge – bitte ohne die MEK-Beamten umzufahren!«

Marion hat ihm mit hochgezogenen Brauen über ihren blauen Augen und mit gerunzelter Stirn zugehört, holt Luft und macht eine Pause. Vlady beobachtet das. »Du willst widersprechen, ich sehe dir das an.«

Sie erläutert ihren Vorschlag: »Ich wollte nicht so weit weg hinter der Straße am Rasthof bei der Kirche sein, sondern näher dran, besseren Überblick haben und den Fluchtweg abschneiden können.«

Vlady: »Das kannst du ja so auch. Und du bist näher dran, wenn wir deine Position auf dem Parkplatz erst festlegen, wenn die Rendezvous-Fahrzeuge eintreffen. Die Beobachtungsposten im Zufahrtsbereich melden ja, wohin sie sich bewegen, und entsprechend kannst du reagieren. Wenn du die Ausfahrt blockierst und die BMWs und der Porsche das Rendezvous-Duo gut umzingeln, passiert nichts, auch wenn das Raubgut schon im Wohnwagen ist, verstehst du?«

Marion nickt. »Okay, wir besprechen das gleich mit dem Kommandeur des MEK und geben das nach draußen an die Konvoi-Fahrzeuge durch.«

Unter den Aspekten dieses Einsatzplanes wird noch einmal zu dritt das Gelände gesichtet und die Positionen der Einsatzbeamten festgelegt, je nachdem, in welchem Bereich des Parkplatzes das erste der erwarteten Fahrzeuge sich bewegt.

Auf dem Parkplatz Kämpfelbach stehen Carlo und seine zwei Mitfahrer neben dem ›Altwaren-Transport‹ nebeneinander, rauchen und unterhalten sich auf italienisch. Auf sein Nachfragen, ob sie nicht gleich weiterfahren sollten, erfährt Carlo, dass sie nun doch zu früh dran seien und man auf einen Anruf wartet, wann die Holländer am Treffpunkt sind. Man habe vereinbart, lange gemeinsame Wartezeiten auf dem Parkplatz bei Baden-Baden aus Sicherheitsgründen zu vermeiden.

Als sich der Aufenthalt in die Länge zieht, wollen die Beamten im BMW wissen, ob das vielleicht auffällt, wenn sie so länger dastehen, denn ganz versteckt seien sie ja nicht. Fritz empfiehlt: »Geht mal ins Gebüsch. Das kann für unvoreingenommene Beobachter die Erklärung sein für das Anfahren dieses Platzes. Und fahrt dann gemütlich bis zum nächsten Platz, wo der andere BMW steht. Dort müsst ihr euch so absprechen, dass ein Wagen die Autobahn von der Einfahrtseite aus überblicken kann, und der andere von der Ausfahrtseite. So ist die Gefahr gering, den vorbeifahrenden ›Altwaren-Transport‹ zu übersehen.«

Zehn Minuten später kommt die Meldung: »Wir sind jetzt auf dem Birkenwäldle Platz alle drei beisammen, die BMWs und der Porsche, und wir haben uns so aufgestellt wie abgesprochen. Melden uns, wenn wir losfahren.«

Marion ist mit Vlady und dem Kommandeur des MEK nochmal das Gelände abgegangen, natürlich über Sprechfunk mit Wil im Auto verbunden. Sie finden den Platz auf der Insel zwischen Einfahrt zum größeren und Ausfahrt von der kleineren LKW-Parkfläche nahe der E.ON-Elektroladestation am besten geeignet. Von dort besteht die Option, sich in alle Richtungen umzuplatzieren, egal wo sich das Wohnwagengespann einparkt, notfalls durch Fahren über Gehwege oder gegen die Einbahnstraßenrichtung. Die Sicht nach allen Richtungen sei ausreichend, zumal viele LKWs momentan in die Nacht hinausfahren und sich der Platz lichtet. Marion setzt Vlady und den Kommandeur an der Spitze der kleineren Parkfläche ab, und die beiden überqueren die Straße Am Rasthof, wo sie gegenüber im Park neben der Kirche ihr Einsatzzentrum eingerichtet haben.

Als sie ihren Platz nahe der Ladesäule erreicht hat, wo sie aus taktischen Gründen etwas verbotswidrig im Grün neben Straße und Gehweg parkt, packt Wil den Proviant aus, und sie richten sich auf eine Wartezeit ein, die sie auch zum Entspannen nutzen wollen. Marion: »Mal ein bischen Luftholen tut jetzt gut, einen Happen essen und was trinken, aber nicht einschlafen, oder nur einer von uns beiden.«

Aus einem längeren Relaxen wird aber nichts. Kaum eine Viertelstunde ist vergangen, bis ein Funkspruch vom Parkplatz Birkenwäldle kommt: »Unsere Freunde fahren gerade los. Wir folgen in großem Abstand. Es ist eine helle Nacht mit weiter Sicht.«

Marion schreckt hoch und funkt zurück: »Die haben bestimmt eine Nachricht bekommen. Wechselt euch mit dem Führungsfahrzeug ab, es gibt genügend Parkplätze unterwegs, wo der Vordere raus kann und sich hinten wieder anschließt. Das soll auch der Porsche mitmachen.« Und zu

Vlady und Kommandeur funkt sie: »Der ›Altwaren-Transport‹ hat sich in Bewegung gesetzt. Es ist anzunehmen, sie haben eine Nachricht erhalten, und der Holländer-Camper kommt gleich hier rein. Posten aufgepasst.« Vlady: »Wir haben mitgehört. Wir gehen vom Wartemodus in Bereitschaft.«

Im Abstand von fünf Minuten kommen Meldungen durch über Wohnwagengespanne, die in den Rastplatz einfahren, aber nacheinander stellt sich kurz danach heraus: »Ist aber Däne«, »Fährt zur Raststätte«, »Fährt durch zu McDonald«, »Ist ein Franzose.« Aber dann vom Posten 1 vor der Tankstelle: »Achtung, jetzt Holländer, aufgepasst!«, vom zweiten Posten hinter der Tankstelle: »Holllländisches Gespann biegt ab zu LKW-Stellplatz«, Posten 3 hinter der LKW-Einfahrt: »Biegt links ab zum kleineren Stellplatz.«

Marion hat nach hinten geschaut und ruft: »Sehe ihn hinter mir durchfahren.« Der Posten im Bereich des Spielplatzes an der Kehre meldet: »Biegt auf die vorletzten LKW-Stellfläche ein«, und vom MEK-Einsatzzentrum jenseits der Straße Am Rasthof kommt: »Wir haben ihn im Visier. Versuchen, verdeckt dorthin näher zu kommen, wo wahrscheinlich das Rendezvous stattfindet. Ist allerdings schwierig, weil es doch ziemlich hell ist, und das Gelände übersichtlich.«

Es dauert nicht lange, da kommt neue Nachricht vom Posten vor der Tankstelle: »Ein Mercedes C-Klasse, der ziemlich dem Bild entspricht, das wir von dem C-Klasse Mercedes AMG C 63 T Driver bekommen haben, ist gerade von der Autobahn abgebogen und fährt sehr langsam bei mir vorbei. Er fährt nicht zu den Zapfsäulen, sondern sehr langsam weiter.« Posten 2 hinter der Tanke: »Habe ihn auf dem Schirm. Der sucht was. Hält gerade an.« Posten 1: »Dahinten kommt ein BMW mit LB-Nummer, noch ein BMW mit LB und dahinter ein Porsche.« Marion: »Das sind die Verfolger. Hallo BMWs, langsam, nicht aufschließen.«

Der ›Altwaren-Transport‹ fährt genau die Strecke nach, die der Holländer mit dem Wohnwagenanhänger genommen hat, und Marion ruft durch: »Achtung, ihr im Konvoi: BMW 1, ihr folgt bis zum Abzweig und dann links und sucht dort einen LKW-Platz gleich vorn links. Porsche und BMW 2, ihr bleibt im Bereich des Abzweigs stehen.« Und an Vlady: »LKWs versperren mir die Sicht. Ich muss vorziehen und stelle mich links nahe dem Spielplatz auf, so dass ich wenigstes die Hälfte einsehen kann, weiter nicht, sonst bin ich zu auffällig. Ihr müsst mir das Geschehen schildern. Macht mal auf Reportage bitte.«

Vom Posten an der Einfahrt zu den LKW-Abstellplätzen kommt die Nachricht: »Ein anderer PKW fährt auch noch in diesen LKW-Bereich hinein, biegt in dieselbe Richtung ab, ein großer SUV, italienisches Kennzeichen. Fährt jetzt ganz langsam die Reihe parkender LKWs ab. Jetzt verschwindet er ganz am Ende hinter einem abgestellten LKW.«

Vlady reagiert endlich auf Marions Ruf: »Okay, zieh vor, ohne Licht. Hier fangen wir an, das Geschehen zu filmen, aus zwei Perspektiven, vom Spielplatz aus und mit Tele von unserem Einsatzzentrum aus. So, also, Reportage beginnt: Aus dem Wohnwagengespann ist eine Person ausgestiegen und zum ›Altwaren-Transport‹ hinübergegangen. Die dort sind auch ausgestiegen. Sie haben sich per

Handschlag begrüßt. Jetzt kommt noch ein Fahrzeug, ein SUV, bestimmt der Italiener, der gerade gemeldet worden ist. Der stellt sich hinter den AMG, nur mit dem Fahrer besetzt, der steigt auch aus und geht auf die anderen zu. Sie reden miteinander und gestikulieren.« – Längere Pause. »Jetzt öffnen sie den Kofferraum des AMG und die Türe des Wohnwagens.«

Marion unterbricht: »Gut, sie räumen also um. Das warten wir noch ab. Aber wenn die nicht alle gleichzeitig einsteigen und zeitversetzt abfahren wollen, während andere noch draußen stehen, dann können uns welche im Gewirr parkender LKWs entwischen. Ich lasse deshalb aus dem Konvoi je einen Beamten und meinen Wil im Schatten der LKWs anschleichen, natürlich mit gezückter Waffe. Dann können Fluchtversuche in die Richtung, wo wir herkommen, unterbunden werden. Wir stehen ja dann vor und hinter ihren Autos und haben eine Flanke zugemacht.«

Vlady dazu: »Gut. Von hier aus werden darauf zustürmende Beamte bei der Mondhelle und fehlendem Gebüsch sicher schon früh entdeckt, sodass mit eurer Hilfe eine Umzingelung gelingen kann. Macht das so!«

Marion im Rundruf: »Hallo im Konvoi! Habt ihr mitgehört?« Als bestätigt wird, fährt sie fort: »Zwei Paare bilden, Schusswesten nicht vergessen, einer kommt rüber und trifft sich mit Wil hier. Alles möglichst unauffällig, aber nicht auffällig unauffällig, sondern so unauffällig, dass es wie zufällig aussieht, wie Luft schnappende spazierende Autofahrer. Das probiert ihr jetzt mal!« Sie hört Gelächter. »Zufällig auffällig unauffällig, kriegen wir hin.« Marion: »War Absicht. Solche Wortspiele habe ich von Phil gelernt, der jetzt in Marbach zittert.«

Da kommt aus dem Hintergrund des Funks ein Kommentar von Fritz: »Stimmt, aber wir haben ihn im Griff. Und es ist gut, dass ihr bei aller Anspannung noch eine gewisse Lockerheit behaltet. Also ›*good locker luck*‹.« Marion lächelt, sammelt sich aber sofort, greift hinter sich zu ihrer schusssicheren Weste und ruft ins Mikrofon: »Westen überziehen, es kann bald losgehen.«

Gut zehn Minuten dauert das Umräumen. Marion kann das nur teilweise direkt sehen und teilweise nur mitverfolgen anhand der Schattenwürfe auf der Fahrbahn. Als sie keine Männer sieht, weil die sich offenbar in ihrem toten Blickwinkel durch den davorstehenden LKW aufhalten, und sich auch keine Schatten auf der Fahrbahn bewegen, sogar der Lichtschein sich abschwächt, fragt Marion: Vlady, sind die fertig und steigen ein?« Vlady: »Noch nicht, aber die Türen sind geschlossen und sie stehen zusammen und rauchen.« Marion: »An alle! Vorbereiten! Zugriff, wenn ich sie direkt einsteigen sehe oder am An- und Ausgehen des Scheins der Türlichter auf der Straße das vermuten kann.«

Nicht lange nach der Ankündigung fällt ein schwacher Lichtschein auf die Straße direkt vor den LKW, und Marion kann sehen, wie ein Mann auf der Fahrerseite des Zugfahrzeugs des Wohnwagengespanns einsteigt. Der Lichtschein aus dem toten Blickwinkel des LKW erlischt, und Marion überlegt gedankenschnell: Licht an und wieder aus bedeutet Tür auf und wieder zu, und ruft ins Mikrofon: »Die sind fahrbereit. Ich warte nicht, bis die Scheinwerfer aufleuchten, egal was die da mit dem Zugwagen machen. Los!« Sie startet den Motor und fährt los, schaltet Licht,

Blaulicht und Signalhorn erst ein, als sie vor dem Bug der beiden Fahrzeug hart bremst, reißt die Tür auf, holt die Dienstwaffe aus dem Halfter, stellt sich hinter ihrem Fahrzeug auf, richtet die Waffe auf die Gruppe und schreit: »POLIZEI, niemand bewegt sich!« Gleichzeitig quietschen die Bremsen der beiden BMWs im Heckbereich der geparkten Fahrzeuge, und fast synchron dazu springen Wil und sein zugeteilter Partner an der Frontseite und Peter und sein Partner am Heck des LKW mit gerichteter Waffe aus der Deckung heraus, und aus drei Richtungen stürmen die Männer des MEK mit Helm, Visier und Schutzanzügen herbei, Rufe erschallen. »Auf den Boden und Hände hoch!« Im AMG sitzt total verdattert Carlo. Wil reißt die Tür auf, während sein Partner die Waffe auf Carlo gerichtet hält, und schreit ihn an: »Raus, umdrehen, Hände hoch!«, dreht ihm die Arme auf der Rücken und legt ihm Handschellen an. Auf dem Fahrersitz des Zugwagens vor dem Caravan sitzt ebenfalls eine Person, mit der die MEK-Beamten ähnlich umgehen wie Wil mit dem Carlo. Eine Person, die sich an der Deichsel des Wohnwagens zu schaffen macht, und zwei Personen, die an der Seitenmitte des LKW stehen, werden von der Besatzung der zwei BMWs in Schach gehalten, bis die MEK-Beamten sie festnehmen. Jetzt kommen Vlady und der Kommandeur über die Kehre von der gegenüberliegenden Straße, lassen alle Verhafteten sich an der Seite des LKW aufstellen. Sie werden zuerst nach Waffen durchsucht. Tatsächlich findet man bei einem eine Pistole, bei einem anderen ein Springmesser und bei einem Dritten Pfefferspray. Vlady verkündet ihnen: »Sie sind alle vorläufig festgenommen wegen des Verdachts auf bandenmäßigem Raub und organisierte

Kriminalität oder Beihilfe dazu. Ihre Rechte werden Ihnen bei den vorläufigen Vernehmungen in den Fahrzeugen des mobilen Einsatzkommandos verlesen. Abführen!« Und die Verhafteten werden von den MEK-Leuten abgeführt.

Da geht in dem LKW das Licht an, die Beifahrertüre öffnet sich, und eine Person mit zerzausten Haaren und verdattertem Gesicht streckt den Kopf heraus. Sofort reagieren die MEK-Polizisten, richten ihre Waffen auf ihn und rufen: »Polizei! Aussteigen, Hände über den Kopf!« Der Mann steigt aus und fragt schüchtern: »Was ist hier denn los?« Er erhält zur Antwort: »Polizeiliche Festnahmen!«, verbunden mit der Frage: »Und was machen Sie hier?« Der Mann wirkt total eingeschüchtert und antwortet fast flüsternd: »Ich mache meine vorgeschriebene Pause. Ich muss heute noch nach Italien. Ihr habt mich geweckt und total erschreckt.« Wil: »So so, Italien, das passt, gehört also dazu!« Marion beschwichtigend: »Ist schon gut. Waffen runter!«, und sagt zu dem Mann: »Tut uns leid. Es ließ sich aber nicht vermeiden. Wir dürfen ihnen natürlich nichts Genaues sagen. Die Ermittlungen kommen ja erst. Aber sie sind ja Zeuge, deshalb brauchen wir Ihre Personalien, die Speditionsanschrift und die Frachtpapiere.« Der Mann zückt seinen Ausweis und fragt: »Das mit den Frachtpapieren. Darf ich das?« Wil: »Du musst«, und er nimmt alles auf, handschriftlich, weil sein Laptop noch im Dienstfahrzeug liegt. Dann lassen sie ihn wieder einsteigen.

Marion und Vlady gehen die Fahrzeuge ab, um sie zu inspizieren, und sie machen Fotos zur Dokumentation. Um nicht die spätere Spurensuche zu stören, tragen sie Handschuhe, und sie verzichten auf umfangreichere Durchsuchungen. In dem italienischen Fahrzeug finden sie eine weitere Schusswaffe, und im Wohnwagen entdecken sie außer den Umzugskartons und den zwei bekannten gerade eingeräumten Packen weitere Antiquitäten. Nach einigem Hin-und-her-Überlegen beschließen sie, die Beute nicht auf ihre Fahrzeuge umzuladen und gleich mitzunehmen, sondern die Autos und den Wohnwagen zu versiegeln und zum Zentralen Kriminaltechnischen Dienst nach Stuttgart bringen zu lassen.

Wil holt sein Laptop und meint: »Ich finde bestimmt schnell ein Transportunternehmen im Internet.« Da meldet sich über Funk Fritz: »Hallo Baden-Baden, Gratulation zum glatten Gelingen des Unternehmens. Ihr wart die ganze Zeit sozusagen auf Sendung, und wir haben die ganze Zeit am Empfänger alles mitbekommen. Das mit dem Abtransport der Fahrzeuge organisieren wir vom Revier aus, ist ja schließlich Alltagsgeschäft von Verkehrspolizei, havarierte Fahrzeuge abtransportieren zu lassen. Wir haben da schon unsere Vertragsunternehmen. Ihr müsst nur Wachen stehen lassen, bis die da sind.«

Marion ist rot geworden und entschuldigt sich, dass sie im Trubel die Erfolgsmeldung total vergessen hat. »Aber vielen Dank, dass du uns das abnimmst. Die MEK-Beamte können die Bewachung übernehmen, während wir uns mit dem Feststellen der Personalien beschäftigen und die ersten Befragungen vornehmen.«

Also besteigen sie ihre Fahrzeuge, um im Konvoi zu den MEK-Fahrzeugen hinter der Autobahnkirche zu fahren, diesmal mit Vlady an der Spitze und Marion am Ende, verbotswidrig zunächst gegen die Einbahnstraßenrichtung und am Ende des großen LKW-Stellplatzes trotz des Durchfahrt-Verbot-Schildes auf die Straße Am Rasthof. Unterwegs gibt Marion nach Marbach durch: »Gott sei Dank war kein Schusswaffengebrauch erforderlich. Immerhin waren die bewaffnet, hatten aber keine Chance zu den Waffen zu greifen, so überrumpelt haben wir sie.« Im Hintergrund ist Beifallklatschen zu hören. Marion will noch wissen: »Wie viele Zellen habt ihr in Marbach? Wir müssen fünf Festgenommene unterbringen bis zum richterlichen Beschluss.« Sie hört die Zahl Drei und sagt: »Bitte die freihalten bis morgen früh. Falls ihr doch Zellen braucht, belegt die in den anderen Posten eures Reviers.«

Vlady hatte mit dem MEK vorab schon vereinbart, dafür zu sorgen, dass die erkennungsdienstlichen Erstmaßnahmen, die Erhebungen der Personalien und erste Aussagen der Festgenommenen schon vor Ort erfolgen können. Deshalb stehen drei Kleinbusse bereit, in denen dieses bei den fünf Personen nacheinander auch zügig erfolgt, zügig, weil Wil seine Sprachaufnahmegeräte mitgebracht hat, die mit Spracherkennungssoftware ausgestattet sind, und man so direkt Protokolle ausdrucken kann. Außerdem können Ausweise damit gescannt werden. So befragen Vlady, der Kommandeur und Marion getrennt je in einem der drei Busse, während gleichzeitig Polizeimeister die erkennungsdienstlichen Maßnahmen vornehmen.

Nach einer Stunde sind diese Prozeduren abgeschlossen, und man hört von Fritz am Funk: »Zwei Autoabschlepper mit Hängern sind unterwegs und müssten in spätestens einer Viertelstunde bei euch sein. Stellt einen Wagen mit Blaulicht in die Ausfahrt zur Raststätte, der sie zu den Fahrzeugen eskortiert. Und wie sieht es bei euch aus?«

Marion: »Wir sind mit Erhebungen und Befragungen aller durch. Das MEK hat uns dazu sehr gute Voraussetzungen geschaffen. Wir warten noch auf die Transporter und unterhalten uns solange mit den Mannen und den zwei Frauen des mobilen Einsatzkommandos. Dann verteilen wir die Delinquenten auf die Autos und führen sie zu dir. Weiß denn der Staatsanwalt Bescheid? Ich bin nicht dazu gekommen.« Sie erhält zur Antwort: »Er hat doch gesagt: ›Wenn es wichtig ist‹. Wenn ich ihn jetzt aufwecke, kommt er schlecht gelaunt unausgeschlafen zur Besprechung, aber wenn ich ihm zum Frühstück die gute Nachricht serviere, kommt er in Hochstimmung an!« Marion: »Potz-Fritz, wie klug! Also bis später, oder besser bis früh morgens.«

In der Wartezeit bis zum Eintreffen der Autotransporter bereiten sie die Aufteilung der Festgenommen auf die Fahrzeuge vor. Vlady will vermeiden, dass unterwegs Absprachen stattfinden können, aber sich schon vielleicht so was einstellt wie ›Schockbeichten‹, was zwar nicht richtig gerichtsverwertbar sei, aber weiteren Ermittlungen dienlich, da er ja dem Sizilianischen Antiquitätenhändler auf der Spur sei und man vor allem immer noch nicht weiß, wie die Dinge zu ihm kommen. Deshalb will er mit seinem italienisch sprechenden Michele den Fahrer des italienischen SUV mitnehmen. Es sei ja offensichtlich, dass die beim Zugriff im Begriff waren, den Wohnwagen vom Holländer umzuhängen an den SUV. Marion schlägt vor, dass der Oldtimer-Fan Peter mit dem Oldtimer-Fan Carlo in einen der BMWs steigt. »Mit gemeinsamen Interessen kann auch die Frage auftauchen: Wie kommt man denn an einen solch seltenen Lancia? Das ist zwar hinterlistig, aber doch legal – oder nicht, Peter? Einen der Italiener aus dem ›Altwaren-Transport‹ nehmen Wil und ich mit. Vom altsprachlichen Gymnasium und mehreren Italien-Urlauben her kann ich vielleicht mit dem radebrechen. Da muss halt Wil jetzt mal fahren. Und den Holländer und den anderen Italiener stecken wir zusammen in den anderen BMW. Die können wahrscheinlich sowieso nicht viel miteinander absprechen, aber der Holländer kann vielleicht soviel Deutsch, dass man was aus ihm rauskriegt. Ja, und Paul muss jetzt alleine Porsche fahren. Ich glaube er genießt das.« Paul nickt zustimmend, strahlt und fragt: »Mit Umweg über die Schwarzwaldstraßen?« Marion: »Paul, das sind Abkürzungen. Da ist man mit Porsche schneller. Über Freudenstadt nach Pforzheim, wo wir uns wieder treffen – oder auch in Marbach. Das ist eine Anordnung.« Sie erntet ein strahlendes Gesicht.

Vlady ist einverstanden, und der Kommandeur des MEK hat zugehört und kommentiert: »Ihr seid schon eine ausgebuffte Bande. Das habe ich vor dem Zugriff schon gemerkt und mich deshalb nicht eingemischt. Sonst versuche ich eigentlich ich immer, die Einsatzleitung an mich zu ziehen.«

»Ja!«, meint Vlady, »ja, wir kennen uns und haben schon einmal, und auch auf fremdem Territorium, mit einem Einsatzkommandos eines anderen Bundeslandes zusammengearbeitet. Und wir ticken ein bischen unterschiedlich, aber denken beide flexibel. Es gibt zwar Diskussionen, aber solche, die weiterführen.« Der Kommandeur: »Das habe ich gemerkt. Das ist die neue Polizeistrategie der Zukunft: Situativ vor Vorschrift. Ganz meine Meinung. Wäre auch in der Bürokratie besser, aber lassen wir das. War jedenfalls für uns ein langer, aber befriedigender Einsatz. Und grüßt euren humorvollen Fritz in Marbach. Der hat nicht einmal über uns von ›Badenser‹ oder ›Gelbfüßler‹ gesprochen, ist also kein ›Sauschwob‹«, schließt er lachend.

Vom Posten an der Rastplatzeinfahrt kommt die Meldung: »Die Autotransporter sind da. Wir führen sie.« Sie gehen hinüber vom Kirchenwäldchen zum LKW-Stellplatz. Gemeinsam beobachten sie, wie die Objekte ihres erfolgreichen Zugriffs verladen werden, und machen sich auf den Heimweg, das MEK-Kommando in seine Unterkunft nahe Karlsruhe (also Baden) und die anderen nach Marbach (also Württemberg) und die Autotransporter nach Stuttgart (also Hauptstadt des Süd-West-Staates).

Kapitel 11

Kriminalistisches Nacharbeiten

Der Mond war schon untergegangen, und der Konvoi war dem ersten schüchternen Morgenrot entgegengefahren, angeführt von Wil, während Marion mit einigen italienischen Brocken eine immer wieder stockende Konversation mit dem einen der Italiener aus dem Überfall versuchte; gefolgt von dem einen BMW, in dem Peter mit Carlo ins Gespräch gekommen war über den Oldtimer-Lancia; hinter diesem der BMW, in dem der holländische Fahrer des Wohnwagengespannes in gutem Deutsch mit den beiden Marbacher Streifenbeamten immer wieder beteuerte, er habe doch nichts Böses getan, und der andere Italiener ihn permanent in die Rippen stieß und mit seinen gefesselten Händen gestikulierte, er solle doch schweigen; dahinter Vlady, der selbst (»mal endlich wieder« – wie er später betonte) am Steuer saß, während Michele immer wieder – vergeblich – versuchte, etwas aus dem Fahrer des italienischen SUV herauszubekommen; bis der Nachtdienst des Marbacher Reviers die Pforten öffnete, die Delinquenten in die Zellen brachte und die zurückgekehrten Kollegen mit Beifall empfing.

Man hatte beschlossen, erst eine Erholungspause einzulegen, dem Staatsanwalt und dem Präsidenten eine E-mail zu schicken, des Inhaltes: »Raubgut gesichert und Täter gefasst. Präsentation wird vorgeschlagen 14 Uhr«, und mit den Verhören um 11 Uhr anzufangen, dann könne man wenigstens noch vier Stunden schlafen.

Phil hatte seine Marion so heftig umarmt, dass sie fragte: »Was ist mit dir los, bist du betrunken?«, und er antwortete: »Ich war so nervös wie nie vor einem Konzert, weil ich Angst hatte um dich. Da haben die mich mit Rotwein ruhiggestellt.« – »Na dann komm schlafen.« Und sie hat ihn in den Kirchenweinberg gefahren, und sie waren engumschlungen sofort eingeschlafen.

Trotz der Rotweinmenge aus den Geheimreserven des Revierleiters war Phil zuerst wach und hatte aus seinen Vorräten einen Obstsalat geschnippelt, bevor Marion aus ihrem Erschöpfungsschlaf aufgewacht war. »Mann! Phil! Warum weckst du mich nicht?« Phil: »Das kann ich nicht. Wenn du so entspannt schläfst, ist das ein schöner Anblick, du Glücksfall meines Lebens! Und wir haben noch Zeit. Und ich habe ein neues Duschgel für dich!«

Nach Dusche, Obstsalat und Salamibroten ist Marion dann zum Revier aufgebrochen, und Phil hat sich auf den Haushalt gestürzt und dann die Oboe herausgeholt, um sich an einer neuen Etüde aus den Studien von Salviani zu versuchen.

Im Revier sind nun alle aus dem Nachteinsatz wieder zusammengekommen und beraten, wie sie in den nächsten zwei Stunden die Verhöre aufteilen und sich auf die Präsentation vorbereiten. Sie teilen sich so auf zwei Räume auf: Vlady und Michele nehmen sich die drei Italiener vor, weil Michele die italienische Sprache beherrscht und das primäre Interesse des BKA den Hintergründen gilt; Marion, Fritz und Peter, weil der schon in der Nacht einiges von Carlo gehört hat, kümmern sich um diesen und den Holländer und wollen danach auch nochmal mit Micheles

Hilfe von den Italienern was hören, jetzt mit dem Wissen um Carlos Aussage.

Von dem Italiener, der den SUV zum Rendezvous gebracht hat, erfahren sie zunächst gar nichts, er sagt nur, er habe mit den anderen gar nichts zu tun und sei nur zufällig da gestanden, dann schweigt er eisern. Erst als man ihm klarmacht, es gäbe Videoaufnahmen, die eindeutig belegen, er sei doch sehr gezielt auf die anderen zugegangen und es sei doch ganz offensichtlich, dass sie im Begriff gewesen seien, den Wohnwagen umzuhängen, kam zögerlich heraus: Ja, man habe ihn hergeschickt, einen Caravan abzuholen. Auf die Fragen, von wo er kam und wohin es gehen sollte, antwortete er stur und immer wieder: *»Non apria bocca!«* »Nichts sagen.« Auch als Michele ihm versucht klarzumachen, man habe Hinweise auf eine Verbindung nach Sizilien und man finde ja schnell heraus, wo das Auto gemeldet ist, kommen immer nur Antworten wie »Weiß ich nicht« oder »Nicht mein Auto.«

Die beiden Passagiere im Auto von Carlos Schwager sind etwas gesprächiger, aber nur wegen ihrer Ausflüchte. Man sagt ihnen, es gäbe Videos von ihnen oben in den Weinbergen. Wieso sie da oben in der Hütte waren? – Urlaub!. ––Woher sie Carlo kennen? – Freunde in Italien! Verwandte von Carlo!. –– Warum sie in der Nacht mit zur Raststätte Baden-Baden gefahren seien? – Spazieren!. –– Was sie da oben in das Auto eingeladen haben? – Geschenke für Mama und Papa und Freunde!. –– Dann also doch nicht spazieren, sondern auf dem Heimweg? – No, schon für morgen! –– Wolltet ihr mit dem anderen im SUV-Wohnwagengespann nach Hause fahren, sind deshalb die

›Geschenke‹ in den Wohnwagen geladen worden? – Sagen jetzt nichts mehr!

Marion und Fritz lassen zum Einstieg Peter sich mit Carlo unterhalten, also zwei Oldtimerliebhaber miteinander. Peter kommt sofort auf den Lancia zu sprechen. Das sei ja ein sehr seltenes Exemplar und er, Peter, sei viel auf Oldtimer-Veranstaltungen und Messen unterwegs, so einen habe er aber noch nie gesehen. Wie Carlo denn zu dem gekommen sei. »Durch Zufall«, erklärt Carlo. Verwandte in Sizilien wissen um seine Liebe zu klassischen alten italienischen Autos, und wenn sie eines entdecken, fragen sie ihn, ob er es haben will. Die reparieren es dann so, dass er es holen kann. Hier hat er einige Schrauber, die es TÜV-fertig machen. Dann fahre er es einige Zeit selber und verkaufe es an andere Liebhaber, wenn wieder eines in Sizilien entdeckt wird.

Peter dazu: »Aber beim Lancia ist das nicht so. Ich weiß von der Zulassungsstelle, dass das anders gelaufen ist, vom Vorbesitzer einer Firma in Palermo auf dich vor kurzem erst zugelassen.«

Carlo meint dazu: »Ja, das ging diesmal anders, wie eine seltsame Fügung.« Aus Ludwigsburg kämen in seine Eisbar oft Italiener zu einem Eis oder einem Glas Wein, weil er der einzige sei, der apulische und sizilianische Weine habe. »Man redet dann halt viel so über dies und das, meine *buffonata per automobile italiano d'epoca classica.«* Und als er auch über Rudern auf dem Neckar im Verein in Marbach erzählt habe, seien die dann plötzlich mit dem Angebot für den Lancia angekommen, *»gratuitamente a caso,* gratis vors Haus – falls ich etwas für sie auskundschafte, im Ruderverein.« Und dann habe er noch gesagt bekommen, es kämen *due amici,* denen er behilflich sein solle, für sie ein gutes Versteck zu suchen und Fahrten zu machen. Das sei eine ganz besondere Sache, *»tenere segreto«* – also geheim zu halten. Als das Auto da war und er zum ersten Mal damit gefahren war, sei es über ihn gekommen: »Dafür mache ich alles.« Er gibt auch zu, dass er mit den *amici* mal das Bootshaus besichtigt habe und mit ihnen im Biergarten war – sie seien dann jedes Mal auffallend lange auf der Toilette gewesen.

Marion schaltet kurz das Mikrofon aus und erklärt ihm, man habe nach dem Raubüberfall Spuren von dem Lancia vor dem Bootshaus und an der Parkbucht zwischen Murrbrücke und Benninger Neckarbrücke gefunden (was allerdings noch nicht gesichert war!) und ihn auf Video oberhalb der Weinberge an der Hütte mit den *amici* gesehen. Er solle doch zugeben, dass er an dem Raub beteiligt sei und vielleicht ein Maffiosi.

Fritz zieht den Kopf ein und schaut weg.

Marion schaltet wieder das Mikrofon ein und fährt fort mit der Frage: »Also geben Sie doch zu, dass Sie an dem Raub beteiligt waren und das Verstecken und Abtransportieren der Beute organisiert haben?«

Carlo ist ganz in sich zusammengesunken, als er die Vorwürfe und vor allem als er das Wort Maffiosi gehört hat, und mit fast tonloser Stimme stammelt er: »Ich habe doch nur getan, was man mir gesagt hat. Ja, ich habe die beiden frühmorgens zum Bootshaus gefahren, draußen gewartet und ans Fenster geklopft, als ich den Wirt habe kommen sehen, und mich dann schnell versteckt. Und dann sollte ich das Boot klarmachen und wieder herkommen. Da bin ich durch das Fenster gestiegen, um zu helfen, die Sachen in Kisten zu tun und die zum Boot zu bringen. Dann sollte ich abhauen und drüben am Neckar warten. Dort habe ich die Kisten ins Auto eingeladen, und wir sind zur Hütte hinaufgefahren. Und die ganze Zeit haben sie mich herumgeschickt und schikaniert.«

Er ist fast dem Weinen nahe. Marion sagt später zu diesem Moment, das sei nicht theatralisch gewesen, das habe ehrlich gewirkt, zumal sie ihn kenne, wenn er beim Rudern ab und zu schon mal theatralisch imponieren wollte.

Marion macht eine Pause. Fritz und Peter haken nach, ob er denn nicht wissen wollte, was das für Männer seien und worum es da ging.

Carlo dazu: »Das waren doch Landsleute, Italiener wie ich, und ich konnte am Ende den Lancia behalten.«

Zu der Frage nach dem niedergeschlagenen Wirt, ob er da zugehauen habe, meint er: »Nein. Ich schlage niemals. Nur wenn jemand Zoff macht natürlich. Der lag da, als ich zurückkam vom Steg, wo ich das Boot von Ankerplatz aus hinbringen sollte.«

Peter schaltet sich ein: »Wie das? Mit dem Boot? Das kann nicht jeder!«

»Doch«, sagt Carlo, »ich bin Mitglied im Motorsport-Club Benningen und bin mal im Training auf dem Katamaran mitgefahren. Das habe ich den *amici* erzählt, damals im Biergarten.«

»Aber die anderen, konnten die denn Boot fahren?«

»Ja das können sie, haben sie gesagt. Jeder Fischer in Sicilia kann das.«

Fritz will das Verhör beenden, doch Marion hebt die Hand und wirft ein: »Halt, noch eine letzte Frage: Haben

Sie, hast du Handschuhe getragen?«, und bekommt zur Antwort: »Nein, warum sollte ich?«

»Danke. Das war's.«

Er wird abgeführt, und sie lassen den Holländer kommen.

Sie erfahren von dem auch nicht viel mehr als das, was er schon während der Fahrt erläutert hat. Er studiere Deutsch und Geschichte und habe einen Job bei einem Wohnwagen- und Wohnmobil-Händler, um das Studium zu finanzieren. Da hole er aus ganz Europa aufgekaufte Fahrzeuge ab oder bringe verkaufte Fahrzeuge zu den Kunden. Ja, es sei nicht ungewöhnlich, Übergaben auf halber Strecke oder irgendwo unterwegs vorzunehmen. Gedanken mache er sich dabei keine, weil er immer Kaufverträge und Wagenpapiere dabei habe und alles gegengezeichnet wird. Manchmal fährt ein Firmenauto mit und bringe ihn zurück, manchmal muss er mit der Bahn zurück. Das sei dann schön. »Ich kann dann unterwegs geschichtliche Orte in Deutschland besuchen, habe da schon sehr viel gesehen, weil man die Fahrt ja mehrere Tage unterbrechen kann.« Ob es oft oder überwiegend nach Italien gegangen sei, wollte Fritz wissen. Ja, Italien sei öfter das Ziel gewesen, aber nicht ausschließlich. Bis nach Rom sei er schon gefahren, aber Übergaben unterwegs seien eher üblich, meist in Bayern oder Österreich.

Vlady und Michele kommen dazu. Marion erklärt ihnen, dass der Eindruck klar sei, dass es sich um einen arglosen Studenten handelt, der einen Job gebraucht hat und das mit dem Vergnügen des Reisens verbunden hat. Vlady klinkt sich nochmal ein, ob ihm nicht manchmal was komisch vorgekommen sei bei den Übergaben oder ob er die Autos auf versteckte Fracht untersucht habe, auf Zollschmuggel oder Diebesgut?

»Wieso sollte ich? Ich habe die Papiere geprüft, und alles war legal. Auf Zoll-Pflichtigkeit zu prüfen ist nicht mein Job, das muss der Chef vorher tun. Und Zoll ist ja Sache von Käufer und Verkäufer oder nicht? Aber wir haben uns doch innerhalb der EU bewegt. Das ist doch auch alles legal. Wieso fragen Sie mich danach?«

Vlady: »Wir haben doch beobachtet, dass Sie in Baden-Baden wie selbstverständlich mitgeholfen haben, Kartons umzupacken!«

Der Holländer: »Selbstverständlich hilft man dabei. Und es ist doch normal, wenn man einen Wohnwagen übernimmt und ein lange Strecke vor sich hat, nimmt man immer was mit, Proviant, Toilettenartikel, Wäsche und sowas.«

Vlady: »Na ja, das können die doch vorerst mal in ihrem Auto behalten.«

Der Holländer: »Schon, aber oft setzt man sich auch zur Übergabe der Papiere im Wohnwagen oder Wohnmobil zusammen. Und in die Schränke und Gepäckstücke oder so schaue ich natürlich nicht hinein. Das ist privat und geht mich nichts an.«

Im Folgenden will Vlady noch mehr über den Chef, den Betrieb und die Abläufe wissen. Er erfährt, dass im Büro eine Sekretärin sei und ein Kaufmann und in der Werkstatt drei Karosseriebauer, von denen oft mal einer mitfährt, wenn Wägen abgeholt werden, und zwei weitere Hilfskräfte, die wie er nach Bedarf eingesetzt und nach Stunden bezahlt werden.

Zum Verhör werden nochmal die *amici* hereingeholt,

diesmal zusammen. Aber auch Marion und Fritz bekommen nicht mehr aus ihnen heraus. Nachdem sie ihnen gesagt haben, man wüsste durch Spuren und andere Beobachtungen schon ziemlich genau, was da morgens abgelaufen sei, auch wenn die Niedergeschlagenen sich nicht genau erinnerten, aber das Puzzlebild habe schon ganz gute Konturen. Die beiden schauen sich immer wieder an, bleiben aber stumm oder zucken mit den Achseln. Auch auf die Frage, warum sie bewaffnet unterwegs seien, zucken sie nur mit den Schultern. Also werden auch sie wieder in die Zellen »entlassen.«

Jetzt war es an der Zeit, die an verschiedenen Stellen angefragten Informationen abzurufen: Vlady beim BKA wegen der internationalen Anfragen zu den holländischen und italienischen Autonummern der beschlagnahmten Fahrzeuge; Peter bei der Kfz-Zulassungsstelle in Ludwigsburg wegen der früheren Zulassungen von Carlos Oldtimern. Und Marion will Dr. Gries informieren, dass Täterautos nach Stuttgart gebracht worden seien zum Zentralen Institut für Kriminaltechnik, damit er sich mit denen in Verbindung setzen kann.

Vlady erfährt, dass der Wohnwagen tatsächlich ein EU-zugelassenes Überführungs-Nummernschild hat und das Zugfahrzeug wirklich auf den Händler zugelassen ist, den der Student als seinen Arbeitgeber genannt hat. Der italienische SUV sei auf eine Privatperson in Bagheria nahe Palermo zugelassen. Die zugeschickten Bilder des Fahrzeugs würden zum Fahrzeug passen und mit der übermittelten Zulassungsnummer übereinstimmen, und die Video-Bilder der zugehörigen Person seien noch im Suchverfahren.

Peter erfährt von der Zulassungsstelle in Ludwigsburg: Carlo hat wirklich viele Autos selbst zugelassen, mit grünen Nummernschildern, die mit Überführungsnummern aus Italien gekommen sind. Auffälliges sei nicht dabei gewesen.

Dr. Gries hat von Fritz noch in der Nacht erfahren, dass Fahrzeuge zum ZIK unterwegs sind, und war selbst dort. Er konnte mit seinem neuen Verfahren die Reifen des Lancia einscannen und jetzt belegen, dass die Spurenlage eindeutig die Bewegungen des Fahrzeuges am Tat-Tag nachvollziehen lässt, so, wie man es angenommen hatte. Und auf den Kisten waren nur Fingerabdrücke vom Holländer und Carlo und eben Spuren von Latexhandschuhen. Auf den Videos vom Rendezvous und der Übergabe in Baden-Baden tragen die *amici* auch keine Kartons. Aber die Fingerabdrücke in den Autos passen zu ihnen beziehungsweise dem Italiener aus dem SUV. In diesem Auto habe man ein Fährticket Palermo-Genua und eine Buchung zurück mit Anhänger gefunden. Und im Wohnwagen habe man Überführungspapiere und Zollerklärungen zum Wagen gefunden, aber nichts Ähnliches zu den Antiquitäten in den Kartons und weiteren Kunstgegenständen in diversen Schränken, sonst nichts von dem, was man für Campingurlaub braucht, auch kein Proviant oder Lebensmittelvorräte außer Mineralwasser und Pulverkaffee. Die Schusswaffen seien seit längerem nicht abgefeuert worden, die Suche nach früherem Gebrauch bei Straftaten sei im Gange, Registriernummern unleserlich gemacht. Und die Messer wiesen keine Blutspuren auf.

Fritz stellt fest: »Die Verhöre auf Band mit Spracherkennung lassen wir jetzt ausdrucken. Die Ergebnisse der Spurensicherung sind schlüssig. Lasst uns also Pause machen, bis die große Runde zusammentritt. Oder besser noch, hungrig sind wir wahrscheinlich alle. Wir machen ein Arbeitsessen zur Vorbereitung auf die Ergebnispräsentation. Ich lasse gleich rumtelefonieren, wo noch genügend Tische frei sind. Wie wäre es in der Nähe, MARKT 13 ist gut für kleinen Imbiss, oder Bären oder Schillerhof? Vielleicht noch i-Dipfele am Torturm.« Und er holt einen Beamten aus der Wache, der die Umfrage übernimmt. Also werden Akten und Notizen geschlossen. Und schon ist der beauftragte Beamte wieder da: »Nur im Bären ist noch Platz für eine Runde dieser Größe.«

Marion ruft schnell noch Helga an, um sie in Kürze zu informieren und an das SoKo-Treffen zu erinnern. Dann geht sie nach draußen, weil sie keine Zuhörer haben will, und drückt auf die Handy-Taste ›Phil‹. Der ist schnell am Hörer. Insgeheim hat er schon länger auf den Anruf gewartet.

»Lieblingskommissarin. Wie geht es dir? Kann ich dich bald sehen?« Und Marion antwortet: »Ja, dringend. Ich bin so aufgedreht und brauch jetzt deine Schulter zum Anlehnen. Vor der Präsentation machen wir ein Arbeitsessen im Bären. Ich muss dich jetzt einfach um mich haben. Kommst du?« Phil seufzt: »Geht es dir wirklich gut?« Marion: »Ja, doch, aber die Ruhe, die du ausstrahlst, ist so wohltuend, und überhaupt …« Phil: »Ja, ich weiß, ich liebe dich auch. Bis gleich und Kuss.« Jetzt seufzt Marion innerlich und denkt: Was für ein Schmachtfetzen, wie im Groschenroman, aber schön.

Im Bären hat gerade der Versicherungsdetektiv Bablonski ein Schwabenpfännle mit Spätzle bestellt, als die Wirtin zwei Tische zusammenstellt und zu ihm sagt: »Ich stör Sie jetzt a'bissle, Aber s'goht net anderscht. Do kommet glei die drüba vom Polizei-Revier. Hänn't Sie net au was mit denne zum doa?« Bablonski: »Ja natürlich. Dann warten Sie mit dem Servieren, bis die da sind, und ich setze mich dann zu denen.«

Es sind kaum zehn Minuten vergangen, bis zunächst Phil kommt und dann die Nachtschichtler aus dem Polizei-Revier. Bablonski bittet darum, sich dazusetzen zu dürfen und ergattert sich – strategisch geschickt – den Platz zwischen Vlady und Fritz, die ihm dann auch gerne eine Kurzversion der Ereignisse der Nacht geben. Er beglückwünscht die Beteiligten zu ihrem Erfolg in der doch kurzen Zeit, während er überlegt, wie er der Versicherung gegenüber unterbreiten könne, dass er doch nicht unerheblich beigetragen habe, die wertvollen alten Kunstgegenstände zu retten, und dabei sei sogar noch ein internationaler Kunsthandel aufgeflogen, was für die Versicherer sicher noch wertvoller sein müsse.

Alle bestellen nur kleine Mahlzeiten, und bis das Essen kommt, beraten sie schon das Vorgehen später in der SoKo.

Vlady und Fritz sollen kompakt präsentieren, wie man die Beteiligung von dem zunächst stark verdächtigen schottisch-italienischen Paar Alma und Beato ausgeschlossen hat. Marion soll dann darlegen, wie man dank der Konzentration auf Beobachtung von Vorgängen in Benningen und über den Weinbergen die Route verfolgen konnte, die der verdächtigte Carlo mit dem Raubgut und den zwei italienischen Komplizen genommen hat, obwohl es keine GPS-Überwachung gab wegen des Fahrzeugwechsels vom Lancia auf ein spezielles Fahrzeug seines Benninger

Schwagers und Unternehmers. Details würden in abschließenden Protokollen niedergelegt werden. Vlady soll dann die Vorbereitung und Durchführung des Zugriffs am Treffpunkt der Übergabe des Raubguts darstellen. Man habe davon gut erkennbare Videos. Erste Vernehmung und gute Übereinstimmung mit Abläufen auf den Videos und Ergebnissen aus der Spurensicherung würden sich gut decken mit der Annahme, dass eine oder mehrere sizilianische Organisationen sich eines holländischen Caravanhändlers bedienen, Antiquitäten und Kunstgegenstände in seinen Fahrzeugen im Laufe der Überführung nach Italien unterzubringen. Vielleicht bekäme Vlady über Wiesbaden noch Hinweise zu den italienischen Komplizen und dem Fahrzeug nebst Fahrer, die den Wohnwagen übernehmen sollten. Fritz will wissen, wie er denn jetzt fünf in seinen Zellen Festgenommene wieder loswerden kann. Vlady und Marion erklären ihm, das sei jetzt ein Problem des Föderalismus zwischen Ländern und Polizeipräsidien. Zwischen Baden und Württemberg, also Karlsruhe und Böblingen-Ludwigsburg und zwischen Baden-Württemberg und BKA: Das lassen wir Staatsanwalt und Polizeipräsidenten entscheiden.

Während des Essens wurden noch kleiner Details beraten, jetzt brechen sie zeitig genug auf zum kurzen Spaziergang durch Bärengasse und Rathausgasse, durch das Stadtmauertor am Turm mit der Pechnase und über die Grabenstraße zum Rundbau des Polizeireviers. Marion hat sich bei Phil eingehakt und angelehnt und geht neben Vlady. Als sie durch das Tor in der Stadtmauer gehen, atmet sie einmal tief durch, blickt zu Phil auf und sagt zu Vlady: »Jetzt gehen wir wieder im Konvoi, wie wir in der Nacht durch die Gegend gerast sind. Jetzt geht es mir besser, weil ich Phil neben mir habe. In der Nacht hatte ich mehrere kritische Momente, und da war ich froh, wenn du, Vlady, dich im Funkverkehr gemeldet hast und wenn ich Fritz im Hintergrund wusste. Zweimal haben wir den ›Altwaren-Transport‹ verloren. Und auf dem Rastplatz Baden-Baden war zweimal eine ziemlich unübersichtliche Situation. Ich war wirklich froh, mich dabei nicht alleine zu fühlen. Es war kein Glück, dass wir dann doch noch alles richtig gemacht haben, sondern das Ergebnis guter Zusammenarbeit. Und Fritz hat mir durchgegeben, dass sie einen übernervösen Phil im Griff haben, und hat immer wieder bestätigt, Unterstützung sei vorhanden. Von dir Vlady habe ich stets die Rückmeldung bekommen, dass im Hintergrund MEK und deine Beobachtungen auf uns gerichtet sind, und mein Assistent Wil hat mit den Kollegen aus den BMWs mit gezückter Waffe den hinteren Teil des Schutzrings gebildet. Teamarbeit ist so ein abgenützter Begriff. Das war mehr. Auf eine Funkdurchsage, also auf die Schilderung einer Situation, die man nicht selbst sieht oder kennt, zu reagieren, das erfordert viel Vertrauen. Und ich bin so dankbar, dass ich bei diesem Einsatz heute Nacht von einer Kollegenschaft umgeben war, der ich vertrauen konnte. Es hätte ja alles auch daneben gehen können.«

Vlady schaut ihr in die Augen, die blauen, die gerade gar nicht elektrisieren, sondern zweifeln, und erwidert: »Sag jedem Einzelnen das einfach auch noch einmal. Und: Jemanden, der über seinen Einsatz so reflektiert wie du, den könnte ich im selbstgefälligen Personalbereich meines derzeitigen Referates in Wiesbaden gebrauchen. Schau doch in die Stellenausschreibungen hinein. Ich habe eine Umorganisation in die Wege geleitet.«

Marion schaut ihn baff an, man sieht die blauen Augen nur noch aus schmalen Schlitzen blinzeln, und fragt: »Ist das eine Aufforderung zur Bewerbung? Ich bin mit gerade Dreißig schon mächtig stolz darauf, hier Dezernatsleiterin geworden zu sein. Da braucht man doch mehr Erfahrung und Routine, um im BKA bundesweit mit den Behörden zu agieren. Ist das dein Ernst?«

Vlady: »Ja, nicht Siegfried, sondern wirklich Ernst. Wir brauchen keine Helden in der übergeordneten Behörde, sondern Menschen, die entscheidungsfreudig, aber analytisch-basiert agierend die operativen Einheiten anleiten. Das traue ich dir schon zu. Aber jetzt zur Gegenwart. Wir sind gleich da.«

Im Besprechungsraum des Reviers treffen sie noch Vera, die Innendienstleiterin des Dezernats Raub, an, und die »Externe«, die Trainerin des Rudervereins, Helga. Von Vera erfährt Marion, dass sämtliche Protokolle schon in der Rohfassung fertig sind und auch die letzten Befragungen keine weiterführenden Erkenntnisse erbracht haben, und von Helga, dass man im Ruderverein noch nicht erfahren hat, was sich in der Nacht ereignet hat, aber sehr in Sorge sei, in der einen Hinsicht um die wertvollen Antiquitäten, und in der anderen Hinsicht um die vermutete Beteiligung von Vereinsmitgliedern an der Tat. Es seien ja doch etliche von ihnen befragt und auch observiert worden. Das sei nicht unbemerkt geblieben.

Unterdessen trifft der Leiter des Präsidiums Böblingen-Ludwigsburg ein, spricht eine Gratulation für den erfolgreichen Abschluss der Fahndung aus und bittet um eine Verschiebung des Beginns, weil der Staatsanwalt wegen interner Angelegenheit erst etwa zehn bis fünfzehn Minuten später kommen können täte (schwäbischer Konjunktiv).

Vlady nutzt diese Pause zum Anruf in Wiesbaden, um in Erfahrung zu bringen, was die Anfragen bei den Behörden in Sizilien ergeben haben in Hinsicht Abgleich Fingerabdrücke und Eintragungen ins Strafregister der zwei *amici* und des Fahrers des italienischen SUV.

Gerade als er den Hörer auflegt, kommt der Staatsanwalt herein und winkt in die Runde. »Grüß Gott euch alle, tut mir leid, mehrere Fälle gleichzeitig, nicht aber gleichzeitig so gute Nachrichten wie von dem hier. Also Herr Präsident und Herr Fritz, walten sie ihres Amtes, damit ich entscheiden kann, wie es rechtlich weitergehen soll.«

Kompakt und kurz fassen Vlady, Fritz und Marion zusammen, wie die Faktenlage war, von der Beobachtung des ›Altwaren-Transports‹ bis zur Übergabe an den Weitertransport ab Baden-Baden, und wie das zu interpretieren ist. Auch mit modernen Mitteln seien Beweise gerichtsfest gesichert dank der richterlichen Genehmigungen zur Überwachung des Sprachverkehrs und zum Einsatz von Video-Mitteln. »Dank ihres Einsatzes, Herr Staatsanwalt!« Der bedankt sich: »Das ist schon recht komplex, aber wie es so kurz und prägnant vorgetragen worden ist, stelle ich fest:

1. Meiner Meinung nach ist eine Entschuldigung bei dem Archäologen und der Schottin angebracht, mit der Erklärung, dass auch Unschuld zu beweisen eine Aufgabe meiner Ermittlungsbehörde ist.

2. Dem holländischen Fahrer, der den Wohnwagen hergefahren hat, wird nach der jetzigen Beweislage kein deut-

sches oder holländisches Gericht eine Strafe ohne Bewährung beimessen, und er hat einen festen Wohnsitz und ein Ziel, das Studium abzuschließen. Über seinen Auftraggeber, den Wohnmobilhändler hat ein holländisches Gericht zu entscheiden, und nicht wir. Den schicken wir heim, und dann brauchen wir uns auch nicht mehr um das Auto zu kümmern, das jetzt in Stuttgart steht. Der Herr Oberrat Vlady kann das bestimmt seinem Staatsanwalt, der ja mit Holland zusammenschaffen muss, so verkaufen.

3. Die Beweislage derzeit für den Inhaftierten Benninger Carlo Dings … deutet eher auf eine gedungene Mittäterschaft hin als auf eine Hauptschuld. Das wird nur auf eine Bewährungsstrafe hinauslaufen. Die Frage von Frau Marion nach den Handschuhen ist der Schlüssel zur Entlastung. Denn als Profi hätte er die angehabt, und die Italiener wollten vorerst immer noch auf Nummer sicher gehen, was Spuren angeht. Soll der Haftrichter entscheiden. Ich täte den jetzt heimlassen und unter Beobachtung halten.

4. Das mit dem Wohnwagenhändler und dem Kunsthändler, und wie die ihre Transporte von irgendwo nach Sizilien organisieren, interessiert mich und meine mir unterstellt Behörde nicht. Das gebe ich nach Wiesbaden ab.

Fritz und der Präsident fragen nach: »Wir können also abschließen und die Akten fertigmachen?«

»Ja, je früher desto besser. Dann kann ich auch bald die Anklageschrift einreichen. Nur mit dem, was die Rolle der Italiener und des Holländers betrifft, arbeitet ihr weiter dem BKA zu. Der Herr Vlady hat sicher noch einiges zu klären. Übernehmen Sie doch gleich. Und ich verabschiede mich mit Dank für die Zusammenarbeit mit Ihnen, Herr

Kriminaloberrat, und allen Mitgliedern der Sonderkommission.«

Vlady versichert sich: »Ich brauche also keinen Amtshilfeantrag stellen?« Und als der Staatsanwalt nickt, bittet er um eine kurze Pause, um in Wiesbaden anzurufen, was die Anfragen in Sizilien und Holland ergeben haben. Der Staatsanwalt packt seine Unterlagen zusammen, schüttelt jedem die Hand und verschwindet eilig.

Nach zehn Minuten kommt Vlady zurück und berichtet: »Der Fahrer des SUV aus Bagheria hat einiges im Strafregister stehen, und seine eingespeicherten Fingerabdrücke stimmen überein mit den jetzt abgenommenen und im Auto gefundenen. Er ist also eindeutig identifiziert. Die beiden anderen Italiener sind anhand von Fingerabdrücken und der Video-Fotos auch identifiziert. Das sind bekannte Kleinkriminelle eines Clans von Einbrechern und Dieben. Ein Zuarbeiten zum Antikhändler als Hehler war immer vermutet, nur noch nicht nachweisbar. Verbindung zur Ndrangheta bestehen nicht oder sind nicht bekannt. Auslieferung wird beantragt durch den Generalstaatsanwalt Sizilien und Apulien. Vorerst werden wir sie alle noch heute dem Haftrichter vorführen. Der Staatsanwalt ist zwar schon weg, aber er hat uns das ja überlassen, geht auch so. Vielleicht kann jemand das schon veranlassen?«

Marion schickt Wil dazu los, und Vlady fährt fort: »Aus Holland wird bestätigt, dass gegen den jungen Mann, der das Wohnwagengespann hergefahren hat, nichts vorliegt, auch nichts gegen den Caravan- und Wohnwagen-Händler. Allerdings sei schon mal gegen ihn ermittelt worden, ohne Erfolg, wegen des Verdachts der Insolvenzverschleppung. Und seine internationalen Aktivitäten sind bekannt. Der junge Mann hat offensichtlich die Wahrheit gesagt. Ich stimme mit eurem Staatsanwalt überein. Wir können ihn heimschicken, auch mit dem Firmenauto, wenn die Kriminaltechnik den freigibt. Könnte mal jemand nachfragen? Dann erfahren wir, ob sonst noch relevante Entdeckungen gemacht worden sind.«

Dr. Gries steht auf. »Ich übernehme das, wollte sowie selbst noch nachhaken.«

Wil kommt zurück mit der Nachricht: »Der Haftrichter hat sowieso in Stammheim zu tun. Wir sollen die hinbringen, bis 17 Uhr. Ich habe gleich den Transport veranlasst. Ich könnte ja mitfahren.«

Marion erwidert: »Ich übernehme das. Wir müssen noch die BMWs und den Porsche nach Ludwigsburg bringen. Nimm du einen, Paul nimmt den Porsche und kann damit auch gleich den Holländer zum ZIK nach Stuttgart bringen, wenn dessen Auto freigegeben ist, und auf der Rückfahrt kann Paul den Porsche abliefern. Bezüglich des zweiten BMWs einigt euch.«

Dr. Gries kommt zurück und vermeldet: »Das Holländer-Gespann kann abgeholt werden, aber vor Feierabend und Wochenende, wenn's geht. Und dann wollen die wissen, was mit den anderen Autos geschieht und was mit den Kunstgegenständen. Die müssen ja auch weg.«

Der Präsident meldet sich: »Die sind ja beschlagnahmt. Sollen übers Wochenende dort stehen bleiben. Ich kümmere mich am Montag drum.«

Und Vera meldet sich: »Wenn hier in Marbach Gelegenheit besteht, die Protokolle auszudrucken, könnten die Inhaftierten gleich unterschreiben, bevor sie weggebracht werden. Über Spracherkennung und Autokorrektur sind die eigentlich schon aktenfertig auf den Aufnahmegeräten.«

Fritz hebt den Finger. »Klar, geht das. Wir gehen gleich zum Schreibbüro. Aber eine andere Frage: Ich habe den Eindruck, wir sind mit allem durch, was noch zu klären war.«

Allseits Zustimmung. Nur der Präsident meldet sich: »Wir können dann für heute wirklich schließen. Und morgen wartet, trotz Samstag, Etliches an Routinearbeit auf alle, deshalb machen wir Feierabend, bis auf diejenigen, die jetzt noch Spezialaufträge haben, wie Autos oder Täter wegzubringen etc. Leider kann ich so auch nicht zum gemeinsamen Erfolgsschoppen aufrufen. Das holen wir nach. Ich danke euch, und dem BKA wünsche ich noch weiteren Erfolg. Das war eine sehr angenehme Zusammenarbeit, wie schon beim letzten Mal.«

Alle klatschen, Bablonki steht auf und hebt die Hand. »Es ist schon alles gesagt, nur noch nicht von mir. Das Entgegenkommen, hier mitzuhorchen zu dürfen, richtig mitwirken konnte ich ja nicht, weil ich wieder mal falsch lag, war nicht ganz selbstverständlich. Ich werde anregen, dass die Versicherung vielleicht was spendet. Natürlich nicht den Beamten, das gäbe Probleme, aber dem Ruderverein und dem Wirt. Und wer nicht zu müde ist und Lust hat, ich gebe im Bären eine oder mehrere Runden aus.«

Nochmal gibt es ein Klatschen und mehrheitliches Achselzucken: »Geht nicht«, »Noch zu tun« oder »Schlafen legen«, »Muss zum Training, die Mannschaften warten.« Nur Vlady und Michele nicken. »Wir wollen dort noch essen, wohnen auch dort, da nehmen wir einen kurzen Umtrunk gerne mit.«

Marion sagt zu Phil: »Aber du kannst doch auch mit. Ich bin ja unterwegs nach Stammheim, schlafe lieber daheim und bin dann früh im Dezernat.« Phil: »Ich rufe dann früh an.«

So löst sich die SoKo auf, und im Bären gibt es eine schwäbische Vesper aus eigener Produktion, Trollinger aus der Steillage und anregende Gespräche – nicht über Kriminalfälle, sondern über Geschichte allgemein und die Marbachs und Württembergs insbesondere. Phil erzählt, dass das Herzogtum Württemberg am Ende des Mittelalters einmal bis nach Oberitalien und Burgund gereicht hat, und Montbeliard im heutigen Frankreich auf Schwäbisch Mömpelgard geheißen hat, und mit dem Besitztum in der burgundischen Pforte die Württemberger den Verkehr nach Südwesteuropa und zum Mittelmeer unter Kontrolle hatten, weil auch die heutige Schweiz und Vorarlberg württembergisch war. Und Zarentöchter waren später schwäbische Königinnen. Und der letzte württembergische König ist sonntags mit seinen Hunden in der Stadt spazierengegangen, um sich mit den Leuten zu unterhalten, die ihn höflich gegrüßt haben: »Grüß Gott, Herr Kenig, was macht's Regiere?« – Es ist später geworden, als beabsichtigt.

Helga ist sofort zum Bootshaus gefahren. Wie es abgesprochen war, haben das Nachwuchs-Training die Kinder-Trainer schon übernommen, und für das Training der Junioren und für den Breitensport war es noch etwas zu früh. Deshalb geht sie noch vor dem Umziehen hinüber in den Gastronomie-Trakt zu Dimo, um ihm die aktuellen Nachrichten zu überbringen. Der hat sich nach dem Krankenhausaufenthalt schon voll erholt, leidet zwar noch unter Kopfschmerzen und ab und zu Schwindel – was er vollständig negiert –, aber er hat wieder ganz die Organisation seines Betriebes übernommen. Er prüft gerade die Vorräte für das Wochenende, und Helga findet ihn im Kühlraum.

»Dimo, komm mal raus und setz dich hin. Es gibt neue Nachrichten von der Polizei.«

Weil er hochfährt, gerät er ins Schwanken. Helga hält ihn fest, führt ihn in den Biergarten hinaus, und sie setzen sich unter einen Baum.

»Keine Angst, nichts Schlechtes, wie du gerade anscheinend gedacht hast.«

»Nein, das Wackeln beim Umdrehen kommt noch vom K.o.-Schlag, haben sie gesagt. Erzähl!«

Nachdem er erfahren hat, dass in der Nacht die Täter dingfest gemacht worden sind und seine Funde wohlbehalten in Stuttgart bei der Spurensicherung sind, kommen ihm die Tränen. Er springt auf und ruft hinüber zur Theke: »Jubel! Zwei dreifache Ouzo her!« Helga ruft hinterher: »Lieber zwei Latte macchiato, du musst arbeiten und ich zum Training.«

Später informiert sie auch die Ruderinnen und Ruderer und spürt an deren tiefem Durchatmen der Erleichterung, wie sehr dieses Ereignis anfangs der Wochen doch bei allen im Verborgenen Spuren hinterlassen hat. Besonders bei den Breiten- und Gesundheitssportlern gibt es viele Fragen und deutliche Erleichterung. Eine unterschwellig bedrückte Stimmung war in den letzten Tagen nicht zu verleugnen gewesen, und mancher hat insgeheim Gedanken gewälzt, es sei einer von ihnen in Verdacht der Mittäterschaft geraten.

Helga konnte sie beruhigen. »Täter und Mittäter sind in Haft. Man hat in der Sonderkommission mehrfach betont, dass eine kriminalistische Arbeit auch dem Beweis der Unschuld dienen muss. Die Tatsache, dass die Kommissarin und Phil hier mitrudern und die meisten von uns ganz gut kennen, hat viel Verdacht auf Täterschaft aus dem Verein heraus von uns abgewendet.« Und etwas abseits erklärt sie auch Alma und Beato, warum sie observiert und genauer befragt worden sind: Beato als Fachmann mit offensichtlichem Interesse an den Fundstücken und Alma, weil sie irgendwie geheimnisvoll mit ihm zusammen manchmal den anderen aus dem Weg gingen. Da lächeln sich die beiden an. »Weil wir nicht vor den anderen zeigen wollten, wie verliebt wir sind.« Helga dazu: »Ich habe das schon bemerkt und den Ermittlern auch so gesagt. Ihr wart dann doch aus der Verdachtszone.«

Wegen verzögerten Trainingsbeginns und schon früh einsetzender Dämmerung war das Rudern zu kurz gekommen an diesem Abend, aber keiner ist unzufrieden nach Hause gegangen.

Kapitel 12

Endlich Wochenende

Bablonski, Vlady und Michele haben noch zusammen gefrühstückt und sich dann auf den Heimweg begeben.

Marion hat noch abends nach der Rückkehr aus Stammheim das ganze Dezernat für den frühen Samstagmorgen zusammengerufen: »Wir machen einen großen Aufwasch und schleppen diesen Fall nicht mehr in die nächste Woche.«

Phil war nach den mehrfachen Aufforderungen von Bablonski – »Noch ein Flasche, ich bin schließlich Rheinländer und kein Schwabe« – vom Bären aus leicht schwankend die Niklastorstraße hinunter- und wieder den Kirchenweinberg hinaufgewandert und deshalb nicht sehr früh aufgestanden. Beim Frühstück mit mehr Tee als fester Nahrung liest er in der Marbacher Zeitung:

RAUB ANTIKER KUNST AUFGEKLÄRT

Am vergangenen Montag war in der Gaststätte »Bei Dimo im Bootshaus« in Marbach in einem spektakulären Überfall eine Sammlung antiker hellenischer Kunst und anderer Gegenstände aus griechischen Grabungsstätten entwendet worden. Es hatte einen schwer und einen leicht Verletzten gegeben (unsere Zeitung hat kurz berichtet). Der Pressedienst des Polizeipräsidiums Ludwigsburg teilt uns jetzt mit, dass dank einer Sonderkommission mit Beteiligung des Bundeskriminalamtes nicht nur die wertvollen Fundstücke alter hellenischer Kunst gerettet werden konnten, sondern sogar das Zusammenwirken internationaler krimineller Gruppen aufgeklärt wurde. Die SoKo hat vom Polizeirevier Marbach aus mit dem 1. Hauptkommissar Batholom und der Staatsanwaltschaft Heilbronn agiert. Beteiligt waren dabei das Dezernat Raub in Ludwigsburg mit seiner Leiterin Kriminalhauptkommissarin Elfrich und der Leiter der Abteilung Internationale Verbindungen im BKA Wiesbaden, Kriminaloberrat Perschow. Außerdem wurden zwei Marbacher Personen und ein Versicherungsdetektiv hinzugezogen. Obwohl die Ermittlungen praktisch abgeschlossen sind, will die Polizei erst zu einem späteren Zeitpunkt Details zur Tat freigeben. Wir werden weiter berichten.

Als Phil endlich Marion anruft, ist die gerade in der Pause, die bei der Zusammenfassung der Protokolle und sonstiger Unterlagen für den Bericht des Staatsanwaltes eingelegt wurde, und sie steht vor der Tür an der frischen Luft eines lauen Herbstvormittags in Ludwigsburg. Als das Handy schnurrt, schaut sie gerade auf die Straße hinunter, wo reger Verkehr herrscht von Fußgängern und Fahrzeugen, mehrheitlich in Richtung Innenstadt und vermutlich zum Markt. Sie sieht auf dem Display, dass es Phil ist, und sagt sofort nach der Annahme des Gesprächs: »Mein lieber Alter! Du wolltest früh anrufen, jetzt ist es schon spät! Ich liebe dich trotzdem. War was?« Phil antwortet: »War gestern ein langer Abend mit den spendablen Runden des Bablonski. Der ist, glaube ich, sehr erleichtert über den Ausgang der Fahndung. Aber was ist bei euch?« Marion berichtet, dass sie die letzten Berichte zusammenstellen. »Die Protokolle sind alle gesichtet, unterzeichnet. Bis Mittag werden wir fertig werden. Und dann habe ich was mit dir vor: Wir machen einen Wochenendausflug in den Schwarzwald. Packe deine Sachen und komm. Wir treffen uns in meiner Wohnung. Dann erzähl ich dir, was ich mir ausgedacht habe.«

Phil räumt seine Wohnung auf, übt noch fast eine Stunde auf der Oboe, packt seine Reisetasche und setzt sich in die S-Bahn. Statt auf das Handy zu starren wie seine Mitreisenden genießt er den Ausblick. Vom Viadukt aus sieht er Ruderboote auf dem Neckar und freut sich am Gedanken, dass wieder Ruhe einkehren kann im Verein und bei schönstem Herbstwetter unbeschwert gerudert werden kann. Dann schaut er auf die Weinberge gegenüber von Benningen und glaubt, die Hütte zu erkennen, wo Carlo die *amici* und die Beute versteckt hat, und folgt zwischen Benningen und Freiberg mit seinen Blicken dem gegenüberliegenden Höhenweg, den die mit dem AMG genommen haben, um nach Pleidelsheim statt zur Autobahn zu fahren. Dann sagt er sich: Lass die Vergangenheit vergangen sein und erfreu dich am Farbenspiel, wie das gedämpfte goldgelbe Sonnenlicht den braunen Flächen der abgeernteten Felder noch Leben einhaucht und die changierenden Gelb-Braun-Rot-Farbtöne der Bäume in den Obstwiesen und im Favoritepark zum Leuchten bringt. Auf dem Weg vom Bahnhof zu Marions Wohnung in der Oststadt nimmt er einen kleinen Umweg über das Residenzschloss und geht durch den Barockgarten, wo immer noch eine prachtvolle Rosenblüte zu sehen ist. Marion ist noch nicht da, also holt er seinen Nachschlüssel aus der Tasche und geht ins Wohnzimmer. Die LUDWIGSBURGER ZEITUNG liegt auf dem Tisch, und beim Durchblättern entdeckt er fast denselben Artikel zur Aufklärung ihres Falles wie in der MARBACHER. Da klappert auch schon der Schlüssel im Schloss, und Marion kommt herein, entdeckt ihn auf der Couch, lässt sich neben ihm hinfallen, legt ihren Kopf auf seine Oberschenkel und sagt mit strahlendem Blau in den Augen: »Mein liebster aller meiner Männer, es ist geschafft, und wir machen jetzt ein Genuss-Wochenende. Ich habe in der Nacht auf der Jagd nach dem ›Altwaren-Transport‹, als wir auf die Autobahn gegangen sind, gedacht, der Weg auf Bundesstraßen durch den Schwarzwald muss im Spätsommer-Bunt der Wälder doch wunderschön sein. Und den nehmen wir jetzt. Was sagst du dazu?«

Phil blickt hinunter in das strahlende Gesicht und bekommt ein zartes *dolce con sordino* in seine Stimmlage: »Du bist nicht nur eine Traumfrau, du hast auch traumhafte Ideen. Das machen wir, das ist gut zum Stressabbau und Sahne für die Seele. Hast du auch einen Plan?« Sie: »Nein, wir machen eine Fahrt ins Blaue und suchen uns unterwegs spontan Sehenswürdigkeiten. Gib mir einen Kuss, du Schmeichler, dann mach in mich fertig und packe meine Sachen. Und du schaust in Kühlschrank und Speisekammer nach Reiseproviant.«

So geschieht es. Beim Einpacken von Reisetaschen und Proviant in das Auto bittet Phil um die Autoschlüssel mit dem Worten: »Du bist die halbe Nacht mit dem Auto durch die Gegend gerast, so, dass ich Angst um dich bekommen habe. Jetzt will ich dich fahren, damit du die Gegend genießen kannst.« Sie: »Phil, du weißt schon, das ist kein normaler Peugeot, sondern ein Fahrzeug für Rundstreckenrennen. Da braucht man sensible Gas- und

Bremsfüße!« Er: »Weiß ich doch. Ich bin auch mal schnell Auto gefahren, früher, jetzt nicht mehr. Alter macht vernünftig. Ich gehe mit deinem Auto genauso sanft um wie mit dir, und wertvolle Fracht darf nicht in Gefahr gebracht werden.« Sie: »Jetzt kokettierst du wieder mit deinen paar Jährchen, von denen du glaubst, die machen dich schlau. Du bist doch verliebt wie ein Schulbub, du Schmeichler. Da, nimm den Schlüssel, ich nehme die Karte und dirigiere dich. Wir fahren zuerst die Strecke, von der ich in der Nacht nur vorbeirauschende Straßenränder gesehen habe, und bei Pforzheim sehen wir weiter.«

Phil weiß, dass hinter dieser Bestimmtheit viel Liebe verborgen ist, küsst in die Luft in ihre Richtung und erntet einen Gegenkuss mit einem unendlich liebevollen Ausdruck in ihren Augen. Er fährt dann unter der Autobahnauffahrt Ludwigsburg Süd an Möglingen vorbei auf die B10 bis Pforzheim. Als sie die Autobahn unterqueren, erzählt Marion, dass sie in der Nacht hier auf die A8 gegangen ist und den steilen Anstieg hinauf auch mächtig Dampf gemacht hat. Sei »toll gewesen«, was Phil wiederum umkehrt in »Mir hat es Sorgen bereitet um dich.«

Marion reagiert darauf nicht, sondern gibt vor: »Fahr weiter auf die B463, dann kommen wir von der Enz in das Nagold-Tal. Das schauen wir uns jetzt an.«

Phil fährt sanft gleitend durch die weiten Bögen der Straße neben der Nagold, im Wechsel von Licht und Schatten. Man sieht ab und zu den Fluss, dann Auen, und wieder fährt man durch Wälder.

Phil fragt: »Wollen wir nicht einen schönen Parkplatz suchen und dort unseren Proviant öffnen, aber Marion meint: »Es ist nicht mehr weit nach Calw, da machen wir einen Rundgang und suchen uns eine Vesperbank.«

Sie passieren Bad Liebenzell, wo Marion meint, Kurorte seinen immer langweilig, die brauche man nicht zu besichtigen. »Wir wollen Hesses Geburtsort sehen, und keine Kurgäste.«

Phil drosselt schon am Ortsschild Calw das Tempo und blickt sich nach Parkmöglichkeit um. Die erste große Einfahrt in den Ort lässt er hinter sich und sieht das Hinweisschild Bahnhof: »Dort fahre ich hin, das gibt es meistens Parkplätze. Und er hat recht. Sie können dort das Auto abstellen, nehmen die Provianttasche, überqueren die Nagold und sehen weiter oben eine alte Brücke. Die streben sie an, setzen sich neben der Hesse-Statue auf die Mauer, und sie Vespern dort unter den Augen von Hesse mit Blick aufs Wasser und die alte Stadt. Sie werden von den Passanten etwas argwöhnisch beäugt, vor allem, als Phil Marion in den Arm nimmt, ihr ins Ohr flüstert, das sei eines seiner romantischsten Vesperpausen, und sie herzhaft küsst.

Sie werfen einen Blick in die Nikolauskapelle, machen einen Bummel vorbei am Hesse-Brunnen und am Hesse-Museum und mit Blick auf Sonnenstand und Uhr beschließen sie, dass noch genügend Zeit ist, zum Kloster Hirsau zu fahren, auch wenn es nur für einen Eindruck reicht, bevor es dunkel wird und man dann vielleicht in Nagold ein Nachtquartier sucht.

Sie gehen zurück zum Auto, und Marion holt schnell das Tablet raus und studiert auf den wenigen Kilometern zurück nach Hirsau das Wichtigste zum Kloster und seiner Geschichte. Das Licht reicht noch für einen Rundgang durch die imposante Anlage, die sie erst verlassen, als es schon deutlich dämmert. Es ist aber noch hell genug, um die weitere Fahrt entlang der Flußschleifen zu genießen und ab und zu das verdämmernde Rot des Himmels anzusehen, nachdem die Sonne sich schon hinter die Höhen verzogen hat.

Sie erreichen Nagold im Dunkeln. Phil folgt dem Schild »Innenstadt«, und kaum hundert Meter weiter sieht er den Parkplatz Stadtmitte, der noch Lücken aufweist. Sie steigen aus, begeben sich auf einen Stadtbummel und erfreuen sich am beleuchteten alten Fachwerk, kommen über eine kleine Brücke bis zum Stadtpark. Dort drehen sie um mit der Absicht, jetzt eine Bleibe für die Nacht und ein hübsches Restaurant für ein gediegenes Abendessen zu finden. Hinter dem Brückchen biegen sie links ab, kommen an einem Brunnen vorbei, und am Rathaus sagt Marion: »Gehen wir zurück Richtung Auto. Hier in dieser Richtung war nichts, aber ich glaube an einem der größeren und schöneren Fachwerkhäuser war ein Schild ›Hotel‹.«

Und tatsächlich stehen sie vor dem Hotel Adler, schauen hinein und finden das attraktiv. Marion hängt sich bei Phil ein, zieht ihn Richtung Rezeption und sagt: »Frag doch mal!« Er tut das und bekommt zur Antwort: »Ja, zwei Einzelzimmer sind frei.« Auf Phils spontanes »Nein, Doppelzimmer« erfährt er, dass auch noch ein Doppelzimmer mit getrennten Betten für ihn und seine Tochter frei sei. Marion lacht los und erklärt: »Wir sind seit einem Jahr ein Paar und schlafen immer zusammen, worauf die Blicke der Rezeptionistin zwischen beiden hin und her wandern und sie antwortet: »Dann bekommen sie ein Doppelzimmer im Altbau mit historischer Einrichtung.«

Als Phil auf Marion herunterschaut, grinsend mit der

Bemerkung: »Da hast du's, eine historische Einrichtung«, bekommt er einen Kuss, und die Dame hinter dem Empfangstresen stammelt: »Oh, ach Herrje, nein, das war nicht beabsichtigt doppeldeutig. Sie kommen in den Genuss eines Zimmer mit sehr schönem Schwarzwälder Mobiliar« und händigt den Schlüssel aus mit der Anmerkung: »Das Auto stellen Sie in die Tiefgarage, das ist kostenlos und sicherer. Ich wünsche schönen Aufenthalt. Und bitte, das war keine Anspielung. Sie machen einen so sympathischen Eindruck, und Ihre Vertrautheit miteinander ist so gut für erfahrene Hoteliers erkennbar, dass ich auf ein familiäres Verhältnis getippt habe, und nicht auf eine Affäre. Oh nein, schon wieder verkehrt. Ich meine eine Liebesbeziehung.« Was Marion zu der Bemerkung veranlasst: »Solch gute Beobachterinnen könnte man bei der Kriminalpolizei gut gebrauchen.« Sofort kommt von der Rezeptionistin ein »Ach, Kriminalpolizei! Ich habe mitgelesen, wie sie den Anmeldebogen ausgefüllt haben. Und da kam mir der Name Elfrich irgendwie bekannt vor. Da stand heute Morgen was in den STUTTGARTER NACHRICHTEN mit diesem Namen. Wissen Sie, wir haben eine große Auswahl von Tageszeitungen für unsere Gäste, und die blättere ich morgens selber durch, bevor ich sie auslege. Da war was in Marbach mit diesem Namen einer Kriminalkommissarin im Bericht. Sind Sie das?« Marion wird wieder mal rot, und Phil antwortet für sie: »Ja, das ist sie. Aber vergessen Sie das bitte gleich wieder. Wir erholen uns gerade von diesem Fall.« Er bekommt Diskretion versichert, gibt Marion den Schlüssel: »Geh schon hinauf. Ich bring das Auto in die Tiefgarage und komme mit dem Gepäck nach.«

Phil kommt mit den beiden Reisetaschen ins Zimmer.

Marion liegt auf einem der Betten, streckt die Hände zu ihm aus und flüstert *dolce* und *piano*: »Komm, leg dich zu mir. Wir müssen die Betten testen, in welchem man zu zweit besser liegt.« (Was für Fragen, würde mancher sagen, nicht ums Ergebnis, was am besten, ging es hier, nein nur um das Testen). Der Test fiel in beiden Betten befriedigend aus *(honnie soit qui mal y pense)*. Sie haben dann ein kurzes Erschöpfungs-Nickerchen gemacht, geduscht, und jetzt gehen sie beglückt, wohlriechend nach den Duschgels und den zweien von Marion sorgsam ausgewählten Duftwässerchen entspannt ins Restaurant. Sie schauen sich dort um und sehen keinen freien kleinen Tisch. Der Ober kommt und bedauert, sie müssten sich irgendwo dazusetzen. Phil entdeckt in einer Ecke Beato, den rudernden Archäologen, an einem Vierertisch, an dem noch zwei Plätze frei sind, und sagt zu Marion: »Dort hinten sitzt Beato, was meinst du, gut oder schlecht?« Und Marion dreht sich zum Ober um und bittet ihn, dort zu fragen, ob sich noch zwei Personen dazusetzen können. Der kommt zurück mit der Antwort: »Die Herrschaften haben nichts dagegen« und geleitet sie zum Tisch. Phil flüstert Marion ins Ohr: »Pass auf, wie die überrascht sein werden. Mal sehn, ob wir willkommen sind oder ob sie nachtragend sind.«

Alma und Beato sind nicht nachtragend, sondern freuen sich über diese überraschende Begegnung mal außerhalb der Ruderns und meinen, sie hätten sich vielleicht auch gerne mal etwas mehr mit Phil und Marion ausgetauscht. Aber sie sollen sich erst um die Bestellung kümmern, ihre sei auch erst gerade erfolgt, und bis zum Essen kann man schon einiges reden.

Der Ober kommt mit der Karte, und sie bestellen sich

erstmal nur Mineralwasser. Auf Phils Vorschlag hin bestellen sie sich dann als Vorspeise, die sie sich teilen wollen, einmal Geräuchertes Forellenfilet aus dem Schwarzwald mit Preiselbeeren-Sahnemeerrettich, Toast und Butter, mit zwei Tellern für uns beide als Vorspeise, dazu eine kleine Karaffe 0,2 spritzigen Rosé aus der Ortenau. Als Hauptgericht entscheidet Marion sich für Rehnüssli mit Wildjus, Aprikosen-Pfifferlingen und Serviettenknödel und Phil für Gebratene Entenbrust mit Madeira-Orangenjus und auch Serviettenknödel. Dazu lassen sie sich vom Ober eine Flasche Varnhalter Morgenvogel Frühburgunder empfehlen.

Und sie prosten sich erstmal mit Mineralwasser zu, bevor Alma sich dazu äußert, wie froh sie waren, schon früh während der Ermittlungen außer Verdacht geraten zu sein, da doch Beato sich so sehr für diese alten Funde interessiert hat und sie beide schon auffallend unauffällig verhalten haben (Marion denkt sofort mit einem Lächeln, wie sie sich genauso ausgedrückt hat, als sie Wil die Anweisung gegeben hat, wie er und die anderen Beamten sich verhalten sollten bei der Annäherung an den Ort des Zugriffs an der Raststätte Baden-Baden). Helga habe ihnen erklärt, auch Unschuldsnachweis müsse Bestand von Ermittlungen sein.

»Ja«, wirft Marion ein, »das ist unser Staatsanwalt. Der hat immer panische Angst, dass pfiffige Anwälte, er nennt sie ›Winkeladvokaten‹, seine Anklageschrift auseinandernehmen, mit Fragen wie ›Haben sie auch bedacht …‹, oder ›Ist überprüft worden, ob …‹«

Beato ergreift nun das Wort: »Wir haben uns beim Rudern kennengelernt und sind uns nähergekommen. Damit die schöne Idee, mit den Kursen zum Gesundheitssport Rudern hinzuführen, in den gemischten Booten nicht als eine Art Partnervermittlung missverstanden wird oder ähnliches Gerede aufkommen könnte, haben wir gedacht, es sei besser, dass unsere Annäherung nicht so offensichtlich bemerkt wird. Dass wir halt gerne zusammen rudern, weil das technisch passt oder so.« Alma ergänzt: »Das war bestimmt kindisch von uns. Früher oder später würde man das ohnehin bemerken.«

Marion bestätigt das, sie habe das schon ganz früh geahnt, sie hätten das ja auch durchgemacht, »können wir gern nachher erzählen.«

Beato und Alma wirken richtig erleichtert, dass sie ihre Geschichte erzählen können. Alma erzählt, wie sie sich als junge Ingenieurin in einem schottischen Bosch-Werk in einen deutschen Ingenieur verliebt hat und seinetwegen nach Deutschland gekommen ist. Leider hat sie ihn an eine Jüngere verloren, ausgerechnet, als die Tochter in der Pubertät einen Vater gebraucht hätte. Aber sie hat das musikalische Talent so gefördert, dass darüber die Pubertätsprobleme und die ersten Liebesaffären in den Hintergrund getreten sind. Jetzt studiert sie Violine an der Musikhochschule Stuttgart schon im Master, bei Professorin Busch, Schwerpunkt alte Musik, und lebt so selbstständig, dass die Mutter wieder den Kopf frei hat für anderes, eben das Rudern. »Und da bin auf diesen interessanten Italiener gestoßen, als Schottin, im deutschen Ruderboot. Merkwürdig, merkwürdig schön, als reife Frau einen so ganz anderen Mann als meinen Exehemann kennen zu lernen und sich jetzt wie ein verliebter Teenager zu fühlen.«

Beato hat sie dabei die ganze Zeit bewundernd angeschaut, lächelt, und setzt nach: »So ganz Italiener bin ich nicht mehr. Mein Vater ist als Gastarbeiter hergekommen, hat hier eine Italienerin kennengelernt, ist aber Schwabe durch und durch geworden. Sie waren fleißige Leute, so dass ich studieren konnte und Archäologe geworden bin. Auch meine Ehe ist gescheitert, und ich war alleinerziehender Vater mit zwei Söhnen. Wegen der Schule sind wir nach Marbach gezogen, diese immensen Möglichkeiten am Friedrich-Schiller-Gymnasium haben gelockt. Und die Söhne haben mich über ihr Schulrudern auch ins Boot gebracht. Und da hat der rote Wuschelkopf dieser Frau meinen Kopf verdreht. Das hätte ich früher nicht geglaubt, als Endvierziger in eine stürmische Liebesbeziehung zu geraten.«

Alma korrigiert: »Chronologisch Anfang Fünfziger, mein Lieber. Aber körperlich und geistig viel jünger!«

Er lacht uns setzt nach: »Genau wie du, geliebtes Weib!«

Das Essen kommt, und die Unterhaltung stockt etwas. Alma will wissen, was die beiden hierhergeführt hat, und Marion erklärt ihr, nach Abschluss des Falles sei eine Abwechslung nötig gewesen, und die Idee zu einem Schwarzwaldausflug sei ihr in der Nacht gekommen, als sie hinter den Räubern her gewesen seien. »Eine Fahrt ins Blaue, idem ins herbstlich Bunte. Und ihr?«

Beato erklärt, sie machten oft Wochenendtrips, wo uns die Kinder ja nicht mehr brauchen, vulgo nicht immer oder nicht mehr brauchen wollen. Und ich suche dann immer was Historisches oder Kulturelles aus.« Diesbezüglich werden Erfahrungen und Orte ausgetauscht, weil ja Marion und Phil das auch so pflegen. Und Beato lädt sie zu einem Rundgang so für etwa eine Stunde morgen früh ein, er habe etwas vorbereitet.

Alle sind sich einig, dass das ein vergnügliches und kulinarisch hervorragendes Essen war, und sie gehen zusammen in die Bar, weil Beato und Alma auf die Geschichte von dem älteren Herrn und der jungen Frau gespannt sind. Sie hätten schon ein bischen was erfahren, aber nichts Genaues. Bei Espresso und Cognac hören sie, wie ein Cello in beider Leben eine Wende herbeigeführt, ja ein Liebespaar zusammengeführt hat: Im Konzert der zwölf Cellisten der Berliner Philharmoniker im Forum Ludwigsburg sind sie nebeneinander gesessen und aufeinander aufmerksam geworden, haben es aber versäumt, sich zu treffen. Monate später wurde in Marbach spektakulär ein berühmtes Cello, in der Werkstatt von Stradivarius gebaut für den Leibarzt von Louis XIV, nach eine Orchesterprobe geraubt. Phil als Laienoboist in einer Gruppe von Berufsmusikern kam als Kontaktmann zum Orchester in die SoKo. Da hat es gefunkt, sehr mächtig. Und dies wurde vom Leiter des Polizei-Reviers fast sofort bemerkt und konnte den aufmerksamen Kriminalern auch nicht lange verborgen bleiben. Phil: »Mir ist es am Anfang fast genau so gegangen wie euch, war mit schon ein bischen peinlich. Aber wir haben dazu gestanden und wurden von der Umgebung oft etwas merkwürdig beäugt, aber immer respektiert.« Und er erzählt unter viel Gelächter, was sich heute an der Rezeption abgespielt hat.

Sie verabreden sich zum Frühstück und zu einem Stadtrundgang und beschließen den Abend noch mit einem Spezialcocktail des Hauses – alkoholfrei, aber köstlich.

Die zwei Paare brechen am nächsten Morgen nach einem unterhaltsamen Frühstück zum Rundgang auf und erfahren viel von Beato über Stadtgeschichte und Gebäude, zum Beispiel, dass der alte Turm mal zu einer jetzt abgerissenen Kirche gehörte und die neugotische Stadtkirche der Kirche am Feuersee in Stuttgart nachgebaut wurde (Aha-Effekt), bewundern das anspruchsvollere Fachwerk an etlichen Häusern und erfahren, dass das zunächst eher unauffällige Steinhaus in der Badgasse auf das 12. oder 13. Jahrhundert zurückreicht als Sitz des Ritters von Nagold. Beim Auschecken erfährt Phil, dass gestern Abend der Lapsus von der Chefin die Runde gemacht habe. Er merkt dazu an, das sei nicht schlimm, solle sie der Chefin sagen, er habe viel Humor, und beide hätten sich köstlich amüsiert. Marion setzt nach: »Deshalb lieben wir uns auch.«

Die Liebespaare trennen sich dann, weil das italienisch-schottische Paar über Horb und Schramberg das Kinzigtal ansteuern will und das Senior-Juniorin-Paar die Schwarzwaldhochstraße anstrebt.

Marion lässt sich die Autoschlüssel geben. »Heute fahre ich dich, und du nimmst die Karte und entscheidest, wohin.« Phil willigt ein: »Wenn du dich nicht von den Kurven vor uns hinreißen lässt und auch mal hinterherfährst.«

Nach Blick auf die Karte hat er schnell das nächste Ziel entdeckt: Nagold-Stausee. »Fahr gleich auf die B28.« Marion fährt tatsächlich die Kurven entlang des Flusses flüssig, aber sanft und erntet dafür Lob, worauf sie antwortet: »Ach Phil, nach dem gestrigen Nachmittag und Abend bin ich so ausgeglichen, dass ich es gar nicht eilig habe. Es war, glaube ich, gut, dass wir mal unsere Geschichte jemandem erzählen konnten. Das haben wir eigentlich noch nie getan. Such doch mal einen schönen Aussichtsplatz, wo man sich hinsetzen kann und einfach in die Ferne oder in die Wolken schauen kann.«

Er sieht vor ihnen einen hübschen Ort, der sich zu einer Burg die Höhe hinaufzieht: »Fahr da hinein, Altensteig, da laufen wir hinauf.«

Sie findet schnell einen Parkplatz. Nach beschwerlichem Aufstieg entdecken sie an der Kirche und nahe der Burg eine Bank, auf der sie aneinandergeschmiegt schweigend den Blick auf das Nagoldtal hinunter und über die Hochfläche hinweg genießen, in die Wolkenformationen die seltsamsten Gebilde hineininterpretieren und sich gegenseitig gestehen, dass sie gerade einfach sehr glücklich sind. Bis Phil sanft und ohne die Stimmung zu zerstören zum Aufbruch mahnt.

Die landschaftlich wunderschöne Landstraße führt sie auf der Höhe zum angestrebten Stausee, der sie gar nicht zum Anhalten lockt. Sie fahren von dort Richtung Freudenstadt und weiter Richtung Baiersbronn. Sie passieren Freudenstadt nur umschauend, und Kniebis kennen sie von einem früheren Ausflug. Von Baiersbronn weiß Phil, dass es in einem Nebenort einmal ein Kloster gegeben hat und eine wieder in den ursprünglichen Zustand zurückrestaurierte Klosterkirche gibt. Diese wird angesteuert im Ort Klosterreichenbach. Sie empfinden sofort die Ähnlichkeit mit der gestern im Kloster Hirsau besichtigten Aurelius-Kirche, der diese Kirche hier, die auf das Jahr 1085 zurückreicht, nachgebaut ist. Und in der Stimmung, in der sie sich gerade befinden, fühlen sie auch die Würde und Ruhe, die dieser romanische Raum ausstrahlt, und empfangen das Vertrauen und die Festigkeit, das die mächtigen Rundpfeiler und die von denen entspringenden breiten Rundbögen im Chorraum ausstrahlen. Genauso beeindruckt wie am Vortag das Kloster Hirsau verlassen sie auch diesen Ort.

Über kleine Nebenstraßen kommen sie auf die Schwarzwaldhochstraße, die B500, und wollen bei geringem Verkehr nur immer wieder bei kleinen Halten den Ausblick auskosten und das Waldempfinden in sich aufnehmen. Sie planen einen Verzicht auf Mittagessen und stattdessen in Baden-Baden eine Kaffee-und-Kuchen-Pause in einem der vielen und schönen Straßencafés der Innenstadt. Bei immer noch angenehmen Herbsttemperaturen lassen sie schließlich auch Baden-Baden hinter sich und fahren stolz an der Raststätte des unlängst nächtlichen Geschehens vorbei über die nächtens erlebte Autobahn Richtung Abfahrt Pleidelsheim. Wo möglich lässt Marion auf dieser Strecke, mit Phils Einwilligung, weil der auch kein Verächter von schnellem Fahren mit entsprechender Vor- und Voraussicht ist, die Zügel der vielen PS ihres kleinen Peugeots los. Das Ziel der Fahrt ergibt sich unterwegs durch Magenknurren: die Pizzeria Al Forno in der Niklastorstraße in Marbach, wo Marion trotz Verbotsschild »Nur für Anlieger« direkt hinfährt – »Ich habe hier jetzt ein Anliegen, das schlimmste aller Anliegen ist Hunger!«, sagt sie – und findet auch noch tatsächlich einen Parkplatz, aber nur weil ihr Auto so klein ist.

Marion wählt Quattro Pasti, vier Nudelsorten mit vier Soßen, und Phil bestellt Pizza mista, die Mischung aller Beläge des Hauses auf einer Pizza, und sie reichen sich einander unentwegt (schwäbisch genannt) »Versucherle« über den Tisch und stellen bei jedem Test fest, zum Entzücken des Personals: »Hm, auch gut!« Dazu wird noch getestet, ob zum einen oder anderen der sizilianische Weiße oder der kalabrische Rote besser passt.

Beim letzten Verklingen der angestoßenen Weingläser

stellt Phil lakonisch fest: »Jetzt haben wir eine Woche lang Italiener verfolgt, denen es eigentlich nur um Kulturgüter ging, leider geraubte. Und jetzt haben wir zum Ende der Woche italienische Ess- und Trink-Kultur genossen. Und es gab einen verdächtigten Italiener, der sich um die Sicherung alter Kulturgüter kümmert und sich in einem Marbacher Ruderverein in eine schottische Ingenieurin verliebt, die als Elektrotechnokratin der Liebe wegen hierher gekommen ist. Und die Kriminaltechnik spielt seit Neuestem mit Theoretischer Physik. Und bei euch Kriminalisten geht ohne die Suchmaschinen des Internets nichts mehr. Und meine Geliebte steht mittendrin. Da muss man sich in der Tat viele Gedanken machen, um nicht an Schicksal zu glauben. Aber jetzt schließen wir diese Woche ab.« »Marion ergänzt: »Holländer sind auch mit dabei. Bezahl und lass uns gehen.«

Sie fahren glücklich und satt nach Hause und sinken sofort ins Bett.

Kapitel 13

Rudern und Musik, oder?

Mittwochabends danach: Jetzt im Herbst, wo es schon früh dunkelt, wird in der Breitensportgruppe das Rudern ersetzt durch Zirkeltraining im Kraftraum, und das Wassertraining konzentriert sich auf den Samstagnachmittag. Helga hat den Zirkel des früheren Betreuers der Breitensportgruppe, zusammengestellt aus Übungen an Geräten, mit freien Hanteln und eigenem Körpergewicht, variiert und noch Stabilisations- und Koordinationsübungen eingebracht. Das hat sich herumgesprochen. Deswegen ist am heutigen Mittwoch nach der aufregenden vergangenen Woche mit der Aufklärung des Raubüberfalls der Zuspruch groß, vielleicht auch, weil man begierig auf weitere Neuigkeiten ist. Die Marbacher Zeitung hatte zwar einen ausführlichen Bericht gebracht, mit den Informationen, die Marion am Montag nach Rücksprache mit dem Staatsanwalt dem Pressereferat des Präsidiums geliefert hat. Aber es konnte ja sein, Marion kommt und plaudert aus dem Nähkästchen. Die neuen Übungen erfordern aber doch hohe Konzentration, so dass wenig nebenbei geredet wird. Das wird also verschoben auf das gemeinsame Essen nach dem Training. Früher hat dieses traditionell mal im Ochsen und dann im Amaranth stattgefunden. Jetzt war es in die FC-Klause mit dem neuen Pächter verlegt, und Frank, der informelle Ansprechpartner der Gruppe, hat schnell eine Umfrage gestartet, wer mitkommt, und dann dort angerufen; die Gruppe sei heute größer, damit der andere Nebenraum reserviert wird.

Allmählich hat sich der Nebenraum gefüllt. Einige haben im Bootshaus geduscht, andere zu Hause und sind von dort gekommen. Die Bestellungen sind abgeschlossen. Frank klopft an sein Glas und erhebt die Stimme: »So groß war der Zustrom zu unserem Beisammensein nach dem Trockentraining noch nie. Toll, sage ich nur. Wenn wir nächstes Jahr bei den Wanderfahrten wieder diesen Zuspruch hätten, müssten wir viele neue Boote haben. Daran glaube ich nicht. Aber in dieser Runde wäre jetzt die Chance, mehr von den Insidern der Ermittlungen zu erfahren. Marion, du bist ja in der Presse hervorgehoben worden, aber ohne Namen sind auch Phil und Helga erwähnt. Was wir wissen sollten, wir werden ja von Außenstehenden oft gefragt: ›Du bist doch auch im Ruderverein, sag mal, was war da los, waren das doch welche aus dem Verein?‹, könnt ihr uns jetzt mal erzählen.«

Marion sieht sich um und steht dann auf. »Ich fühle mich angesprochen und in der Zwickmühle. Unsere Ermittlungen sind zwar abgeschlossen und die Akten bei der Staatsanwaltschaft. Ich bin mir sicher, der Staatsanwalt hat auch seine Anklageschrift schon beim Gericht eingereicht. Der ist zwar ein Mensch mit Gemüt, aber schnell und genau. Der wäre nicht glücklich, wenn im laufenden Verfahren vor den Aussagen vor Gericht Täterwissen bekannt würde oder die Neutralität von Zeugenaussagen wegen zugetragener Informationen anzweifelbar würde. Aber für die Ermittler war sofort klar, die Täter hatten so viel Wissen über Raubgut, Tatort und Umstände, dass es Beteiligte aus dem Umfeld von Verein oder Gastronomie geben musste. Da Dimo ein schwer verletztes Opfer wurde, musste ich mich und mussten sich die Ermittlungen auf Vereinsmitglieder konzentrieren, nachdem es aus der Umgebung – Oehler und so – keine wichtigen Beobachtungen gab. Dann kam da noch der Versicherungsdetektiv hinzu. Der musste natürlich auf die Möglichkeit Versicherungsbetrug prüfen. Aber der ist auf eine falsche Nebenspur geraten und hat Alma und Beato ins Visier genommen. Die Befragungen bei den Vereinsmitgliedern waren wirklich nötig. Helga und Phil werden euch das bestätigen. So konnten wir viele Unschuldige aus den Ermittlungen herausnehmen und uns auf eine Spur konzentrieren. Wir, Phil und ich, wir haben uns am letzten Wochenende per Zufall mit Alma und Beato getroffen und manches geklärt. Manchen von euch, das haben wir aus den Befragungen herausgelesen, ist der Carlo aufgefallen. Ich kann aber schon jetzt sagen: Der ist ein geköderter Informant und gedungener Mitläufer. Sein Hobby ist ihm zum Verhängnis geworden. Er wird sicher bald aus der Untersuchungshaft entlassen. Und dadurch, dass wir nicht gleich zugegriffen haben, ist eine internationale Verknüpfung von Transportwegen geraubter Kulturgegenständen der Aufklärung näher gekommen. Wir warten da noch auf Rückmeldung aus Wiesbaden von dem Kriminaloberrat.«

Gemurmel entsteht unter den Zuhörern, die teils schon ihr Essen serviert bekommen haben und das Kauen einstellen oder die nicht gleich auf die Frage der Bedienung – »Einmal Rostbraten mit Spätzle?« – reagieren. Dann berichtet Marion noch davon, dass das BKA internationalen Kunst- und Antiquitätenschiebern auf der Spur war, und deshalb die Täter und die Beute nicht gleich nach dem ersten Aufspüren hier im Weinberg ausgehoben worden sind, sondern dass man die Übergabe an den Transport nach Sizilien verfolgen wollte. Das sei schon aufregend gewesen, vor allem für Phil, der das von der SoKo-Zentrale im Revier in Marbach verfolgt hat. »Den musste man mit den Rotwein-Reserven des Revierleiters beruhigen.« Phil grinst dazu und hebt sein Glas: »Prosit, so war's.«

Während des Essens wurden noch weitere Fragen gestellt, zu denen Marion nicht immer antworten durfte. Nur die Frage, welche Ermittlungsmethoden denn so schnell auf die richtige Spur geführt haben, beantwortet sie gerne. Die klassischen Umfeldbefragungen und Suche nach Zeugen, auch über die sozialen Medien, hätten hier nicht weitergeführt. Entscheidend waren aufwändige Suchmethoden im Internet. »Mein Stellvertreter im Dezernat ist da genialer Spezialist. Er konnte lokalisieren, von wo auf einschlägige *homepages* in hoher Dichte und Frequenz zugegriffen worden ist. Und der hat auch ganz schnell und erfolgreich den Weg des Katamarans simuliert und die Spurensucher an die richtigen Stellen geführt. Und der Leiter der Kriminaltechnik in Ludwigsburg ist theoretischer Physiker und hat ein neues Verfahren entwickelt. Der hat die Reifenspuren dem Austin Healey und dem Lancia zuordnen können.«

Da meldet sich Alma: »Ach, das war also auch mit ein Grund, warum wir im Verdacht standen. Dazu noch unsere Geheimnistuerei.« Sie und Beato erklären bei dieser Gelegenheit ihr manchmal vielleicht für andere komisches Verhalten. »Wir haben uns heftig verliebt und fanden das für unser Alter schon so überraschend komisch, dass wir das nicht publik werden lassen wollten. Wir wussten nicht, wie das auf andere wirkt, vielleicht würde dann hämisch über uns getuschelt?«

Sie bekommen erklärt, dass alle das wunderbar finden. Nein, sie seien doch zu beglückwünschen. Bei Marion und Phil fände man das doch auch nicht komisch, manchmal eher beneidenswert, wie lieb die miteinander umgehen, und die Blicke, die sie austauschen, wenn Phil mal wieder frotzelt oder sie neckisch auf den Leim führt.

Der Abend bringt noch mehr Themen auf den Tisch, vor allem aber die nachzuholenden Feierlichkeiten zum hundertjährigen Vereins-Jubiläum. Sofort wird Sebastian wieder hellwach und fährt aus seiner Verdauungsvagotonie hoch. »Natürlich ein Konzert, warum haben wir einen Musiker-Vierer und die Philharmoniker im Hintergrund. Ein Bootshauskonzert: Wassermusik und anschließend Jazz und Schwof. Wer ist dafür zuständig? Mir fällt da schon was ein!« Helga erklärt ihm, es sei schon eine Vernissage mit den Bildern des MRV-Mitgliedes Thomas Bickelthaupt quasi fertig gewesen, die man nachholt, und auch ein Ball in der Stadthalle steht fest. Sie werde dem Festkomitee unter der Leitung von Ella den Vorschlag unterbreiten. Und vielleicht hätten sie sogar Geld aus einer Spende dafür, von wem, dürfe sie nicht ausplaudern, und wie viel habe der Betreffende nicht gesagt. »Am Samstag kann ich dir vielleicht schon was mehr sagen.«

In gehobener Stimmung brechen alle auf und finden, das sei ein sehr informativer Abend gewesen, und sie freuten sich auf Samstag.

Am Samstag taucht unverhofft der total zerknirschte Carlo auf, den man aus der Untersuchungshaft entlassen hat, weil keine Verdunklungsgefahr im ihn betreffenden Fall mehr bestand und weil er für die internationalen Ermittlungen auch nicht mehr beitragen kann als das, was er bisher ausgesagt hat. Er geht auf die beieinanderstehende Gruppe zu, mit hängenden Schultern. Dann hebt er die Arme, und mit einer gequetschten Stimme sagt er schon von weitem: »Ich komme, um euch um Verzeihung zu bitten. Ich war so vernagelt und ahnungslos. Erst als ich an dem Morgen noch im Dunkeln von hier weggefahren bin und die beiden anderen Italiener mit der Beute unten hinter der Murrbrücke aufgenommen habe, ist mir klar geworden, dass ich in eine blöde Sache verwickelt worden bin. Und dann musste ich weitermachen, was die mir gesagt haben. In der U-Haft bin ich in mich gegangen. Das war schon heftig, die Verhaftung da in der Nacht mit vermummtem Sonderkommando und der Kommissarin mit Waffe im Anschlag. Da war es schon zu spät. Ich will versuchen, das so gut wie möglich wieder auszubügeln. Verzeiht mir!« Dann dreht er sich um und geht wieder weg.

Marion läuft hinterher, holt ihn auf dem Parkplatz ein, fasst ihn am Arm und sagt: »Carlo, das war jetzt eine gute Geste von dir. Die hat dich sicher viel Überwindung gekostet, aber sie war wichtig für dich und für die anderen. Ich habe dich nie als Kriminellen eingeschätzt, vielleicht als ein wenig schlitzohrig mit deinen Autos und anderen Geschäften. Wie ist es denn mit deiner Familie?«

Carlo gesteht, dass er auch die hintergangen hat. Seine Frau sei ahnungslos gewesen, weil sie sowieso mit Gelateria und Kindern immer beschäftigt sei, und seinem Schwager habe er halt eine Geschichte von alten Freunden aus Italien erzählt. Der habe ja auch immer so viel zu tun, dass er nicht groß viel habe wissen wollen. Ja, das habe ihn Überwindung gekostet, alles zu beichten. Jetzt müsse er gehen, er habe viel wiedergutzumachen. Marion gibt ihm einen Klaps auf die Schulter und geht zurück. Dort erklärt sie den anderen, dass sie das gut findet, wie er sich entschuldigt. »Das ist glaubwürdig, und nach allen Ergebnissen der Ermittlung hat man ihn da mit der Verlockung des Lancias hineingezogen, den er ja jetzt nicht behalten darf, da er die Entlohnung in einer Straftat ist.«

Helga mischt jetzt die Bootsbesatzungen zusammen. Sie kommt dabei dem Wunsch nach, einen Musiker-Vierer ohne zu bilden mit Phil im Bug als Obmann und Instruktor, dem Ehepaar Kohlhammer auf zwei und drei und dem Fagottisten Thoma am Schlag, während sie selbst gerne einige Übungen machen will mit Alma und Beato, dem Mathe-Lehrer Frank und Ella, der Leiterin des Festkomitees. Die beiden Boote bleiben nah beieinander, und bei ihnen wird genauso intensiv wie in den anderen Booten mit trickreichen Übungen an der Verbesserung der Rudertechnik und der Kondition in Intervall-Form gearbeitet. Die Gesprächsthemen in den Pausen kreisten hier um das Thema Jahrhundert-Jubiläum nachholen als »100+1-Feier.« Sie vereinbaren noch auf dem Wasser, das später im Biergarten zu vertiefen.

Jetzt sitzen sie geduscht und regeneriert bei Apfelschorle, alkoholfreiem Weizen, Spezie oder Trollinger-Schorle beieinander. Sebastian verteidigt intensiv seine Idee einer Bootshaus-Party, die mit Klassik beginnt, in lockeren Jazz übergeht und, um die Stimmung hochzufahren, zum Disco-Schwoof. »Logischerweise muss man mit einem Ruf von Alphörnern oder so vom gegenüberliegenden Ufer anfangen und dann Händels ›Wassermusik‹ spielen, vielleicht sogar von Booten aus. Vielleicht was mit Solisten aus dem

Verein oder so.« Beato schaut Alma an: »Deine Tochter, warum denn nicht?« Und Elvira meint: »Mein lieber Sebastian, du fantasierst aber ganz schön. Streichinstrumente im Boot, wie soll das denn gehen! Noch nicht einmal auf dem Steg, der schwankt, kann man Musik spielen.« Sebastian lenkt ein: »Streicher natürlich nicht, aber Bläser können doch auch beim Marschieren spielen. Allerdings Posaune im Boot geht auch nicht, wegen Vordermann und Gleichgewicht.« Und Phil: »Auch Holzbläser nicht. Also ich würde nicht mit Oboe ins Boot.« Sebastian: »Die stellen wir auf den Steg und die Streicher auf den Treidelpfad. Wir probieren das halt mal. Freiwillige vor! Was glaubt ihr, was das für eine Premiere gibt. Am Neckar hat das bestimmt noch niemand gemacht.«

Phil hebt die Hand. »Oboe und Premiere, was noch niemand gemacht hat. Da habe ich eine Idee: Ich habe in einem ARCATA-Konzert mal Phillip Tondre mit dem Bach-A-Dur-Konzert für Oboe und Streicher gehört. Das war so unglaublich schön, dass ich das unbedingt auch mal probieren wollte. Jana, meine Lehrerin, hat mich schon groß angeschaut, als ich mir das gewünscht habe. Aber wir haben's angefasst. Ist für mich wirklich zu schwer. Wir spielen es zu zweit, halt langsam, sie Oboe d'amore und ich Oboe. Und ich kann mir das gut vorstellen mit Geige und Oboe d'amore und Streichquartett. Almas Tochter Violine und Jana d'amore, und vielleicht wegen des Klangs der d'amore statt Cello Fagott mit Thomas?«

Sebastian sofort: »Phil, das ist großartig. Ich habe das mal mit einem Kammerorchester in Jena mit dem Solo-Oboisten aus dem Rundfunkorchester dirigiert. Ich kann mir das super vorstellen! Ich glaube, ich habe sogar die Noten noch, Partitur wenigstens, vielleicht sogar verbotene Kopien der Instrumentalstimmen.«

Und Thomas ergänzt: »Ich kenne das auch. Und ich bin auch überzeugt, dass das mit Fagott statt Cello gut klingen wird, zumal im Freien Cello nicht so gut trägt, abgesehen von Stuhl und so. Aber Bass wird man brauchen.« Alma schaltet sich ein: »Meine Tochter sucht immer eine Gelegenheit, sich irgendwo zu präsentieren. Und mit Christine Busch hat sie derzeit eine Lehrerin, die schwerpunktmäßig Barock lehrt, auch wenn sie eine wunderbare Beethoven-Interpretin ist. Anfragen kann meine Tochter ja bei Frau Prof. Busch, ob sie das mitmacht. Phil, bring mir doch gleich morgen mal die Noten rüber. Ich werde Kopien machen, dann kannst du weiter dran üben.«

Da schaltet Phil sich ein: »Ich weiß, dass es für die Studentinnen und Studenten der Musikhochschule wichtig ist, sich irgendwo präsentieren zu können. Ich bin oft bei den Vorspiel-Abenden dort und bin jedesmal bass erstaunt, was die können. Außerdem brauchen sie oft auch noch ein paar Mark Zuverdienst. Sicher auch Almas Tochter. Helga hat mal erwähnt, dass es vielleicht eine Spende geben kann. Ich weiß, von welcher Seite, und schätze das als realistisch ein. Aber noch weitergedacht in diesem Zusammenhang: Beim letzten Sommerfest der Musikhochschule habe ich eine Studi-Jazz-Band gehört. Die könnte man gut engagieren, und man wird gehobene Klasse hören! Ich kann gerne die Verbindung herstellen.«

Helga ergänzt: »Mit der Spende bin ich derselben Meinung wie Phil. Natürlich wird man den Spender, wir kennen beide ihn, und Marion sowieso, einladen, und der wird auch seinen Spaß haben. Er hat hier ja auch rumgeschnüffelt.« Sofort ist aus mehreren Kehlen ein »Ach-ja-hat-er-nötig-kein-Name-und-trotzdem-weiß-jeder« zu hören.

Ella hat sich fleißig Notizen gemacht und merkt an: »So komprimiert in kurzer Zeit hat sich noch nie ein Festkonzept entwickelt. Wenn ihr glaubt, wir könnten das auch umsetzen, dann werde ich das im Festausschuss und im Vorstand durchsetzen.« Marion pflichtet bei: »Das kannst du. Ich kenne die Musiker seit einem Jahr, und die Überzeugungskraft von Sebastian und natürlich meinen Phil, der da manchmal was organisiert. Es ist nicht viel Zeit mehr, aber wenn die was wollen, dann machen die das auch in drei oder vier Wochen. Aber ich muss jetzt meinen Phil abschleppen, bevor er die vierte Schorle holt.«

So beenden sie diesen Abend, und der Einstieg in eine neue Veranstaltung für die Jubiläumsfestwoche ist gebahnt.

Der darauffolgende Dienstag hat wieder einmal die Philharmoniker für Marbach – fast alle sind Berufsmusiker, bis auf Phil und KEK und den Stimmführer Cello – zusammengeführt, die sich zurzeit einfach ohne Zwang und aus reiner Freude nacheinander die Mozart-Ouvertüren vornehmen, die Sebastian im Laufe seines Lebens in seinem beachtlichen Notenfundus gesammelt hat. Sie sind durchaus ernsthaft bei der Sache gewesen und haben sehr viel Spaß gehabt, als sie am Ende noch in der FC-Klause zusammensitzen und Sebastian auf die am Samstag im Biergarten nach dem Rudern entwickelte Idee zu sprechen kommt. »Wir könnten das doch mal versuchen, vom Boot aus und auf dem Steg zu musizieren, oder nicht? Wir haben ja das ganze Jahr kein Konzert gegeben, und so eine Wassermusik an und auf dem Neckar beim Jubiläum eines

Rudervereins hat es bestimmt noch nicht gegeben. Wir müssen das mal probieren, mal eine Flöte und Oboe ins Boot zu setzen. Sie sollen nicht selbst rudern, sondern werden gerudert, während sie spielen. Oder auf dem Steg, der schwankt immer ein bischen.« Jana ergänzt noch, sie habe von Phil die Idee gehört, das Oboen-Konzert A-Dur von Bach für Violine und Oboe d'amore zu arrangieren. Sie würde die d'amore spielen, und wenn die junge Geigerin Studentin von Christine Busch ist, dann wird das sicher sehr authentisch.«

Es gibt eine angeregte Diskussion mit dem Ende, Experimente solle man nicht scheuen, wenn man wenigstens nicht ins Wasser fiele. Phil soll das doch mit dem Verein absprechen, dass ein paar Ruderer ein paar Musiker spazieren fahren und die dabei Blasmusik machen, sei doch bestimmt lustig, und Streicher auf dem Bootssteg habe man bestimmt auch noch nicht gesehen. »Ach halt, bei uns ist doch ein Streicher, der geigt und rudert.« – »Ja!«, wirft KEK ein. »Ja, ich habe wirklich schon viele Konzerte gespielt, aber noch nie eines am Neckar und für meinen Verein. Ich mache da mit, und Phil und ich organisieren das für Samstag, und die Musiker, die sowieso im Verein sind, bringen ihre Instrumente mit.«

So werden also an diesem Samstag Helgas Junioren nicht in die Rennboote sondern in Gig-Boote gesetzt, je einer in den Bug und am Schlag, und am Steuer Helga im Einen, Phil im anderen, Jonas im dritten. Und zwischen Bug und Schlag bleibt Platz Drei frei und auf Zwei sitzt im einen Dr. Annegret Moor mit der Flöte, im anderen Jana Postewka mit der Oboe und im dritten Karla Reichmann mit dem Horn. Mitten auf dem Steg versucht Sebastian in die Posaune zu blasen, steht aber dauernd denen im Weg, die mit den Booten die Treppe herunterkommen, um sie zu Wasser lassen. Mitten auf dem Bootsplatz steht KEK mit der Geige und macht mal Jazz, mal Klezmer und mal Western-Music, je nachdem in welche Richtung er denen ausweichen muss, die Boote, Skulls und Riemen aus den Hallen holen und Richtung Wasser tragen. Ein solches Chaos hat es dort noch nie gegeben, viele finden es lustig, manche meckern auch, aber alle sind gespannt darauf, was daraus wird. Schließlich kommt noch Almas Tochter Lena, packt die Geige aus und gesellt sich zu KEK. »Ich bin Lena, die Tochter von Alma. Das ist gut, was du da spielst. Bist du auch Musiker?« – »Ich bin KEK, Musiker nur nebenbei, aber seit Kindheit Geiger«, und als er weiter spielt, nimmt sie seine Melodien auf und improvisiert mit. Sebastian hat inzwischen verstanden, dass er im Weg steht, und ist vom Steg hoch auf den Bootslagerplatz gekommen, den Geigentönen folgend. »Hallo KEK, was hast du da für eine tolle Begleitung bekommen?« Lena erklärt ihm, sie sei Lena Waters, ihre Mutter rudert hier und hat erzählt, sie könne hier vielleicht bei einem Jubiläumskonzert was ganz was Besonderes spielen. »Ach ja, ich bin Sebastian Kohlhammer, Ideenspinner, Posaunist und Dirigent. Wie schön, dass Sie, na, ich sag mal gleich du, gekommen bist. Wenn alle auf dem Wasser sind, probieren wir mit Akustik und Aufstellung aus, ob wir die hier letzte Woche geborene Idee für eine Wassermusik umsetzen können. Hast du denn die Noten schon bekommen?« Lena erläutert, Phil, der Ruderkamerad ihrer Mutter und Oboenschüler, der in ihrer Nähe im Kirchenweinberg wohnt, habe das rübergebracht. Sie habe das schon sofort mitgenommen zu ihrer

Lehrerin. Und die habe gesagt, klinge auf der Geige vielleicht nicht so gut wie auf Oboe, oder man habe ein Barockinstrument und dann die d'amore dazu, das sei einen Versuch wert.

Endlich sind alle Boote auf dem Wasser. Die mit den Musikerinnen sind schon im alten Neckararm einmal bis zur EVS (so steht das Ziel Wehr beziehungsweise früheres Dampfkraftwerk der ehemaligen Energieversorgung Schwaben EVS immer noch historisch im Fahrtenbuch) und zurück bis zum Neckarsteg zwischen Marbach und Benningen gefahren und warten jetzt auf Höhe des Bootssteges. Sebastian sagt in Richtung KEK und Lena: »Hört mal auf mit dem Geschrubbe – nicht bös gemeint – mit eurem Enthusiasmus der Improvisation. Prüft ihr mal die Akustik, wenn Musik von Neckar kommt.« Und er schreitet hinunter, mit Posaune am Mund, und er lässt einen Tusch Richtung Neckar los und ruft hinaus: »Keine Seekrankheit?« Und erhält zur Antwort: »Nein. Die Jungs rudern uns sanft wie auf Daunen gebettet. So haben wir keine Angst um unsere Instrumente, um uns sowieso nicht!«

Daraufhin lässt Sebastian die Ruderer die Boote nebeneinander ausrichten, mit dem Heck zum Steg. Als sie zu seiner Zufriedenheit liegen, ruft er hinaus: »Ich stelle mich auf den Steg, wir blasen ein paar Akkorde. KEK und Lena bleiben oben und prüfen, wie das klingt.« Sie spielen mehrere Dur- und moll-Akkorde mal *piano,* mal *mezzo* und mal *forte.* Sebastian stellt dabei fest, ihm wird auf dem schwankenden Steg schwindelig, und KEK und Lena erklären, von Flöte und Oboe käme nicht viel an, Horn müsse anders positioniert werden, vielleicht weiter draußen. Sie probieren verschiedene Varianten durch, auch mal mit den Streichern zusammen auf dem Treidelpfad oder auf der Treppe. Ein zufriedenstellendes Klangbild gelingt nicht. Die Musikerinnen in den Booten sagen: »Spielen können wir schon, man muss sich halt an die Rollsitze gewöhnen, und die Jungs müssen das Boot schön ruhig und stabil halten, aber wir hören voneinander nicht viel und von droben die Geigen fast gar nicht.« Sebastian, vom schwankenden Steg leicht instabil geworden, beendet dann das Experiment. Die Juniorenruderer legen an und helfen den Musikerinnen aus den Booten. Die drei Musikerinnen bedanken sich mit den Worten: »Es war schön, von euch spazieren gefahren zu werden, und so sanft.« Die Jungs tragen die Boote und Skulls weg, während Sebastian die Musikerinnen und Musiker um sich versammelt. »Ja, also Wassermusik ist nicht so einfach, wie der Händel sich das vorgestellt hat, oder der war gar nicht auf dem Wasser. Jedenfalls begrabe ich die Idee mit dem Gedanken ›Wer es nicht probiert hat, wird nie wissen, ob es vielleicht doch gehen würde‹.«

Aus dem Biergarten, der wegen des schönen Herbstwetters gut besucht war, sind etliche Neugierige herbeigeeilt. Einige applaudieren sogar, und es wird gefragt, ob es denn bald hier ein Konzert gibt. KEK erklärt, dass das ein Versuch war, für eine Jubiläumsfeier des Rudervereins. Da kommt von hinten Frau Sauer vom Kulturamt der Stadt nach vorn. Sie kennt die Agitatoren aus der Vergangenheit gut und spricht sofort in die Runde: »Ich habe das begeistert verfolgt. Natürlich geht das auf dem Wasser nicht, aber zwischen den Bootshallen war das mit den Geigen nicht schlecht, und Blechbläser von oben, vom Radweg runter, kann ich mir gut vorstellen. Ich merke mir in meinen Visionen für das Kulturprogramm des nächsten Jahres mal den Titel ›Serenade klassischer Musik am Neckar‹ vor. Nicht wahr, Frau Reichmann, Sie und die Herren Professoren Mälzer und Karger unterstützen das bestimmt mit den Philharmonikern und der Sinfonia.« Phil sagt spontan mit dem Blick auf die Ruderinnen und Ruderer, die gerade Boote hereintragen: »Wenn nicht gerade meine Marion daherkäm', täten Sie jetzetle e'n Schmatz kriega.« (Für Nichtschwaben: einen geräuschvollen Kuss auf die Wange.) KEK versichert: »Sinfonia wird dabei sein«, und Sebastian verfällt wieder mal ins Sächsische: »Ai verbibsch och, mir Philhamonigger wer'n immer was zu spiel'n hom, och Wassermusik im Trock'nen.«

Sie beraten sich nicht lange, weil sie doch zur Einsicht gelangt sind, dass es so eigentlich so nicht geht. Trotzdem meint Sebstian dann noch: »Ein Serenadenkonzert zwischen den Bootshallen, mit dem Damm im Rücken als eine Art Klangschale, könnte man mal versuchen. Jedenfalls die angedachten Stücke, das umarrangierte Oboenkonzert, Händels ›Wassermusik‹ und einen schmissigen Ländler nehmen wie uns mal vor. Man kann das ja als Auftakt des Festballes vorschlagen.« Ella verspricht, dies zu tun, und sie packen die Instrumente ein und gehen noch in den Biergarten, um gemeinsam was zu essen und zu trinken.

Kapitel 14

100+1 und Überraschungen

Das Festkomitee hat noch einmal getagt und seine Beschlüsse dem Vorstand vorgetragen. Der war nicht ganz überrascht von den zusätzlichen, neu eingebrachten Programmpunkten für den Festball. »Wir haben das schon geahnt. Schließlich ist man ja Vorstand«, erläutert Fritz-Erich Pauly, der Vereinspräsident, »und kriegt mit, was im Verein passiert!« Der Vorstand stimmt den Vorschlägen zu, und man hat sich geeinigt, nur diejenigen einzuweihen, die an den Vorbereitungen beteiligt sind und dabei die Vorfreude genießen sollen, wie man sich wundern wird, was noch alles passiert außer Tanz und Ansprachen.

Die Philharmoniker haben sich öfter getroffen als sonst. Schon Dienstag nach dem Treffen am Bootshaus sind die Noten verteilt worden, und neben Notenbuchstabieren hat Sebastian seine Vorstellungen von Tempi und musikalischer Gestaltung an den Schlüsselstellen aller drei Werke eingebracht. Die Mitglieder des Rundfunkorchesters haben danach gestöhnt, das sei ja schon wie bei Currentzis-Proben gewesen, und sie wollten hier doch nur Spaß haben. Lena hat mit Prof. Busch intensiv gearbeitet und sich vor der ersten Probe mit dem Orchester zweimal mit Jana getroffen. Phil hat mit der Musikhochschule Kontakt aufgenommen, und man hat seinen Wünschen entsprechen können. Und am Ende war man froh, doch wieder gemeinsam auf der Bühne stehen zu können, auch wenn das in der Stadthalle nicht ganz so ideal sei. KEK konnte aber noch erreichen, dass Veränderungen an den Seitenvorhängen und der Rückwand weniger Schall schlucken.

Einladungen sind rechtzeitig an die Vereinsmitglieder, Förderer des Vereins und die »wichtigen Personen der Stadt und des Kreises« herausgegangen, mit dem Programmablauf, in dem mehrfach »Überraschung« stand.

Jetzt liegt an diesem Samstagmorgen Novembernebel über Marbach, der sich am Nachmittag gehoben hat und nun doch einige Sonnenstrahlen durchlässt, die lange Schatten der kahlen Bäume auf den Rasen der Schillerhöhe zeichnen. Musikerinnen und Musiker haben Anspielproben hinter sich gebracht, die Philharmoniker auf der Bühne und die Musikstudentinnen und Musikstudenten im Foyer. Im goldgelben Licht der untergehenden Sonne sieht man einen zunehmendem Strom von Autos Richtung Parkplätze und einen noch größeren Strom von Fußgängern aus allen Richtungen zur Schillerhöhe ziehen. Schon vor den Eingangstüren hören sie fetzige Jazztöne von einer Combo von Studis der Musikhochschule, die von der Treppe zur Empore herunter mit klassischem Blues bis Hip-Hop eine anregende Stimmung erzeugen. Beim Eintritt in den Saal finden die Ankömmlinge Tische und Stühle so angeordnet, dass in der Mitte eine Tanzfläche freibleibt mit Durchlässigkeit zum Foyer. Die Vorhänge zur Bühne sind geschlossen, unten davor steht auf einem Podest ein Rednerpult.

Es dauert, bis sich der Saal gefüllt hat (man muss ja diesen und jene begrüßen und ohne »kloins Schwätzle« geht bei Schwaben eh nichts) und der Präsident Fritz-Erich zum Rednerpult geht, um Ruhe bittet und eine sehr kurze Begrüßungsansprache hält, die mit den Worten endet: »Vorhang auf für die erste Überraschung.«

Oben auf der Bühne sitzen auf ihren Stühlen (wie unten die Festversammlung auch) die Philharmoniker für Marbach. Die Konzertmeisterin Angela steht auf, verneigt sich und begrüßt auch das Publikum. Sie stellt kurz das Orchester vor, bittet zum Stimmen das A' der Oboe. Ruhe kehrt ein, und Sebastian kommt mit Posaune in der Hand auf die Bühne, erläutert das nachfolgende Programm: »Wassermusik für Wassersportler, neuer Einblick in alte Musik und Vorgeschmack zum Tanzen. Und Ruderer spielen bei uns auch mit.« Er zeigt auf KEK und Phil, auf seine Frau Evira am Cello, auf Thomas Immer mit dem Fagott und dann auf sich selbst.

Nach dem Schlussakkord von Händels »Wassermusik« brandet Beifall auf. Sebastian muss viermal auf die Bühne, weil er nicht nur dirigiert hat, sondern auch den Posaunenpart gespielt hat. Er bedankt sich mit einem ganz kurzen Solo und winkt den Vereinspräsidenten ans Rednerpult für die obligatorische Begrüßung der Ehrengäste – zuerst derer, die sowieso genannt werden müssen, und dann derer, die an der Aufklärung der kriminellen Ereignisse beteiligt waren und der Einladung gefolgt sind: Erster Hauptkommissar Batholom, Leiter des Polizei-Reviers Marbach. Der steht brav auf und verneigt sich. Dann Polizeirat Vladimir Perschow vom BKA Wiesbaden. Der steht nicht auf und zeigt nur auf Marion. Und als die genannt wird, brandet Beifall auf. Erwähnt wird jetzt der Versicherungs-Detektiv Bablonski. Der steht auf und verkündet freudestrahlend:

»Ich habe nachher noch was für den Vereinspräsidenten in der Tasche.«

Der Vereinspräsident kündigt das nächste Stück an: »Oboenkonzert A-Dur von Johann Sebastian Bach, erstmals arrangiert für Violine, gespielt von Lena Waters, und für Oboe d'amore, gespielt von Jana Pastewka und im Cello-Part noch ein Fagott, gespielt von unserem Ruder-Kameraden Thomas Immer. Begrüßt sie mit Applaus.« Derweil hat Elvira ihren Cello-Platz freigemacht, das Notenpult in die Höhe gezogen und neben den Stimmführer Cello gestellt, Dr. Martino Pollocino, der eigentlich nur nebenberuflich Musiker ist, ansonsten eine Arztpraxis in Kirchberg betreibt. Und Phil hat zwei Pulte rechts und links neben das Dirigentenpult gestellt. Die drei genannten betreten die Bühne, gefolgt von Sebastian, diesmal ohne Posaune.

Nach dem Schlussakkord gibt es »stehenden Applaus« (natürlich stehen die Zuhörer und nicht der Applaus), und Sebastian lässt seine Orchestermitglieder auch immer wieder aufstehen. Als Rufe nach Zugabe ertönen, spricht er sich schnell mit der Konzertmeisterin Angela, mit den Solistinnen und mit Thomas Immer ab: »Geht das, wenn wir den zweiten Teil des Schluss-Satzes spielen?« Er blättert kurz in der Partitur, fragt leise: »Takt 111 mit dem cis-moll-Auftakt-Akkord zuvor?« Es wird in den Noten geblättert, und es kommt ein Nicken von allen Seiten. Er dreht sich zum Publikum um: »Wir haben keine Zugabe vorbereitet, aber wir spielen den zweiten Teil des Schluss-Satzes noch einmal für euch!«

Nach dieser Zugabe räumen die Musiker ihre Plätze und gehen hinunter in die Unterbühne. Die Festansprache hält Heidrun Lemberger unter dem Motto »100 Jahre in 10 Minuten.« Sie hat allerlei Anekdoten gesammelt und berichtet von der Zeit, als eine alter Schafstall Bootshaus war und auf einer Insel lag, und dass Ruderer damals neckaraufwärts noch gegen Stromschnellen kämpfen mussten, und vom Bau des jetzigen Bootshauses auf dem Gelände eines ehemaligen Schwimmbädchens, vom Stilrudern der Mädchen früher und von den Erfolgen der Rennruderinnen und Rennruderer in jüngster Zeit. Es gibt für die Zuhörer mal was zum Staunen und mal was zum Lachen, nur, zehn Minuten sind es nicht geworden, aber unterhaltsame Minuten.

Das Orchester rückt wieder ein, während der Vereinspräsident sich bei Heidrun bedankt und selbst noch zwei Anekdoten von Wanderfahrten nachschiebt. Dann verabschiedet sich das Orchester mit einem Polka-Potpourri. Während der nachfolgenden Ehrungen räumen sie die Bühne, und die Studenten-Combo rüstet auf zum Tanz. Neben den Tischen der Ehrengäste werden noch weitere Tische für das Orchester aufgebaut, und sie kommen direkt neben der Polizeidelegation zu sitzen. Marion hat das so organisiert, sonst hätte sie ja nicht bei ihrem Phil sitzen können. Eifrige Jungruderinnen kommen auch gleich mit dem Getränkewagen und Snacks vorbei. So kann man sich bei Wein, Bier oder Säften noch bekanntmachen und unterhalten, bis der Tanz losgeht. Von Vlady erfahren sie, dass definitiv nicht die Mafia im Spiel war, aber der Antiquitätenhändler ein ganzes Netz von kriminellen Gruppen aufgebaut hat, die ihn mit Hehlerware versorgten oder die er losschicken konnte, wenn er etwas ausfindig gemacht hatte, was sicher nicht käuflich zu bekommen war. Und die Zulieferkette, die so lange schon im Dunkeln geblieben war, sei jetzt aufgeklärt. Ein enger Freund des Antikhändlers war der Caravan- und Wohnmobilhändler in Sizilien. Der holländische Händler war der Kontaktmann zu Mitteleuropa. Immer wenn es was zu liefern gab, haben die Wohnwagenhändler ein ganz legales Geschäft abgeschlossen, mit Verträgen und Papieren, und bei den Übergaben hat man in den Fahrzeugen das Diebesgut versteckt. »Der holländische Student kommt sicher ungeschoren davon. Er ist glaubhaft ahnungslos gewesen, wie du, Marion, das gesagt hast. Sein Chef wird aber hinter Gitter müssen.« An weiteren Lieferwegen sei man noch dran. »Ihr habt da wirklich einen wichtigen Beitrag geleistet. Und übrigens, ich war heute Morgen bei den Weingärtnern und habe mir etliches mitgenommen, als Ausgleich zu unseren rheinhessischen Weißweinen..«

Da fangen die Studenten mit Soundcheck an. Bablonski springt auf und steigt auf die Bühne. »Bevor ihr anfangt, will ich gerne was durchsagen.« Er kann gleich und ruft ins Mikrofon: »Guten Abend, Marbacher Ruderinnen und Ruderer. Ich war ja bei den Ermittlungen des Raubüberfalles im Auftrag der Versicherung dabei. Die Versicherung hatte ja Belohnungen für Hinweise zur Aufklärung ausgelobt. An Polizisten darf aber so was nicht gehen, und Privatpersonen haben nur indirekt geholfen. Deshalb habe ich vorgeschlagen, diese Belohnung dem Ruderverein zu spenden, zum Ausrichten seiner Jubiläumsfeier.« Er zieht aus seinem Jackett einen Umschlag heraus, hält ihn in die Höhe und ruft: »Herr Vereinspräsident, da ist ein Scheck drin, den ich Ihnen gerne überreichen will.«

Fritz-Erich Pauly steigt hinauf und bekommt den Umschlag überreicht. Bablonski greift nochmals in sein Jackett, holt einen zweiten Umschlag heraus. »Von meiner Prämie gebe ich noch was dazu als Wiedergutmachung für meine Verdächtigungen von Vereinsmitgliedern. Sie haben bestimmt gute Verwendung dafür.« Und er übergibt auch diesen Umschlag unter dem Beifall der Festversammlung und einem schrägen Tusch der Combo-Band, die dann gleich zum Tanz aufruft.

Die freigelassene Raummitte und das Foyer füllt sich schnell mit Tanzpaaren, darunter zwei unzertrennliche: Alma und Beato sowie Marion und Phil. Phil gesteht, dass er nicht richtig tanzen kann, das sei eigentlich nicht seine Leidenschaft, aber er lässt sich führen und findet das wunderbar, auch wenn es anstrengend sei, wie er meint: »Ich muss mich schon konzentrieren, sonst komme ich raus!«

Es wird ein langer Abend, und in den Tanzpausen werden unzählige Grußworte gesprochen, nur nicht vom Württembergischen Ruderverband. Warum das denn nicht, wird jetzt der Leser fragen. Die Antwort lautet: Ein Vereinsmitglied ist seit einiger Zeit Präsidentin des Verbandes, und das war schon in mehreren Grußworten ausgiebig gelobt worden.

Nachtrag

Mehrere Zeitungen haben ausführlich von diesem Festabend berichtet. Der musikalische Beitrag wurde mehrfach besonders hervorgehoben und führte zu einigen Konzertanfragen, unter anderem vom Intendanten der Ludwigsburger Schloss-Festspiele.

Vier Wochen später haben Alma und Beato im Marbacher Rathaus geheiratet. Marion und Phil waren Trauzeugen. Der Bürgermeister selbst hat die Trauung vorgenommen, mit einer Rede über Liebe und Vertrauen, was heute wichtiger sei als jedes andere Eheversprechen. Lena und Annegret Moor aus dem Orchester spielten Flöte-Geige-Duette mit Melodien aus Mozart-Opern und Lena ein Solostück von Telemann.

Vor dem Rathaus standen Ruderer, die eine Gasse mit Riemen bildeten, hin zu einem bemerkenswerten Oldtimer-Korso. Während das Brautpaar und die Hochzeitsgäste unter den gekreuzten Riemen hindurchschritten, blies Sebastian ein Posaunen-Solo, bis die Gesellschaft in den Oldtimer-Korso eingestiegen war. Die Kolonne fuhr (deutlich hör- und riechbar) eine Runde um Marbach herum und hinauf zur Schillerhöhe, wo in Jägers Restaurant eine Feier vorbereitet war:

Voraus Peter und Fritz im VW-Käfer-Streifenwagen der Fünfziger Jahre von seinem Opa, natürlich mit Blaulicht, das Peter wieder angeschraubt hat (man ist ja schließlich bei der Polizei und muss für die Sicherheit der frisch Getrauten sorgen, auch mit nicht genehmigter Ausrüstung); dahinter das Brautpaar, natürlich im offenen Austin Healey; dann Phil und Marion in der Isetta, weil Phil als Jugendlicher schon ohne Führerschein gelegentlich in der Isetta eines Mitglieds des Motorsportclubs gefahren war; Paul durfte im Goggo Almas Tochter chauffieren, damit er mal nicht im Renntempo unterwegs ist; Thomas hat die Söhne von Beato im 2CV samt Fagott, weil er nachher noch Musik machen will; Obacht: Dahinter saß der Polizeipräsident mit Carlo im Lancia, der beschlagnahmt worden ist und den er unbedingt in seinen Fuhrpark aufgenommen haben wollte, ab und zu ließ er mal die PS hören; schnell aufgeschlossen hat Elvira, nicht mit einem Oldtimer, sondern mit Sebastian auf dem Nebensitz, der auf seiner Posaune schmissige Melodien zum Fenster hinausschmetterte; dahinter eher still und leise der Bürgermeister im E-Smart.

Die vielbestaunte Kolonne bog am Ende der Haffnerstraße zum Schiller-Nationalmuseum ein, vorbei am Deutschen Literaturarchiv, und parkte dort im Halbrund unterhalb des Denkmals des großen Dichters. Alle stiegen aus und die Treppen hinauf, zogen durch den Park und wurden vor der Stadthalle mit Hörnerklang vom Ehepaar Reichmann-Wipfelmann empfangen.

Es wurde wieder einmal eine lange Nacht hier oben auf der Schillerhöhe.

Das meiste ist auch hier erfunden. Der Leser muss selbst herausfinden, was nun stimmt.

INHALT

Besuchen Sie uns im Internet:
www.deutscher-lyrik-verlag.de
www.karin-fischer-verlag.de

FSC
www.fsc.org
MIX
Papier aus verantwortungsvollen Quellen
FSC® C083411

Bibliografische Information der Deutschen Nationalbibliothek

Die Deutsche Nationalbibliothek verzeichnet diese Publikation in der Deutschen Nationalbibliografie; detaillierte bibliografische Daten sind im Internet über http://dnb.d-nb.de abrufbar.

ISBN 978-3-8422-4793-2

Gesamtgestaltung (unter Verwendung eines Fotos von © Mike Albus): yen-ka

Hergestellt in Deutschland